9 1,80

Lieve John

Nicholas Sparks bij Boekerij:

The Notebook (Het dagboek)
Message in a Bottle (De brief)
Safe Haven (Veilige haven)
The Best of Me (Het beste van mij)
The Longest Ride (De lange tocht)
The Choice (De keuze)
Zie mij
De ontmoeting
De bruiloft
Wij twee
Je bent nooit alleen
Op het eerste gezicht
Een liefde om nooit te vergeten
Met hart en ziel
De redding
Leven voor de liefde
Dear John (Lieve John)

www.boekerij.nl

Nicholas Sparks

Lieve John

Het lot drijft hen steeds weer uit elkaar,
maar hoop houdt hun liefde levend.

BOEKERIJ

ISBN 978-90-225-8626-6
ISBN 978-94-023-1256-0 (e-book)
NUR 302

Oorspronkelijke titel: *Dear John*
Vertaling: Nellie Keukelaar–van Rijsbergen
Omslagontwerp: DPS Design & Prepress Studio
Omslagbeeld: © Maggie McCall / Trevillion Images
Zetwerk: ZetSpiegel, Best

Voor Micah en Christine

Proloog

Lenoir, 2006

Wat betekent het om echt van elkaar te houden?

Er is een periode in mijn leven geweest dat ik het antwoord meende te weten: het betekende dat ik meer om Savannah gaf dan om mezelf, en dat we de rest van ons leven bij elkaar zouden blijven. Daar was niet eens veel voor nodig. Ze heeft ooit tegen me gezegd dat haalbare dromen de sleutel tot geluk waren, en haar dromen waren niet buitensporig. Trouwen, kinderen krijgen… het standaardplaatje. Ik zou een vaste baan hebben, we zouden in een huis met een wit hek eromheen wonen, en met ons busje of onze SUV zouden we de kinderen naar school brengen of naar de tandarts of naar voetbaltraining of naar pianoconcerten. Twee of drie kinderen, daar was ze nooit duidelijk over. Ik heb het idee dat ze te zijner tijd zou voorstellen de natuur haar gang te laten gaan en de beslissing aan God over te laten. Zo was ze – gelovig, bedoel ik – en dat was waarschijnlijk een van de redenen dat ik voor haar viel. Hoe onze levens ook zouden lopen, ik zag mezelf aan het eind van de dag naast haar in bed liggen. Dan zou ik haar vasthouden terwijl we praatten en lachten, veilig in elkaars armen.

Dat klinkt toch niet al te onrealistisch als twee mensen van elkaar houden? Nou dan. En hoewel iets in mij nog altijd wil geloven dat dat kan, weet ik dat het niet zal gebeuren. Als ik hier straks wegga, kom ik nooit meer terug.

Voorlopig zit ik echter op een heuvel met uitzicht op haar ranch te wachten tot ik haar zal zien. Ze zal mij uiteraard niet zien. In het leger leer je om op te gaan in je omgeving en ik heb goed opgelet tijdens de lessen, want ik had geen zin om ergens diep in een Iraakse woestijn om te komen. Maar ik moest terug naar dit stadje in de bergen van North Carolina om erachter te komen wat er is gebeurd. Als je iets in gang zet, gaat dat gepaard met gevoelens van onrust, spijt bijna, tot je de waarheid kent.

Eén ding weet ik zeker: Savannah zal nooit weten dat ik vandaag hier ben geweest.

Het doet pijn dat ze zo dichtbij en toch zo onbereikbaar is, maar haar verhaal is niet meer het mijne. Ik heb er moeite mee gehad die eenvoudige waarheid te accepteren, want er was een tijd dat haar verhaal wel dat van mij was, maar dat was zes jaar en twee levens geleden. Daar hebben we uiteraard beiden herinneringen aan, maar ik ben erachter gekomen dat je herinneringen bijna tastbaar met je meedraagt en ook daarin verschillen we. Waar Savannah sterren in de nachtelijke lucht ziet, zie ik de enge lege ruimtes daartussenin. En in tegenstelling tot haar worstel ik met vragen die ik mezelf al talloze malen heb gesteld sinds de laatste keer dat we elkaar zagen. Waarom heb ik het gedaan? En zou ik het weer doen?

Ik was namelijk degene die er een punt achter heeft gezet.

De bladeren aan de bomen rondom me vertonen de eerste tekenen van hun trage overgang naar de kleur van vuur, ze vlammen op als de zon over de horizon gluurt. De vogels hebben hun ochtendlied ingezet en het ruikt naar dennenbomen en aarde, heel wat anders dan de zilte lucht waar ik vandaan kom. Straks gaat de voordeur open en zie ik haar. Ondanks de afstand tussen ons hou ik mijn adem in als ze de dageraad in stapt. Ze rekt zich uit voordat ze de trap af gaat en naar de zijkant van het huis loopt. Achter haar glinstert de wei als een groene oceaan. Ze gaat door het hek. Een van de paarden hinnikt zacht bij wijze van begroeting en ook een ander paard doet dat, en mijn eerste ingeving is dat Savannah te klein lijkt om zo nonchalant tussen hen te lopen. Maar ze voelde zich altijd al op haar gemak bij paarden en dat is wederzijds. Enkele paarden eten gras bij het hek, voornamelijk renpaarden. Midas, haar zwarte arabier met witte sokjes, staat in zijn eentje een stukje verderop. Ik ben ooit met haar wezen paardrijden, ben er gelukkig zonder kleerscheuren vanaf gekomen, en terwijl ik me wanhopig vastklampte, weet ik nog dat ik vond dat ze zo ontspannen in het zadel zat, alsof ze tv zat te kijken. Savannah neemt even de tijd om Midas te begroeten. Ze aait over zijn neus, fluistert iets tegen hem en klopt op zijn lendenen. Als ze zich omdraait en de kant van de stal op loopt, spitst hij zijn oren.

Ze gaat de stal in en komt naar buiten met twee emmers, waar waarschijnlijk haver in zit. Ze hangt de emmers aan twee palen van de omheining en een paar paarden draven ernaartoe. Als ze een stap naar achteren doet om ruimte te maken, zie ik haar haren wapperen in de wind. Ze pakt een zadel en een hoofdstel. Terwijl Midas eet, maakt ze hem klaar om te gaan rijden. Een paar minuten later leidt ze hem de weide uit naar de bospaden. Ze ziet er precies hetzelfde uit als zes jaar geleden. Ik weet dat het niet zo is – ik heb haar vorig jaar van dichtbij gezien en toen viel me op dat ze kraaienpootjes bij haar ooghoeken heeft – maar ik kijk nog door dezelfde bril. Voor mij zal ze altijd eenentwintig zijn en ik altijd drieëntwintig. Ik was in Duitsland gelegerd, dat was voordat ik naar Fallujah of Bagdad werd uitgezonden en voordat ik haar brief kreeg, die ik in de eerste weken van de campagne las op het station in As-Samawah, en ik was ook nog niet naar huis teruggekeerd voor de gebeurtenissen die de loop van mijn leven veranderden.

Nu, op mijn negenentwintigste, sta ik soms stil bij de keuzes die ik heb gemaakt. Het leger is nu het enige leven dat ik ken. Ik weet niet of ik daar boos of blij om moet zijn, het is nu eens het een en dan weer het ander, dat kan per dag verschillen. Als mensen ernaar vragen zeg ik dat ik een werkpaard ben, en dat meen ik. Ik woon nog steeds op de basis in Duitsland. Er staat misschien duizend dollar op mijn spaarrekening en ik heb al jaren geen date gehad. Ik ga niet meer zo vaak surfen als vroeger, zelfs niet als ik met verlof ben. In mijn vrije tijd ga ik met mijn Harley-Davidson toeren, dan rijd ik in noordelijke of zuidelijke richting, net waar ik zin in heb. Die Harley-Davidson was het op een na beste wat ik ooit voor mezelf heb gekocht, al heeft die me daar in Duitsland een fortuin gekost. De meeste van mijn dienstmaten zijn weg uit het leger. Waarschijnlijk word ik ergens in de komende maanden weer naar Irak gestuurd. Die geruchten gaan althans op de basis. Toen ik Savannah Lynn Curtis – voor mij zal ze altijd Savannah Lynn Curtis blijven – leerde kennen, had ik nooit kunnen denken dat mijn leven zo zou lopen, had ik nooit gedacht dat ik beroepsmilitair zou worden.

Maar ik leerde haar kennen, en dat maakt mijn huidige leven zo raar. Ik werd verliefd op haar toen we bij elkaar waren en ik ging nog meer van haar houden in de jaren dat we van elkaar gescheiden waren. Ons verhaal bestaat uit drie delen: een begin, een midden en een eind. En hoewel dat voor alle verhalen geldt, kan ik nog steeds niet bevatten dat ons verhaal niet eeuwig doorging.

Daar denk ik over na en dan komen steevast de herinneringen aan onze tijd samen naar boven. Dan denk ik weer aan hoe het begon, want die herinneringen zijn het enige wat ik nog heb.

DEEL 1

I

Wilmington, 2000

Ik heet John Tyree. Ik ben geboren in 1977 en ben opgegroeid in Wilmington, North Carolina, een stad die er trots op is de grootste haven van de hele staat te hebben en die een lange levendige geschiedenis heeft, al heb ik tegenwoordig de indruk dat Wilmington bij toeval een stad is geworden. Het weer is er schitterend en de stranden zijn geweldig, maar Wilmington was niet klaar voor de golf van gepensioneerden uit New England die een plek zochten waar ze tegen lage kosten hun gouden jaren konden doorbrengen. De stad ligt op een landtong, ingeklemd tussen de Cape Fear River aan de ene kant en de oceaan aan de andere kant. Highway 17 – naar Myrtle Beach en Charleston – deelt de stad in tweeën en fungeert als hoofdweg. Toen ik klein was, reden mijn vader en ik in tien minuten van de historische buurt langs de Cape Fear River naar Wrightsville Beach. Er zijn echter zo veel verkeerslichten en winkelcentra bij gekomen dat je er nu soms wel een uur over doet, zeker in het weekend, als de toeristen massaal toestromen. Wrightsville Beach, dat op een eiland vlak voor de kust ligt, ligt in het uiterste noorden van Wilmington en is een van de populairste stranden van de staat. De huizen langs de duinen zijn belachelijk duur en de meeste worden de hele zomer verhuurd. De Outer Banks hebben een wat romantischere uitstraling door de afgelegen ligging, de wilde paarden en die vlucht waar Orville en Wilbur Wright beroemd om zijn geworden, maar de meeste mensen die een strandvakantie boeken, hebben toch het liefst dat er een McDonald's of Burger King in de buurt is voor het geval de kinderen de lokale gerechten niet lusten, en ze willen volop keuze hebben als het om avondactiviteiten gaat.

Net als andere steden kent Wilmington goede en slechte buurten. Doordat mijn vader een vaste baan had die altijd zou blijven bestaan – hij bracht post rond – hadden wij het goed. Niet geweldig, maar goed. We waren niet rijk, maar woonden zo dicht bij de chique wijk dat ik naar een van de beste middelbare scholen van de stad kon. In tegenstelling tot hoe mijn vrienden woonden, was ons huis oud en klein. Een gedeelte van de veranda was doorgezakt, maar de tuin maakte veel goed. In de achtertuin stond een grote eik en toen ik acht was, heb ik van afvalhout dat ik van een bouwplaats had meegenomen, een boomhut gemaakt – zonder hulp van mijn vader (als hij met een hamer sloeg en dan een spijker raakte, was dat een wonder). Diezelfde zomer leerde ik mezelf surfen. Ik had toen al door moeten hebben dat ik heel anders was dan mijn vader, wat wel aantoont hoe weinig je als kind weet van het leven.

Mijn vader en ik verschilden als dag en nacht van elkaar. Waar hij passief en in zichzelf gekeerd was, was ik altijd in de weer, en ik vond het vreselijk om alleen te zijn. Hij hechtte veel waarde aan onderwijs, ik ging naar school voor de gezelligheid en om te sporten. Hij had een slechte lichaamshouding en was geneigd te schuifelen als hij liep, ik ging van hot naar her en vroeg hem telkens om bij te houden hoe lang ik erover deed om naar het eind van de straat en weer terug te rennen. Op mijn dertiende was ik langer dan hij en een jaar later won ik van hem met armpjedrukken. Ook uiterlijk leken we niet op elkaar. Hij had donkerblond haar, lichtbruine ogen en sproeten, ik had bruin haar en bruine ogen, en mijn olijfkleurige huid was in mei al bruin. Sommige buren verbaasden zich over die verschillen, wat begrijpelijk was, aangezien hij me in zijn eentje had grootgebracht. Toen ik ouder werd, hoorde ik hen soms fluisteren dat mijn moeder ervandoor was gegaan toen ik nog geen jaar oud was. Later vermoedde ik dat mijn moeder een ander had, al heeft mijn vader dit nooit bevestigd. Die zei alleen dat ze tot de conclusie was gekomen dat ze te jong was geweest om te trouwen en dat ze nog niet aan het moederschap toe was. Hij liet zich nooit negatief maar ook nooit positief over haar uit, al moest ik van hem wel voor haar bidden, waar ze ook was en wat ze ook had gedaan. 'Je lijkt op haar,' zei hij soms. Tot op de dag van vandaag heb ik haar nooit gesproken en daar heb ik ook geen behoefte aan.

Ik denk dat mijn vader gelukkig was. Ik verwoord het op die manier omdat hij zelden zijn emoties toonde. Een omhelzing of een zoen was een zeldzaamheid en als hij me al omhelsde of een zoen gaf, gebeurde dat zonder gevoel, alsof hij dat alleen maar deed omdat het zo hoorde en niet omdat hij dat wilde. Door hoe hij zijn best deed om voor me te zorgen weet ik dat hij van me hield, maar hij was drieënveertig toen ik geboren werd en ergens denk ik dat hij beter monnik dan vader had kunnen worden. Hij was de rustigste man die ik ken. Hij vroeg zelden hoe het met me ging. Hij werd nooit boos, maar maakte ook bijna nooit een grapje. Hij leefde volgens een vast stramien. Elke ochtend gaf hij me een bord met roereieren, geroosterd brood en gebakken spek, en tijdens het avondeten, dat ook door hem was klaargemaakt, hoorde hij mijn schoolverhalen aan. Twee maanden van tevoren maakte hij een afspraak bij de tandarts, op zaterdagochtend betaalde hij zijn rekeningen, op zondagmiddag deed hij de was en elke ochtend verliet hij om exact 07.35 uur het huis. Hij was sociaal onhandig en was dagelijks vele uren alleen als hij pakketjes en post bezorgde in de brievenbussen op zijn route. Hij ging nooit met een vrouw uit en zat in het weekend ook niet urenlang met vrienden te pokeren. De telefoon ging soms wekenlang niet. En als hij ging, was het een telefonische verkoper of iemand die verkeerd verbonden was. Ik weet hoe zwaar het voor hem geweest moet zijn om mij in zijn eentje op te voeden, maar hij klaagde nooit, zelfs niet als ik hem teleurstelde.

De meeste avonden was ik in mijn eentje. Als zijn dagtaken erop zaten, ging mijn vader naar zijn studeerkamer om zich aan zijn munten te wijden. Dat was zijn grote passie. Het meest in zijn element was hij als hij in zijn studeerkamer zat en de nieuwsbrief van een muntenhandelaar, de *Greysheet*, las om te bepalen wat de volgende munt moest zijn die hij aan zijn verzameling zou toevoegen. Mijn grootvader was met de muntencollectie begonnen. De grote held van mijn opa was een zekere Louis Eliasberg, een financier uit Baltimore die als enige een complete verzameling had van alle munten die in de Verenigde Staten waren uitgegeven, inclusief alle variaties in data en munttekens. Zijn verzameling deed niet onder voor, of was misschien zelfs wel beter dan die van het Smithsonian, en na het overlijden van mijn grootmoeder in 1951 raakte mijn grootvader geobsedeerd door het idee om samen met zijn zoon een verzameling op te bouwen. In de zomer gingen mijn opa en mijn vader met de trein naar diverse muntinstellingen om de nieuwe munten uit eerste hand te bemachtigen of om diverse muntententoonstellingen in het zuidoosten van het land te bezoeken. Na verloop van tijd hadden mijn grootvader en mijn vader connecties met muntenhandelaren uit het hele land en mijn grootvader gaf door de jaren heen een fortuin uit aan het ruilen en verbeteren van zijn collectie. In tegenstelling tot Louis Eliasberg was mijn opa niet rijk – hij had een winkel in Burgaw maar sloot die toen supermarktketen Piggly Wiggly daar een winkel opende – en hij is nooit in de gelegenheid geweest om de verzameling van Eliasberg te evenaren. Toch gaf hij elke extra dollar uit aan zijn muntenverzameling. Mijn grootvader heeft dertig jaar dezelfde jas gedragen, reed zijn hele leven in dezelfde auto en ik ben er vrij zeker van dat mijn vader bij de post is gaan werken in plaats van naar de universiteit te gaan omdat er geen geld was voor een vervolgopleiding. Mijn grootvader was een bijzondere man, dat zeker, en dat geldt ook voor mijn vader. Zo vader, zo zoon, zoals het spreekwoord luidt. Toen mijn opa op hoge leeftijd overleed, bleek in zijn testament te staan dat zijn huis verkocht moest worden en dat van de opbrengst nog meer munten gekocht moesten worden, iets wat mijn vader waarschijnlijk sowieso al zou hebben gedaan.

Tegen de tijd dat mijn vader de verzameling erfde, was die al vrij kostbaar. Toen de inflatie omhoogschoot en goud achthonderdvijftig dollar per ons deed, was de verzameling een klein fortuin waard, zo veel zelfs dat mijn zuinige vader met pensioen had kunnen gaan, en meer dan de verzameling een kwart eeuw later waard bleek te zijn. Maar mijn grootvader en mijn vader hadden het niet voor het geld gedaan. Ze deden het om de spanning bij het zoeken en om de onderlinge band die daardoor ontstond. Het had iets opwindends om lang en hard naar een bepaalde munt te zoeken, die uiteindelijk te vinden en dan te onderhandelen om de juiste prijs ervoor te betalen. Soms konden ze zich een munt veroorloven, soms niet, en elke munt die ze aan hun verzameling toevoegden was een schat. Mijn vader had gehoopt diezelfde passie met mij te delen, inclusief de opoffering die ervoor nodig was. Toen ik opgroeide, sliep ik in de winter onder extra dekens en ik kreeg maar één keer per jaar nieuwe schoenen. Er was nooit geld voor kleren voor mij, tenzij die bij het Leger des Heils vandaan kwamen. Mijn vader had niet eens een fototoestel. De enige foto die er ooit van ons twee is gemaakt, was bij een muntententoonstelling in Atlanta. Een handelaar nam een foto toen we bij zijn kraam stonden en stuurde die per post naar ons toe. De foto heeft jarenlang op mijn vaders bureau gestaan. Op die foto heeft mijn vader zijn arm om mijn schouder geslagen en we kijken lachend in de lens. Ik hou een nikkelen D Buffalo uit 1926 in perfecte staat vast, een munt die mijn vader vlak daarvoor had gekocht. Het was een van de zeldzaamste Buffalo's. Een maandlang aten we alleen hotdogs en bonen uit blik, omdat de munt duurder was dan hij had verwacht.

Ik zat er niet mee dat het verzamelen opofferingen vergde, althans, een aantal jaar vond ik dat niet erg. Toen mijn vader tegen mij over munten begon – ik zal een jaar of zes, zeven geweest zijn – sprak hij met me alsof ik zijn gelijke was. Als een volwassene, en zeker je vader, je als een gelijke behandelt is dat geweldig voor een jong kind en ik genoot van de aandacht, zoog de informatie als een spons in me op. Na verloop van tijd kon ik je precies vertellen hoeveel Saint-Gaudens dubbele adelaars er in 1927 geslagen waren in vergelijking met 1924 en waarom een in New Orleans geslagen *Barber dime* uit 1895 tien keer zo veel waard was als dezelfde munt die in dat jaar in Philadelphia was geslagen. Dat kan ik trouwens nog. In tegenstelling tot mijn vader verloor ik uiteindelijk de passie voor het verzamelen. Mijn vader leek nergens anders over te kunnen praten en nadat ik een jaar of zeven alle weekenden met hem had opgetrokken in plaats van met vrienden, wilde ik dat niet meer. Zoals de meeste jongens kreeg ik belangstelling voor andere zaken, voornamelijk voor sport, meisjes, auto's en muziek, en tegen de tijd dat ik veertien was, was ik zelden thuis. Mijn afkeer nam toe. En geleidelijk viel het me op dat wij anders leefden dan de meeste van mijn vrienden. Die hadden geld genoeg om naar de bioscoop te gaan of een hippe zonnebril te kopen, ik moest tussen de kussens van de bank geld zoeken om bij McDonald's een hamburger te kunnen kopen. Sommige vrienden kregen voor hun zestiende verjaardag een auto, mijn vader gaf me een in Carson City geslagen zilveren Morgan-dollar uit 1883. Er lag een deken over onze versleten bank om de scheuren te bedekken, en voor zover ik wist waren we het enige huishouden zonder kabeltelevisie of magnetron. Toen onze koelkast het begaf, kocht hij een tweedehandskoelkast in een afgrijselijke kleur groen, een kleur die nergens anders in de keuken bij paste. Ik schaamde me en wilde niet dat mijn vrienden bij mij thuis zouden komen, en daar gaf ik mijn vader de schuld van. Dat slaat natuurlijk nergens op – als ik er zo mee zat dat we weinig geld hadden, had ik immers tegen betaling ergens gras kunnen gaan maaien of een baantje kunnen zoeken – maar zo was het. Ik was stekeblind en oliedom, en ook al heb ik nu spijt van mijn onvolwassen gedrag, ik kan het niet terugdraaien.

Mijn vader merkte dat er iets tussen ons veranderd was, maar wist niet wat hij daaraan kon doen. Hij probeerde het wel, op de enige manier die hij kende, de enige manier die zijn vader kende. Hij had het over munten – het was het enige onderwerp waar hij gemakkelijk over praatte – en hij ging door met het klaarmaken van mijn ontbijt en mijn avondeten, maar we raakten steeds meer van elkaar vervreemd. Tegelijkertijd maakte ik me los van de vrienden die ik altijd had gehad. Die vormden groepjes die voornamelijk gebaseerd waren op de films waar ze naartoe gingen of de nieuwste shirts die ze in het winkelcentrum kochten. Ik werd een buitenstaander, iemand die slechts toekeek. Bekijk het maar, dacht ik. Op de middelbare school vind je altijd wel aansluiting bij anderen en ik trok steeds vaker op met verkeerde vrienden, die het allemaal geen barst kon schelen, waardoor ook ik me nergens meer wat van aantrok. Ik ging spijbelen, rookte en werd drie keer geschorst wegens vechten.

Ik stopte met sporten. Ik had tot mijn vijftiende aan American football, basketbal en hardlopen gedaan. Hoewel mijn vader als ik thuiskwam wel eens vroeg hoe het was gegaan, leek hij het vervelend te vinden als ik daar uitvoerig over vertelde, want hij wist duidelijk niets van sport. Hij had nooit in een team gezeten. Toen ik vijftien was is hij één keer komen kijken toen ik moest basketballen. Hij zat op de tribune, een wat aparte, kalende man met een versleten tweedjasje en twee verschillende sokken. Hoewel hij niet dik was, zat zijn broek strak bij zijn middel, waardoor hij drie maanden zwanger leek, en ik wilde niets met hem te maken hebben. Ik schaamde me voor hoe hij eruitzag en na de wedstrijd ontliep ik hem. Daar ben ik niet trots op, maar zo was ik toen.

Het ging van kwaad tot erger. In het laatste jaar van de middelbare school bereikte mijn rebellie het toppunt. Ik haalde al twee jaar steeds slechtere cijfers, eerder uit luiheid en onverschilligheid dan door gebrek aan intelligentie (denk ik graag), en een paar keer betrapte mijn vader me als ik 's avonds laat met een kegel het huis binnensloop. Op een keer werd ik door de politie thuisgebracht nadat ik op een feest met veel drank en drugs was geweest, en toen mijn vader me daarop huisarrest gaf, heb ik een paar weken bij een vriend gelogeerd nadat ik tegen mijn vader was uitgevallen dat hij zich met zijn eigen zaken moest bemoeien. Toen ik weer thuiskwam zei hij niets. De volgende ochtend stond er zoals gewoonlijk een bord met roereieren, geroosterd brood en gebakken spek voor me klaar. Met mijn hakken over de sloot ging ik over en vermoedelijk heeft de school me alleen laten slagen omdat ze van me af wilden. Mijn vader maakte zich zorgen en soms begon hij, op zijn eigen voorzichtige manier, over een vervolgopleiding, maar ik had al besloten dat ik niet ging doorleren. Ik wilde werken, ik wilde een auto, al die materiële zaken waar het me achttien jaar lang aan had ontbroken.

Nadat ik mijn diploma had behaald, had ik het de hele zomer niet over studeren en toen hij besefte dat ik me zelfs niet bij een kleinere universiteit had aangemeld, sloot hij zich de rest van de avond op in zijn studeerkamer. De volgende ochtend bij het ontbijt met roereieren met spek zei hij geen woord. Later die avond probeerde hij een gesprek met me aan te knopen over munten, alsof hij terugverlangde naar onze vroegere kameraadschap.

'Weet je nog die keer dat we naar Atlanta gingen en jij die nikkelen Buffalo vond waar we al jaren naar op zoek waren?' vroeg hij. 'Die keer dat er een foto van ons is genomen? Ik zal nooit vergeten hoe blij je toen was. Het deed me denken aan mijn vader en mij.'

Ik schudde mijn hoofd en alle frustratie over het leven met mijn vader kwam naar de oppervlakte. 'Ik ben je gezeik over munten spuugzat!' schreeuwde ik tegen hem. 'Ik wil er niets meer over horen! Verkoop die stomme rotverzameling en ga iets anders doen, maakt niet uit wat.'

Mijn vader zei niets, maar ik zal nooit de gepijnigde uitdrukking op zijn gezicht vergeten toen hij zich uiteindelijk omdraaide en naar zijn studeerkamer liep. Ik had hem gekwetst en al hield ik mezelf voor dat dit niet mijn bedoeling was geweest, diep vanbinnen wist ik dat ik mezelf voorloog. Vanaf dat moment sprak mijn vader nog maar zelden over munten. En ik begon er niet over. Het werd een gapend gat tussen ons, met als gevolg dat we elkaar niets meer te zeggen hadden. Een paar dagen later viel het me op dat de enige foto van ons twee weg was, alsof hij meende dat ik al aanstoot zou nemen aan de geringste verwijzing naar munten. Dat was toen waarschijnlijk ook zo, en hoewel ik ervan uitging dat hij de foto had weggegooid, zat ik daar niet mee.

Ik had nooit overwogen om in het leger te gaan. Hoewel er in het oosten van de staat North Carolina veel legeractiviteit is – er liggen zeven bases binnen een paar uur rijden van Wilmington – was het leger in mijn ogen iets voor losers. Wie wilde er nu gecommandeerd worden door een stel strooplikkers met *crew cuts*? Mij niet gezien, en zo dacht vrijwel iedereen bij mij op de middelbare school erover, met uitzondering van een paar jongens die een deels door het leger betaald lesprogramma volgden. De meeste leerlingen met een goed stel hersens gingen naar de University of North Carolina of naar de North Carolina State University. De minder slimme leerlingen bleven in Wilmington en hadden het ene flutbaantje na het andere, dronken bier en hingen wat rond. Om kort te gaan, ze meden alles waar ook maar iets van verantwoordelijkheid bij kwam kijken.

Ik viel in die laatste categorie. In de jaren nadat ik mijn diploma had behaald, had ik allerlei baantjes: ik was hulpkelner bij Outback Steakhouse, controleerde toegangskaartjes bij de plaatselijke bioscoop, laadde en loste dozen bij Staples, bakte flensjes bij Waffle House en stond achter de kassa in toeristenwinkeltjes die prullerige souvenirs verkochten aan mensen van buiten de regio. Ik gaf alles uit wat ik verdiende, had geen enkele ambitie om carrière te maken en werd overal ontslagen. Een tijdlang deed dat me niets. Ik leefde zoals ik dat wilde. Ik ging tot 's avonds laat surfen, sliep uit en doordat ik nog thuis woonde, was ik geen geld kwijt aan dingen als huur, eten, verzekering of sparen voor later. Bovendien deden mijn vrienden het niet beter dan ik. Ik kan me niet herinneren dat ik ongelukkig was, maar na een tijdje werd ik dit leventje zat. Niet het surfen – in 1996 leverden de orkanen Bertha en Fran enkele van de beste golven in jaren op – maar het na afloop aan de bar hangen bij Leroy's. Het drong tot me door dat elke avond hetzelfde verliep. Ik dronk een paar biertjes, kwam iemand tegen die bij me op school had gezeten, die vroeg dan wat ik deed en dat vertelde ik en dan vertelde hij aan mij wat hij nu deed. Je hoefde geen genie te zijn om te snappen dat het zo niets met ons zou worden. Zelfs als ze op zichzelf woonden, wat niet voor mij gold, geloofde ik hen niet als ze vertelden dat ze een leuke baan hadden als slotengraver, glazenwasser of vervoerder van chemische toiletten, want ik wist maar al te goed dat dit niet de baan was waar ze als kind van hadden gedroomd. Ik mocht op school dan niets hebben uitgevoerd, ik was niet dom.

In die periode datete ik met tientallen vrouwen. Er waren altijd vrouwen bij Leroy's. De meeste dates zijn me niet bijgebleven. Ik gebruikte vrouwen en liet me door hen gebruiken, waarbij ik mijn gevoelens nooit liet blijken. Alleen mijn relatie met Lucy duurde langer dan een paar maanden en korte tijd dacht ik dat ik verliefd op haar was, waarna we onherroepelijk uit elkaar groeiden. Ze studeerde aan de University of North Carolina, was een jaar ouder dan ik en wilde na haar afstuderen in New York gaan werken. 'Ik hou van je,' zei ze op onze laatste avond samen tegen me, 'maar jij en ik willen verschillende dingen. Je zou zo veel meer uit je leven kunnen halen, maar om een of andere reden vind je het prima zoals het nu gaat.' Ze had geaarzeld voor ze verder sprak. 'Maar wat ik nog vervelender vind, is dat ik niet weet wat je nou echt voor me voelt.' Ik wist dat ze gelijk had. Kort daarop stapte ze zonder afscheid van me te nemen op een vliegtuig. Een jaar later, nadat ik via haar ouders haar telefoonnummer had gekregen, belde ik haar. Het gesprek duurde twintig minuten. Ze was verloofd met een advocaat, vertelde ze me, en ze gingen in juni trouwen.

Het telefoontje deed me meer dan ik had gedacht. Ik was die dag – weer eens – ontslagen en ging zoals gewoonlijk naar Leroy's om mezelf te troosten. Daar zat het gebruikelijke stelletje losers en opeens besefte ik dat ik er geen zin in had om weer een zinloze avond te doen alsof ik mijn leven prima op orde had. Ik kocht een sixpack bier en ging op het strand zitten. Voor het eerst in jaren dacht ik na over mijn leven en ik vroeg me af of ik mijn vaders raad moest opvolgen en toch naar de universiteit moest gaan. Ik was echter al zo lang niet meer naar school geweest dat het een bizar en belachelijk idee leek. Noem het toeval of pech, maar net op dat moment renden er twee mariniers langs. Ze waren jong en fit, en straalden zelfverzekerdheid uit. Wat zij konden, kon ik ook, hield ik mezelf voor.

Ik dacht er een paar dagen over na en uiteindelijk kwam het door mijn vader dat ik de knoop doorhakte. Niet dat ik het er met hem over had, want in die tijd spraken we niet met elkaar. Toen ik op een avond naar de keuken liep, zag ik hem zoals altijd aan zijn bureau zitten. Ditmaal keek ik eens goed naar hem. Hij was zo goed als kaal en de paar haren bij zijn oren waren zilvergrijs. Hij naderde zijn pensioen en opeens bedacht ik dat ik het recht niet had hem teleur te stellen na alles wat hij voor me had gedaan.

En dus ging ik in het leger. Eerst wilde ik bij de marine, want met mariniers was ik het meest vertrouwd – op Wrightsville Beach waren altijd veel mariniers van Camp Lejeune of Cherry Point te vinden – maar uiteindelijk werd het de landmacht. Ik bedacht dat ik hoe dan ook een geweer zou krijgen, maar wat de doorslag gaf, was dat de rekruteringsmedewerker van de marine zat te lunchen toen ik langskwam, waardoor hij niet direct beschikbaar was, terwijl de rekruteringsmedewerker van de landmacht – wiens kantoor daar recht tegenover lag – wel meteen tijd voor me had. Het was dus eerder een spontaan dan een weloverwogen besluit, maar ik zette mijn handtekening op de stippellijn voor een periode van vier jaar en toen de rekruteringsmedewerker me bij mijn vertrek op de rug sloeg en feliciteerde, vroeg ik me af waar ik aan begonnen was. Dat was eind 1997. Ik was twintig.

Bootcamp op Fort Benning was net zo erg als ik had gedacht.

De opzet leek te zijn ons zo te vernederen en te hersenspoelen dat we klakkeloos bevelen zouden opvolgen, hoe dom die ook mochten zijn, maar ik paste me sneller aan dan veel andere jongens. Toen ik dat achter de rug had, koos ik voor de infanterie. De daaropvolgende maanden deden we veel simulaties in plaatsen als Louisiana en het oude vertrouwde Fort Bragg, waar we in feite leerden hoe we het best mensen konden ombrengen en spullen konden vernielen. Na verloop van tijd werd mijn eenheid, als onderdeel van de First Infantry Division – de eerste infanteriedivisie, ook wel bekend als de *Big Red One* – naar Duitsland gestuurd. Ik sprak geen woord Duits, maar dat gaf niet, want vrijwel iedereen die ik daar tegenkwam sprak Engels. Aanvankelijk stelde het weinig voor, maar toen begon het legerleven pas echt. Ik zat zeven rotmaanden op de Balkan, eerst in 1999 in Macedonië en daarna in Kosovo, waar ik tot het eind van het voorjaar 2000 bleef. Het betaalde slecht, maar doordat ik geen kosten voor huur of eten had en er werkelijk niets was waar ik mijn geld aan kon uitgeven, had ik voor het eerst van mijn leven geld op de bank staan. Niet veel, maar genoeg.

De eerste keer dat ik verlof had, ging ik naar huis en verveelde ik me kapot. De tweede keer dat ik verlof had ging ik naar Las Vegas. Een van mijn dienstmaten was daar opgegroeid en we logeerden met z'n drieën bij zijn ouders. Ik joeg er bijna al mijn spaargeld doorheen. De derde keer dat ik verlof had, nadat ik terug was uit Kosovo, moest ik er echt even uit en ik besloot naar huis te gaan in de hoop dat de verveling daar voldoende zou zijn om tot rust te komen. Vanwege de afstand belden mijn vader en ik elkaar zelden, maar hij schreef me brieven die steevast een poststempel van de eerste van de maand hadden. Ze leken niet op de brieven die mijn dienstmaten van hun moeder of zus of vrouw kregen. Niet te persoonlijk, niet sentimenteel, nooit een woord waaruit bleek dat hij me miste. Hij had het ook nooit over munten. In plaats daarvan schreef hij over de veranderingen in de buurt en hij had het vaak over het weer. Als ik hem schreef dat ik op de Balkan bij een zeer gevaarlijk vuurgevecht betrokken was geweest, schreef hij terug dat hij blij was dat ik het had overleefd, maar daar bleef het bij. Uit hoe hij zijn antwoord formuleerde, maakte ik op dat hij niet wilde weten wat voor riskante dingen ik deed. Dat ik in gevaar verkeerde maakte hem bang, en dus sloeg ik de spannende stukken daarna over. Ik stuurde hem brieven waarin stond dat wachtdienst beslist de saaiste taak was die ooit was bedacht en dat gokken hoeveel sigaretten de andere militair die samen met mij wachtdienst had op een avond zou roken, het spannendste was wat ik de afgelopen weken had meegemaakt. Mijn vader eindigde elke brief met de belofte dat hij gauw weer zou schrijven en ook wat dat betreft liet hij het nooit afweten. Hij was, en daar ben ik al langere tijd van overtuigd, een veel betere man dan ik ooit zal zijn.

Ik was de voorgaande drie jaar volwassen geworden. Ja, ik ben een wandelend cliché – je gaat er als jongen in en komt er als man uit – maar in het leger moet je wel volwassen worden, zeker als je zoals ik bij de infanterie zit. Je krijgt spullen toevertrouwd die een vermogen kosten, anderen vertrouwen op je en als je het verknoeit, is de straf veel erger dan zonder eten naar bed te worden gestuurd. Ja, al dat papierwerk en de verveling zijn vreselijk, en iedereen rookt, kan nog geen zin zeggen zonder te vloeken en heeft dozen met vieze blaadjes onder zijn bed staan, en je moet bevelen opvolgen van officieren die net van de opleiding komen en denken dat infanteristen zoals ik het IQ van een neanderthaler hebben. Je wordt echter ook gedwongen de belangrijkste les van je leven te leren en dat is dat je de opgedragen taken moet uitvoeren, en dat je dat maar beter goed kunt doen. Als je een bevel krijgt, kun je niet weigeren. Het is niet overdreven om te stellen dat er levens op het spel staan. Eén verkeerde beslissing en je dienstmaat kan sterven. Zo werkt dat in het leger. Dat is de grote denkfout die mensen maken als ze zich afvragen hoe het kan dat soldaten dagelijks hun leven op het spel zetten of hoe ze kunnen vechten voor iets waar ze niet achter staan. Niet iedereen gelooft overal in. Ik heb samengewerkt met soldaten uit het hele politieke spectrum, ik heb mensen leren kennen die niets van het leger moesten hebben, maar ik ben ook mensen tegengekomen die beroepsmilitair willen zijn. Ik heb genieën en sukkels meegemaakt, maar uiteindelijk doen we het voor elkaar. Omwille van vriendschap. Niet voor het land of uit patriottisme, niet omdat we als moordmachines geprogrammeerd zijn, maar om de gozer naast je. Je vecht voor je vriend, om hem in leven te houden, en hij vecht voor jou. Alles in het leger is op deze eenvoudige hypothese gebaseerd.

Zoals ik al eerder zei, was ik veranderd. Toen ik het leger in ging, rookte ik en tijdens de bootcamp heb ik de longen bijna uit mijn lijf gehoest, maar in tegenstelling tot vrijwel alle anderen in mijn eenheid ben ik gestopt met roken, al ruim twee jaar. Ik ben ook minder gaan drinken. Een biertje of twee per week is voor mij wel genoeg en soms drink ik een hele maand niet. Ik heb geen enkele aantekening. Ik ben van soldaat tot korporaal bevorderd en een half jaar daarna tot sergeant, en ik ben erachter gekomen dat ik het in me heb om leiding te geven. Ik heb de leiding gehad bij vuurgevechten en mijn sectie was betrokken bij het inrekenen van een van de beruchtste oorlogsmisdadigers van de Balkan. Mijn bevelvoerend officier heeft me voorgedragen voor de officiersopleiding (OCS) en ik heb erover nagedacht of ik officier wilde worden, maar dat kan ook een bureaufunctie betekenen en nog meer papierwerk, en ik wist niet of ik dat wel wilde. Afgezien van het surfen had ik al jaren niet meer gesport toen ik het leger in ging. Bij mijn derde verlof had ik tien kilo meer spiermassa en was mijn buikje weg. In mijn vrije tijd ging ik hardlopen, boxen of gewichtheffen met Tony, een krachtpatser uit New York die schreeuwde in plaats van praatte en beweerde dat tequila een afrodisiacum was. Hij was mijn beste vriend in de eenheid. Hij heeft me overgehaald om net als hij tatoeages te laten zetten en met de dag werd de herinnering aan wie ik ooit was geweest vager.

Ik las ook veel. In het leger heb je zeeën van tijd om te lezen. Er werden boeken geruild en uit de bibliotheek geleend tot de kaften vrijwel versleten waren. Je moet niet denken dat ik een intellectueel ben geworden, dat niet. Voor mij geen Chaucer of Proust of Dostojevski of van die andere dode schrijvers, maar ik las detectives en thrillers, en boeken van Stephen King, en ik bleek dol te zijn op de boeken van Carl Hiaasen omdat die zo lekker weg lazen en me altijd aan het lachen maakten. Ik bedacht dat als je op scholen zulke boeken zou mogen lezen, er veel meer lezers op de wereld zouden zijn.

In tegenstelling tot mijn dienstmaten hield ik de boot af als het om vrouwen ging. Dat klinkt raar, niet dan? Ik was in de bloei van mijn leven, had een baan waarbij testosteron een grote rol speelde, dus het zou toch vanzelfsprekend zijn als ik ontlading zou zoeken bij een vrouw? Maar voor mij hoefde dat niet. Hoewel ik jongens kende die met meisjes uit de buurt uitgingen en zelfs met hen trouwden toen we in Würzburg gestationeerd waren, had ik genoeg verhalen gehoord om te weten dat die huwelijken zelden standhielden. Het leger viel moeilijk te combineren met relaties in het algemeen – ik had genoeg echtscheidingen gezien om dat te weten – en hoewel ik best een vriendin had gewild, gebeurde dat niet. Tony snapte er niets van.

'Ga met me mee,' zei hij op smekende toon. 'Je gaat nooit mee.'

'Ik heb geen zin.'

'Hoe kun je nou geen zin hebben? Sabine zegt dat haar vriendin bloedmooi is. Lang, blond, houdt van tequila.'

'Neem Don maar mee, die wil vast wel.'

'Castelow? Geen denken aan. Sabine mag hem niet.'

Ik zweeg.

'We gaan er een leuke avond van maken.'

Ik schudde mijn hoofd en bedacht dat ik nog liever alleen was dan dat ik in mijn oude gewoontes zou vervallen, maar ik vroeg me wel af of ik uiteindelijk net zo'n monnikenbestaan zou leiden als mijn vader.

Toen Tony doorhad dat ik toch niet op andere gedachten te brengen was, deed hij bij het weggaan geen enkele moeite om zijn afkeer te verbergen. 'Soms snap ik jou gewoon niet.'

Toen mijn vader me ophaalde van de luchthaven herkende hij me eerst niet en hij schrok bijna toen ik op zijn schouder tikte. Hij leek kleiner dan voor mijn vertrek. In plaats van me te omhelzen gaf hij me een hand en hij vroeg of ik een goede vlucht had gehad. Daarna wisten we niets meer te zeggen en dus liepen we naar buiten. Het was vreemd en verwarrend om weer thuis te zijn, en ik was gespannen, net als de vorige keer dat ik verlof had. Op de parkeerplaats gooide ik mijn spullen in de kofferbak en ik zag een sticker op de achterklep van zijn oude Ford Escort met de tekst STEUN ONZE TROEPEN. Ik wist niet hoeveel die tekst voor mijn vader betekende, maar het deed me goed.

Eenmaal thuis bracht ik mijn spullen naar mijn oude kamer. Alles was nog zoals ik het me herinnerde, inclusief de stoffige trofeeën op mijn plank en de halflege fles Wild Turkey die ik achter in mijn lade met ondergoed had verstopt. Ook in de rest van het huis was niets veranderd. De deken lag nog op de bank, de groene koelkast stak nog steeds monsterlijk af bij de rest van de keuken en de televisie ontving maar vier wazige zenders. Mijn vader kookte spaghetti. Op vrijdag aten we altijd spaghetti. Tijdens het avondeten probeerden we een gesprek te voeren.

'Het is fijn om terug te zijn,' zei ik.

Hij glimlachte even. 'Mooi,' antwoordde hij.

Hij nam een slok melk. Bij het avondeten dronken we altijd melk. Hij keek naar zijn bord.

'Je weet wel: Tony,' zei ik. 'Volgens mij heb ik over hem geschreven in mijn brieven. Nou, die denkt dus dat hij verliefd is. Ze heet Sabine en heeft een dochter van zes. Ik heb hem gewaarschuwd dat het misschien niet zo'n goed idee is, maar hij luistert niet naar me.'

Hij strooide zorgvuldig Parmezaanse kaas over zijn eten, waarbij hij erop lette dat overal precies de juiste hoeveelheid kwam te liggen. 'O,' zei hij. 'Oké.'

Daarna at ik en zwegen we. Ik nam een paar slokken melk. Ik nam nog een paar happen. De klok aan de muur tikte.

'Je kijkt er zeker wel naar uit om dit jaar met pensioen te gaan?' zei ik. 'Dan kun je eindelijk op vakantie, wat van de wereld zien.' Het lag op het puntje van mijn tong om te zeggen dat hij mij in Duitsland kon opzoeken, maar ik slikte de woorden in. Ik wist dat hij dat niet zou doen en ik wilde hem niet voor het blok zetten. We draaiden tegelijk spaghetti om onze vork terwijl hij over het antwoord leek na te denken.

'Dat weet ik niet,' zei hij na een tijdje.

Ik gaf het op het gesprek gaande te houden en daarna kwam het enige geluid van onze vork die over het bord schoof. Na het eten gingen we ieder ons eigen gang. Omdat ik doodmoe was van de reis ging ik naar bed. Ik werd elk uur wel een keer wakker, net als op de basis. Toen ik de volgende ochtend uit bed kwam, was mijn vader al naar zijn werk. Ik at en las de krant, belde een vriend, maar die nam niet op, pakte mijn surfplank uit de garage en liep naar het strand. De golven waren niet geweldig, maar dat maakte niet uit. Ik had al drie jaar niet op een surfplank gestaan en aanvankelijk ging het moeizaam, maar zelfs de kleine golven riepen het verlangen bij me op om dichter bij de oceaan gestationeerd te zijn.

Het was begin juni 2000, het was al warm en het water was verfrissend. Vanaf mijn surfplank zag ik mensen hun spullen neerzetten in de huisjes vlak achter de duinen. Zoals ik al eerder heb gezegd, is het op Wrightsville Beach altijd druk met gezinnen die daar voor een week of langer een huisje huurden, en af en toe waren er ook studenten van de University of North Carolina of de North Carolina State University. Die laatste categorie interesseerde me en ik zag een groep studentes in bikini neerstrijken op het achterterras van een van de huizen vlak bij de pier. Ik keek een tijdje naar ze, genoot van wat ik zag, pakte een volgende golf en zat de rest van de middag in mijn eigen wereldje.

Ik overwoog naar Leroy's te gaan, maar bedacht dat de bezoekers en de inrichting nog hetzelfde zouden zijn – alleen ik was veranderd. En dus kocht ik een flesje bier bij het winkeltje en ik ging op de pier zitten om van de zonsondergang te genieten. De meeste mensen die daar hadden zitten vissen waren al weg en de paar die er nog waren, maakten vis schoon en gooiden de afgedankte vissen terug. Na een tijdje kleurde de oceaan van ijzerkleurig naar oranje en daarna naar geel. Bij de brandingsgolven voorbij de pier zag ik pelikanen bij dolfijnen op de rug staan terwijl die door de golven doken. Vanavond zou het de eerste nacht van de vollemaan zijn. Doordat ik vaak buiten was, wist ik dat bijna gevoelsmatig. Ik dacht niet echt na, liet mijn gedachten de vrije loop. Echt, een meisje tegenkomen was wel het laatste waar ik mee bezig was.

Toen zag ik haar de pier op lopen. Ze waren met z'n tweeën. De een was lang en blond, de ander was een aantrekkelijke brunette. Ze waren beiden wat jonger dan ik. Waarschijnlijk waren het studentes. Ze droegen een korte broek en een haltertopje, en de brunette had zo'n grote gebreide tas bij zich die mensen meenemen naar het strand als ze van plan zijn daar uren met de kinderen te blijven. Ik hoorde ze praten en lachen. Ze klonken zorgeloos en in vakantiestemming toen ze dichterbij kwamen.

'Hoi,' riep ik toen ze vlakbij waren. Het klonk niet als een gespreksopening en ik verwachtte dan ook geen reactie.

De blondine zei inderdaad niets terug. Ze wierp een blik op mijn surfplank en het flesje bier in mijn hand, keek vertwijfeld omhoog en negeerde me verder. De brunette verraste me echter.

'Ook hoi,' zei ze, en ze glimlachte. Ze wees naar mijn surfplank. 'Het waren zeker fijne golven vandaag?'

Haar opmerking overviel me en er klonk onverwachte vriendelijkheid in haar stem door. Haar vriendin en zij liepen verder naar het eind van de pier en ik betrapte mezelf erop dat ik naar haar keek terwijl ze zich over het hek heen boog. Ik overwoog naar hen toe te gaan en mezelf voor te stellen, maar besloot het toch niet te doen. Ze waren mijn type niet, beter gezegd, ik was waarschijnlijk hun type niet. Ik nam een grote slok bier en probeerde niet op hen te letten.

Maar hoe ik ook mijn best deed, mijn blik gleed telkens naar de brunette. Ik probeerde niet mee te luisteren naar wat ze tegen elkaar zeiden, maar de blondine had zo'n harde stem dat ik haar toch verstond. Ze ging maar door over een of andere Brad en het feit dat ze zo veel van hem hield, dat haar meisjesstudentensociëteit de beste op de hele universiteit was en dat hun eindejaarsfeest het allervetste feest ooit was geweest, dat de brunette volgend studiejaar ook lid moest worden, dat te veel van haar vriendinnen een relatie met een vreselijke corpsbal hadden, dat een van hen zelfs zwanger was, maar dat dit haar eigen schuld was omdat anderen haar voor hem hadden gewaarschuwd. De brunette zei niet veel – ik had geen idee of ze het gesprek amusant of saai vond – maar nu en dan lachte ze wel. Opnieuw klonk er vriendelijkheid en begrip door in haar stem. Het was of ik thuiskwam, al sloeg dat nergens op. Toen ik mijn flesje bier neerzette, zag ik dat ze haar tas op het hek had gezet.

Ze stonden er al een minuut of tien toen er twee jongens de pier op liepen – corpsballen, vermoed ik. De een had een roze en de ander een oranje Lacoste-shirt aan, en ze droegen beiden een bermuda. Mijn eerste ingeving was dat een van die twee die Brad moest zijn over wie de blondine het had gehad. Ze hadden een flesje bier vast en gingen steeds geheimzinniger doen naarmate ze dichterbij kwamen, alsof ze de meisjes wilden laten schrikken. De kans was groot dat de meisjes blij zouden zijn met hun gezelschap en dat ze na een verraste kreet, compleet met gegil en een goedbedoelde klap op de arm, lachend en giechelend of hoe dat ook ging bij studentenstelletjes, met z'n allen terug zouden lopen.

Zo had het ook kunnen gaan, want de jongens deden precies wat ik verwacht had. Zodra ze dichtbij genoeg waren, lieten ze de meisjes schrikken. De meisjes gilden en gaven de jongens vriendelijk een klap op de arm. De jongens joelden en de jongen met het roze shirt morste bier. Hij leunde tegen het hek, vlak bij waar de tas stond, benen gekruist, armen achter zich.

'Over een paar minuten steken we het kampvuur aan,' zei de jongen met het oranje shirt, die zijn armen om de blondine heen sloeg en haar in haar nek zoende. 'Gaan jullie mee terug?'

'Mee terug?' vroeg de blondine, waarbij ze haar vriendin aankeek.

'Dat is goed, hoor,' antwoordde de brunette.

De jongen met het roze shirt zette zich af tegen het hek. Zijn hand moet daarbij de tas hebben geraakt, want die verschoof en buitelde over de rand. De plons klonk als het geluid van een springende vis.

'Wat was dat?' vroeg hij, terwijl hij zich omdraaide.

'Mijn tas!' zei de brunette ontzet. 'Je hebt hem eraf gegooid.'

'Sorry,' zei hij, maar het klonk niet gemeend.

'Mijn portemonnee zit erin!'

Hij fronste zijn wenkbrauwen. 'Ik heb toch al sorry gezegd?'

'Je moet hem pakken voor hij zinkt!'

De corpsballen leken versteend en ik wist dat ze niet van plan waren het water in te springen om de tas te pakken. Om te beginnen zouden ze de tas waarschijnlijk toch niet kunnen vinden en dan zouden ze het hele stuk terug naar het strand moeten zwemmen, een slecht idee als je gedronken had, wat duidelijk het geval was. Volgens mij had de brunette dat ook door, want ik zag hoe ze haar handen op de bovenste en één voet op de onderste balk zette.

'Doe niet zo dom. Dat ding is weg,' zei de jongen met het roze shirt, die zijn hand op haar handen legde om haar tegen te houden. 'Het is te gevaarlijk om erin te springen. Er kunnen wel haaien zitten. Het is maar een portemonnee. Ik koop wel een nieuwe voor je.'

'Ik moet die portemonnee hebben! Al mijn geld zit erin!'

Het was niet mijn probleem, dat wist ik. Maar toen ik opsprong en naar het eind van de pier rende, dacht ik alleen maar: ach wat...

2

Ik neem aan dat ik moet uitleggen waarom ik de golven in ben gesprongen om haar tas te pakken. Het was niet zo dat ik dacht dat ze me een held zou vinden of dat ik indruk op haar wilde maken of dat het me ook maar iets kon schelen hoeveel geld ze anders kwijt was geweest. Het kwam door de oprechtheid en de warmte van haar lach. Op het moment dat ik het water in dook, wist ik hoe belachelijk mijn reactie was, maar toen was het al te laat. Ik belandde in het water, ging kopjeonder en kwam weer boven. Vier gezichten bij het hek keken naar me. Roze shirt ergerde zich overduidelijk.

'Waar is de tas?' riep ik naar hen.

'Daar!' riep de brunette. 'Volgens mij zie ik hem nog. Hij is aan het zinken...'

Het duurde even voor ik hem zag in de invallende schemering en de deining van de golven probeerde me naar de pier te duwen. Ik zwom naar de zijkant en hield de tas zo goed en zo kwaad als dat ging boven water, hoewel die al doorweekt was. Ik was bang geweest dat het lastig zou zijn om naar het strand te zwemmen, maar dankzij de golfstroom viel dat mee. Nu en dan keek ik op en dan zag ik de vier mensen over de pier met me meelopen.

Eindelijk voelde ik de bodem en ik waadde uit de branding. Ik schudde het water uit mijn haar, liep het zand op en ontmoette hen halverwege het strand. Ik stak de tas naar voren.

'Alsjeblieft.'

'Dank je wel,' zei de brunette, en toen ze me aankeek, voelde ik een klik, alsof er een sleutel in een slot werd omgedraaid. Ik ben niet romantisch aangelegd en hoewel ik van alles over liefde op het eerste gezicht had gehoord, geloofde ik dat nooit – en ik geloof er nog steeds niet in. Maar toch was er iets en dat was zo echt dat ik mijn blik niet kon afwenden.

Van dichtbij was ze nog mooier dan ik dacht, maar dat had minder te maken met haar uiterlijk dan met haar karakter. Het kwam niet alleen door haar glimlach en haar iets uit elkaar staande tanden, het kwam door hoe ze nonchalant een haarlok wegstreek, haar ontspannen manier van doen.

'Dat had je niet hoeven doen,' zei ze met lichte verbazing in haar stem. 'Ik had hem wel teruggekregen.'

'Dat weet ik.' Ik knikte. 'Ik zag dat je op het punt stond er zelf in te springen.'

Ze hield haar hoofd schuin. 'Maar je voelde een onbedwingbare behoefte om een dame in nood te hulp te schieten?'

'Zoiets ja.'

Ze dacht even na over mijn antwoord en richtte haar aandacht toen op de tas. Ze begon er dingen uit te halen – haar portemonnee, een zonnebril, een zonneklep, een tube zonnebrandcrème – en gaf die allemaal aan de blondine, waarna ze haar tas uitwrong.

'Je foto's zijn nat geworden,' zei de blondine, die de portemonnee controleerde.

De brunette nam geen notie van haar en ging door met haar tas nu eens de ene en dan weer de andere kant op te draaien om hem uit te wringen. Toen ze eindelijk tevreden was, nam ze de spullen weer over en stopte die terug in haar tas.

'Nogmaals bedankt,' zei ze. Haar accent verried dat ze niet uit het oosten van North Carolina kwam, het klonk nasaler, alsof ze in de bergen in de buurt van Boone was opgegroeid of in het westen bij de grens met South Carolina.

'Graag gedaan,' mompelde ik, maar ik bleef staan.

'Hé, misschien wil hij een beloning,' mengde het roze shirt zich met luide stem in het gesprek.

Ze keek naar hem en toen weer naar mij. 'Wil je een beloning?'

'Nee.' Ik wuifde haar opmerking weg. 'Ik ben blij dat ik kon helpen.'

'Ik wist wel dat hoffelijkheid nog bestond,' zei ze. Ik zocht naar een plagende ondertoon, maar hoorde niets wat erop duidde dat ze de draak met me stak.

Het oranje shirt nam me vluchtig op en zag mijn crew cut. 'Zit je bij de marine?' vroeg hij. Hij sloeg zijn armen nog wat steviger om de blondine heen.

Ik schudde mijn hoofd. 'Nee, bij de landmacht. Kun jij de landmacht aan?'

De brunette lachte. In tegenstelling tot mijn vader kende ze de geschikt/ongeschikt-campagne wel.

'Ik ben Savannah,' zei ze. 'Savannah Lynn Curtis. En dit zijn Brad, Randy en Susan.' Ze stak haar hand uit.

'Ik ben John Tyree,' zei ik, terwijl ik haar de hand schudde. Haar hand was warm, op sommige plaatsen fluweelzacht en op andere plaatsen zaten eeltplekken. Opeens besefte ik hoe lang het geleden was dat ik een vrouw had aangeraakt.

'Ik vind wel dat ik iets voor je moet doen.'

'Dat hoeft helemaal niet.'

'Heb je al gegeten?' vroeg ze. Mijn opmerking negeerde ze. 'We gaan zo barbecueën en er is genoeg. Heb je zin om met ons mee te eten?'

De jongens wisselden een blik. Randy in zijn roze shirt keek ronduit ontstemd en eerlijk gezegd deed me dat goed. Met zijn 'hé, misschien wil hij een beloning'. Wat een lul.

'Ja, ga mee,' voegde Brad er na een tijdje niet al te enthousiast aan toe. 'Het wordt vast leuk. We huren het huis vlak bij de pier.' Hij wees naar een van de strandhuizen. Op het achterterras hingen al wat mensen rond.

Ook al had ik geen zin om nog langer met die corpsballen op te trekken, Savannah glimlachte zo hartelijk naar me dat de woorden mijn mond al uit waren voor ik ze kon tegenhouden.

'Klinkt leuk. Ik ga mijn surfplank van de pier halen en dan kom ik eraan.'

'Dan zien we je daar,' zei Randy. Hij deed een stap in Savannahs richting, maar ze negeerde hem.

'Ik loop met je mee,' zei Savannah, en ze maakte zich los van de groep. 'Dat is wel het minste wat ik kan doen.' Ze verschoof de tas op haar schouder. 'Dan zie we jullie straks, oké?'

We liepen naar het duin, waar de trap naar de pier was. Haar vrienden draalden even, maar toen ze naast me kwam lopen, draaiden ze zich langzaam om en begonnen over het strand te wandelen. Vanuit mijn ooghoek zag ik hoe de blondine haar hoofd draaide en onder Brads arm door naar ons keek. Ook Randy keek naar ons, met een chagrijnige blik. Ik betwijfelde of Savannah het gezien had, tot we een paar stappen verder waren.

'Susan verklaart me waarschijnlijk voor gek dat ik dit doe,' zei ze.

'Wat doe?'

'Met je meelopen. Ze vindt Randy heel goed bij me passen en probeert ons al te koppelen sinds we vanmiddag hier zijn aangekomen. Hij loopt de hele tijd achter me aan.'

Ik knikte, wist niet goed wat ik moest zeggen. In de verte was de maan, die vol was en glom, aan zijn trage klim vanuit de zee begonnen en ik zag Savannah ernaar kijken. Toen de golven braken en uitrolden, lichtten die zilverkleurig op, alsof er met een camera geflitst werd. We kwamen bij de pier. Door zand en zout voelde het hek korrelig aan. Het hout was verweerd en her en der staken er splinters uit. De treden kraakten toen we de trap op gingen.

'Waar ben je gestationeerd?' vroeg ze.

'In Duitsland. Ik heb verlof en logeer een paar weken bij mijn vader. Jij komt zeker uit de bergen?'

Ze keek me verbaasd aan. 'Lenoir.' Ze nam me op. 'Laat me raden, mijn accent? Je vindt me praten als een plattelandsmeisje.'

'Helemaal niet.'

'Dat vind je wel en ja, ik kom inderdaad van het platteland. Ik ben op een ranch opgegroeid en ik weet dat ik een accent heb, maar sommige mensen schijnen dat charmant te vinden.'

'Randy vindt het charmant.'

Het was eruit voordat ik de woorden kon wegslikken. In de daaropvolgende ongemakkelijke stilte haalde ze haar hand door haar haar.

'Randy lijkt me een aardige jongen,' zei ze na een tijdje, 'maar ik ken hem niet goed. De meeste mensen in het huis ken ik eigenlijk niet goed, met uitzondering van Tim en Susan.' Ze sloeg een mug weg. 'Je ziet Tim straks wel. Geweldige vent. Je zult het vast goed met hem kunnen vinden. Iedereen vindt hem aardig.'

'En jullie zijn hier een week op vakantie?'

'Een maand, maar het is niet echt een vakantie. We doen vrijwilligerswerk. Je hebt vast wel eens van Habitat for Humanity gehoord. We zijn hier om te helpen een paar huizen te bouwen. Mijn familie is er al jaren bij betrokken.'

Boven haar schouder leek het strandhuis tot leven te komen in de duisternis. Er waren nu meer mensen op het terras, de muziek was harder gezet en af en toe hoorde ik gelach. Brad, Susan en Randy waren al omringd door een groep bierdrinkende studenten die niet bepaald op weldoeners leken, maar eerder op studenten die een leuke tijd wilden hebben en de kans wilden krijgen om iemand van het andere geslacht aan de haak te slaan. Ze moest mijn gelaatsuitdrukking gezien hebben, want ze volgde mijn blik.

'We beginnen maandag pas. Ze komen er snel genoeg achter dat het niet alleen lang leve de lol is.'

'Je hebt mij niets horen zeggen, hoor.'

'Dat hoefde ook niet. Maar je hebt gelijk. Voor de meesten is het de eerste keer dat ze voor Habitat komen werken en ze doen het alleen maar omdat dat goed op hun cv staat als ze zijn afgestudeerd. Ze hebben er geen idee van hoeveel werk het is. Het enige wat er uiteindelijk toe doet, is dat de huizen gebouwd worden en dat gaat ook gebeuren. Dat lukt altijd.'

'Heb je dit eerder gedaan?'

'Elke zomer vanaf mijn zestiende. Vroeger ging ik met een groep van onze kerk, maar toen ik naar Chapel Hill ging, zijn we daar een groep gestart. Dat wil zeggen, Tim is ermee begonnen. Hij komt ook uit Lenoir. Hij is pas afgestudeerd en begint in het najaar aan zijn master. Ik ken hem al mijn hele leven. In plaats van in de zomer thuis wat vakantiewerk te doen of stage te lopen, leek het ons een goed idee studenten de kans te bieden belangrijk werk te kunnen doen. Iedereen betaalt mee aan de huur en alle onkosten zijn voor eigen rekening. Het bouwen van de huizen doen we gratis. Daarom was het zo belangrijk dat ik mijn tas terugkreeg, anders heb ik de hele maand geen eten.'

'Ze zouden je heus niet laten verhongeren.'

'Dat weet ik, maar het zou niet eerlijk zijn. Ze doen al iets goeds, dat is meer dan genoeg.'

Ik voelde mijn voeten wegglippen in het zand.

'Waarom Wilmington?' vroeg ik. 'Ik bedoel, waarom bouwen jullie hier huizen en niet in Lenoir of Raleigh?'

'Vanwege het strand. Je weet hoe mensen zijn. Het is al lastig genoeg om studenten zover te krijgen een maand voor niets te werken en ze zeggen sneller ja bij een plaats als deze. Hoe meer mensen je hebt, hoe meer je kunt doen. Dit jaar hebben zich dertig mensen aangemeld.'

Ik knikte, me ervan bewust hoe dicht we naast elkaar liepen. 'Ben jij ook afgestudeerd?'

'Nee, ik zit in het laatste jaar. Daarna ga ik een master speciaal onderwijs doen, voor het geval dat je volgende vraag is.'

'Dat wilde ik inderdaad vragen.'

'Dat dacht ik al. Als je op de universiteit zit, is dat de vraag die iedereen stelt.'

'Iedereen vraagt mij altijd of ik het leuk vind in het leger.'

'En?'

'Dat weet ik niet.'

Ze lachte en dat klonk zo melodisch dat ik wist dat ik haar nog een keer wilde horen lachen.

We kwamen bij het eind van de pier en ik pakte mijn surfplank. Ik gooide het lege bierflesje in de vuilnisbak en hoorde het op de bodem kletteren. Er verschenen sterren in de lucht en het licht uit de huizen langs de duinen deed me denken aan felverlichte uitgeholde pompoenen waaruit een gezicht was weggesneden.

'Mag ik vragen waarom je in het leger bent gegaan? Dus los van de vraag of je het daar leuk vindt of niet.'

Ik moest even nadenken wat ik zou antwoorden en ik nam mijn surfplank onder mijn andere arm. 'Het veiligste antwoord is dat ik het in die tijd nodig had.'

Ze wachtte op meer uitleg, maar toen ik verder niets zei, knikte ze alleen.

'Je vindt het vast fijn om weer even thuis te zijn,' zei ze.

'Zeker.'

'Je vader is vast ook blij.'

'Dat denk ik wel.'

'Die is blij. Ik weet zeker dat hij heel trots op je is.'

'Ik hoop het.'

'Je klinkt niet al te overtuigd.'

'Als je mijn vader zou kennen, zou je het snappen. Hij is niet zo'n prater.'

Ik zag hoe het maanlicht gereflecteerd werd in haar donkere ogen en haar stem klonk zacht toen ze het woord nam. 'Hij hoeft het niet uit te spreken om trots op je te zijn. Wie weet is hij zo'n vader die dat op andere manieren uit.'

Ik dacht erover na en hoopte dat het waar was. Terwijl ik nadacht, klonk er gegil bij het strandhuis en ik zag een paar studenten dicht bij het vuur staan. Een van de jongens had zijn armen om een meisje heen geslagen en duwde haar naar voren. Ze lachte en verzette zich. Brad en Susan waren daar vlakbij aan het knuffelen, maar Randy was weg.

'Dus je kent de meeste mensen niet met wie je het huis deelt?'

Ze schudde haar hoofd en haar haar gleed over haar schouders. Ze streek een haarlok weg. 'Ik ken ze niet goed. De meesten hebben we voor het eerst gezien toen we ons gingen aanmelden en daarna zagen we ze pas weer vandaag toen we hier aankwamen. We zijn elkaar heus wel eens op de campus tegengekomen en volgens mij kennen veel mensen elkaar al wel, maar ik ken ze niet. De meesten wonen in huizen van hun studentenvereniging. Ik woon in een algemeen studentenhuis. Ze zijn aardig, heus.'

Toen ze antwoord gaf, kreeg ik het gevoel dat ze zo iemand was die nooit iets negatiefs over iemand zou zeggen. Haar respect voor anderen vond ik verfrissend en volwassen, en toch verbaasde het me gek genoeg niet. Het paste bij die ondefinieerbare eigenschap die ik direct al bij haar had bespeurd, een houding die haar anders maakte dan de rest.

'Hoe oud ben je?' vroeg ik toen we vlak bij het huis waren.

'Ik ben vorige maand eenentwintig geworden. En jij?'

'Ik ben drieëntwintig. Heb je broers en zussen?'

'Nee, ik ben enig kind. Mijn ouders wonen nog in Lenoir en zijn na vijfentwintig jaar nog steeds smoorverliefd op elkaar. Jouw beurt.'

'Hetzelfde, alleen heb ik altijd alleen met mijn vader gewoond.'

Mijn antwoord zou normaal gesproken geheid tot vragen over mijn moeder leiden, maar tot mijn verbazing stelde ze die niet. In plaats daarvan vroeg ze: 'Heeft hij je leren surfen?'

'Nee, dat heb ik mezelf op jonge leeftijd al aangeleerd.'

'Je bent goed. Ik heb eerder vandaag naar je zitten kijken. Het zag er moeiteloos uit, sierlijk zelfs. Kon ik maar zo goed surfen.'

'Ik wil het je wel leren,' bood ik aan. 'Het is niet heel moeilijk. Morgen ben ik hier weer.'

Ze bleef staan en keek me aan. 'Je moet geen dingen beloven die je niet zult nakomen.' Ze pakte me bij de arm en ik kon geen woord uitbrengen. Daarna wees ze naar het kampvuur. 'Ben je er klaar voor om wat mensen te leren kennen?'

Ik slikte en had opeens een droge keel. Dat was me nog nooit overkomen.

Het strandhuis was zo'n grote, drie verdiepingen tellende kolos met een garage op de begane grond en waarschijnlijk zes of zeven slaapkamers. De woonverdieping had rondom een enorm terras. Er hingen handdoeken over de balustrade en ik hoorde overal gesprekken. Op het terras stond een barbecue en ik rook hotdogs en kip. Bij de barbecue stond een jongen met ontbloot bovenlijf en een doek om zijn hoofd die cool probeerde te lijken. Het werkte niet. Ik schoot in de lach.

Op het zand daarvoor was in een kuil een kampvuur opgestookt en in de stoelen eromheen zaten meisjes in oversized sweatshirts, die net deden of ze de jongens niet zagen. Die jongens stonden vlak achter hen. Ze stonden er zo bij dat hun gespierde armen of hun sixpack goed uitkwamen en deden of ze de meisjes niet zagen. Dit kende ik van Leroy's. Hoogopgeleid of niet, alle jongeren waren hetzelfde. Ze waren voor in de twintig en er hing lust in de lucht. In combinatie met het strand en het bier kon ik al raden hoe dit zou aflopen, maar tegen die tijd was ik al lang weg.

Toen Savannah en ik bijna bij het kampvuur waren, vertraagde ze haar pas en ze wees. 'Wat dacht je van daar, bij het duin?' stelde ze voor.

'Prima.'

We gingen met ons gezicht naar het kampvuur zitten. Een paar meisjes keken naar ons, namen de nieuwe jongen op, waarna ze hun gesprekken voortzetten. Na een tijdje liep Randy met een biertje in zijn hand naar het kampvuur, zag Savannah en mij, keerde ons vlug de rug toe en volgde het voorbeeld van de meisjes.

'Kip of hotdog?' vroeg ze. Ze leek het allemaal niet te merken.

'Kip.'

'Wat wil je drinken?'

Door de vuurgloed zag ze er nu mysterieus uit. 'Doe maar hetzelfde als jij.'

'Ik ben zo terug.'

Ze liep naar de trap en ik moest me inhouden haar niet achterna te gaan. In plaats daarvan liep ik naar het kampvuur, deed mijn shirt uit en hing het over een vrije stoel, waarna ik terugliep naar mijn plek. Toen ik opkeek, zag ik de jongen met de doek om zijn hoofd met Savannah flirten. Ik voelde een vlaag van spanning en wendde mijn blik af om mezelf weer onder controle te krijgen. Ik wist bijna niets van haar en had geen idee wat ze van me vond. Bovendien wilde ik niet aan iets beginnen wat ik niet kon afmaken. Over een paar weken ging ik weer weg, dus het zou toch niets worden. Dat prentte ik mezelf in. Ik had zojuist besloten dat ik naar huis zou gaan zodra ik mijn eten ophad toen mijn gedachten onderbroken werden doordat er iemand op me afkwam. Het was een lange, slungelige jongen met donker haar en een nu al wijkende haargrens. Zijn haar was opzijgekamd en hij deed me denken aan van die jongens die je soms tegenkomt en die er als kind al oud uitzien.

'Jij moet John zijn,' zei hij glimlachend, en hij hurkte voor me neer. 'Ik ben Tim Wheddon.' Hij stak zijn hand uit. 'Ik heb gehoord wat je voor Savannah hebt gedaan en ik weet dat ze dolblij is dat je daar was.'

Ik schudde zijn hand. 'Leuk je te ontmoeten.'

Ondanks mijn aanvankelijke terughoudendheid was zijn lach oprechter dan die van Brad of Randy. Hij zei niets over mijn tatoeages, wat opmerkelijk was. Mijn tatoeages zijn niet bepaald klein en bedekken bijna mijn hele armen. Mensen hebben tegen me gezegd dat ik daar spijt van ga krijgen als ik ouder ben, maar toen ik ze liet zetten kon me dat niets schelen. Ik zit er nog steeds niet mee.

'Mag ik erbij komen zitten?' vroeg hij.

'Ga je gang.'

Hij maakte het zichzelf gemakkelijk, zat niet te dicht op me maar ook niet te ver weg. 'Fijn dat je kon komen. Het stelt niet veel voor, maar het eten is goed. Heb je honger?'

'Eerlijk gezegd, ik rammel.'

'Dat krijg je van surfen.'

'Surf jij ook?'

'Nee, maar oceaanlucht maakt hongerig. Dat herinner ik me van vakanties van vroeger. In mijn kindertijd gingen we elke zomer naar Pine Knoll Shores. Ben je daar wel eens geweest?'

'Maar één keer, ik had hier alles wat ik wilde.'

'Ja, dat snap ik.' Hij wees naar mijn surfplank. 'Ben jij meer van de lange planken?'

'Ik heb geen voorkeur, maar voor dit type golven is een lange plank geschikter. Als je met een korte plank wilt surfen, moet je bij de Stille Oceaan zijn.'

'Ben je daar geweest? Hawaï, Bali, Nieuw-Zeeland? Ik heb gelezen dat dat de beste surfplekken zijn.'

'Nog niet,' zei ik. Het verbaasde me dat hij dat wist. 'Wie weet komt het er ooit nog eens van.'

Er kraakte een houtblok en er schoten vonkjes de lucht in. Ik zette mijn handen tegen elkaar, wist dat het mijn beurt was. 'Ik heb gehoord dat jullie hier huizen voor de armen bouwen.'

'Heeft Savannah je dat verteld? Ja, dat is het plan. Er zijn een paar gezinnen die daar erg mee geholpen zouden zijn. Hopelijk kunnen die eind juli in een eigen huis wonen.'

'Goed van je dat je dat doet.'

'Ik doe het niet in mijn eentje, hoor. Zeg, mag ik je iets vragen?'

'Laat me raden, of ik ook wil meedoen?'

Hij lachte. 'Nee, zoiets is het helemaal niet. Het is wel grappig, want dat heb ik eerder gehoord. Als mensen me zien aankomen, rennen ze meestal hard de andere kant op. Ik denk dat het op mijn gezicht te lezen staat. Maar goed, het zou wel heel toevallig zijn, maar ik vroeg me dus af of je mijn neef kent. Hij is in Fort Bragg gestationeerd.'

'Sorry,' zei ik. 'Ik ben in Duitsland gelegerd.'

'Op Ramstein?'

'Nee, dat is de luchtmachtbasis, maar ik zit daar wel in de buurt. Hoezo?'

'In december ben ik in Frankfurt geweest. Met kerst waren we bij familie daar. Mijn familie komt oorspronkelijk daarvandaan en mijn grootouders wonen er nog.'

'Wat is de wereld toch klein.'

'Spreek je Duits?'

'Geen woord.'

'Ik ook niet. Het trieste is dat mijn ouders vloeiend Duits spreken, ik heb thuis jarenlang Duits gehoord en ik heb zelfs een cursus gevolgd voordat ik ernaartoe ging, maar het ligt me gewoon niet, snap je? Ik mag blij zijn dat ik die cursus met goed gevolg heb afgerond, maar eenmaal in Duitsland aan het diner kon ik alleen maar knikken en doen alsof ik wist waar ze het over hadden. Wat het leed enigszins verzachtte, was dat mijn jongere broer in hetzelfde schuitje zat en dus konden we ons samen dom voelen.'

Ik lachte. Hij had een open, eerlijk gezicht en onwillekeurig mocht ik hem.

'Kan ik iets voor je halen?' vroeg hij.

'Dat regelt Savannah al.'

'Ik had het kunnen weten. Ze is de ideale gastvrouw. Altijd al geweest.'

'Ze vertelde dat jullie samen zijn opgegroeid.'

Hij knikte. 'De ranch van haar familie ligt naast die van ons. We hebben op dezelfde scholen gezeten en zijn jaren naar dezelfde kerk gegaan en daarna gingen we naar dezelfde universiteit. Het voelt alsof ze mijn zusje is. Ze is bijzonder.'

Ondanks die opmerking over zijn zusje zijn, kreeg ik door hoe hij het woord 'bijzonder' uitsprak, de indruk dat hij diepere gevoelens voor haar had dan hij liet blijken. In tegenstelling tot Randy leek hij helemaal niet jaloers te zijn dat ze me hier had uitgenodigd. Voordat ik daarover kon nadenken zag ik Savannah van de trap komen en op het zand stappen.

'Ik zie dat je Tim hebt ontmoet,' zei ze met een knikje. Met haar ene hand hield ze twee borden met kip, aardappelsalade en frites vast, met de andere twee blikjes cola light.

'Ja, ik wilde hem bedanken voor wat hij heeft gedaan,' zei Tim, 'en daarna besloot ik hem te vervelen met familieverhalen.'

'Mooi zo. Ik hoopte al dat jullie met elkaar aan de praat zouden raken.' Ze stak haar handen naar voren. Net als Tim negeerde ze het feit dat ik geen shirt droeg. 'Het eten is klaar. Wil jij mijn bord, Tim? Dan ga ik nog een bord halen.'

'Nee, ik ga zelf wel halen,' zei Tim, en hij stond op. 'Bedankt voor het aanbod. Gaan jullie maar eten.' Hij klopte het zand van zijn korte broek. 'Leuk je gesproken te hebben, John. Kom gerust langs als je nog eens in de buurt bent.'

'Bedankt. Ik vind het ook leuk jou gesproken te hebben.'

Even later ging Tim de trap op. Hij keek niet om, riep vriendelijk hallo tegen iemand die de trap af ging en nam toen de overige treden.

Savannah overhandigde me het bord plus plastic bestek, wisselde van hand en gaf me een blikje cola. Daarna ging ze naast me zitten. Dichtbij, maar niet dichtbij genoeg om haar te kunnen aanraken, viel me op. Ze zette haar bord op haar schoot en pakte haar blikje. Ze aarzelde en stak het blikje op.

'Eerder vandaag dronk je bier, maar je zei dat ik voor jou moest meebrengen wat ik nam en dus is het cola geworden. Ik wist niet wat je wilde.'

'Fris is prima.'

'Zeker weten? Er staat genoeg bier koud en ik heb gehoord hoe dat gaat in het leger.'

Ik snoof. 'Dat zal best,' zei ik, en ik trok mijn blikje open. 'Drink jij nooit?'

'Nee,' zei ze zonder verdedigende toon of zelfvoldaanheid. Ze antwoordde gewoon naar waarheid. Dat beviel me.

Ze nam een hap kip. Ik deed hetzelfde en in de stilte vroeg ik me af hoe het zat tussen Tim en haar en of ze wist wat hij voor haar voelde. En ik vroeg me af hoe ze over hem dacht. Er was iets tussen die twee, maar ik wist niet wat. Tenzij Tim gelijk had en ze als broer en zus voor elkaar waren, maar dat betwijfelde ik.

'Wat doe je in het leger?' vroeg ze toen ze eindelijk haar vork neerlegde.

‘Ik ben sergeant bij de infanterie. Wapensectie.’

‘Hoe is dat? Ik bedoel, wat doe je dan de hele dag? Schieten jullie of blazen jullie dingen op of zo?’

‘Soms. Eigenlijk is het meestal vrij saai, in elk geval als we op de basis zijn. We verzamelen ’s ochtends, gewoonlijk om een uur of zes. Er wordt gecontroleerd of iedereen er is en dan gaan we in groepen uiteen om te sporten. Basketbal, hardlopen, gewichtheffen, zulke dingen. Soms hebben we les. Dan leren we hoe we onze wapens uit elkaar moeten halen en weer in elkaar moeten zetten of hoe we ons ’s nachts moeten verplaatsen, of we gaan naar de schietbaan. Als er niets op het programma staat, gaan we daarna terug naar de barakken en dan spelen we de rest van de dag computerspelletjes of we lezen of we gaan nog een paar uur sporten. Om vier uur moeten we weer verzamelen en dan krijgen we te horen wat we de volgende dag gaan doen. En dan zijn we klaar.’

‘Computerspelletjes?’

‘Ik sport en lees, maar mijn dienstmaten zijn er heel goed in. Hoe gewelddadiger het spel, hoe leuker ze het vinden.’

‘Wat lees je zoal?’

Ik vertelde het haar en ze dacht na. ‘En wat gebeurt er als je naar een oorlogsgebied wordt uitgezonden?’

‘Dan,’ zei ik, waarna ik de laatste hap kip nam, ‘is het anders. Dan heb je wachtdienst en dan gaan er altijd dingen kapot die gerepareerd moeten worden, dus dan heb je het druk, ook als je niet op patrouille bent. De infanterie, dat zijn de grondtroepen, dus we zijn vaak buiten het kamp.’

‘Ben je wel eens bang?’

Ik zocht naar het juiste antwoord. ‘Ja, soms. Het is niet zo dat je de hele tijd doodsangsten uitstaat, zelfs niet als om je heen de hel is losgebarsten. Je... gaat in de overlevingsmodus. Alles gaat zo snel dat je geen tijd hebt om veel na te denken, je denkt alleen aan je taak en probeert in leven te blijven. Meestal krijg je er later pas last van, als je weer in veiligheid bent. Dan besef je dat het kantje boord was en soms sta je dan te bibberen of moet je overgeven of zo.'

'Ik denk niet dat ik jouw werk zou kunnen doen.'

Ik wist niet wat ze als antwoord verwachtte en dus begon ik ergens anders over. 'Waarom speciaal onderwijs?' vroeg ik.

'Dat is een lang verhaal. Weet je zeker dat je het wilt horen?'

Toen ik knikte, haalde ze diep adem.

'In Lenoir woont een jongen en die heet Alan. Ik ken hem al mijn hele leven. Hij is autistisch en lange tijd wist niemand wat ze met hem aan moesten of hoe ze tot hem konden doordringen. En dat raakte me, snap je? Ik had zo met hem te doen, ook toen ik nog jong was. Als ik mijn ouders ernaar vroeg, zeiden ze dat God wellicht speciale plannen met hem had. Aanvankelijk kon ik daar niets mee, maar Alan had een oudere broer die altijd ontzettend veel geduld met hem had. Echt altijd. Hij werd nooit boos op hem en stapje voor stapje wist hij Alan te helpen. Alan is verre van normaal – hij woont nog bij zijn ouders en zal nooit zelfstandig kunnen wonen – maar hij is niet meer zo'n hopeloos geval als vroeger en ik besloot dat ik kinderen zoals Alan wil kunnen helpen.'

'Hoe oud was je toen je dat besloot?'

'Twaalf.'

'En wil je dat op een school gaan doen?'

'Nee,' zei ze. 'Ik wil hetzelfde doen als Alans broer. Die gebruikte paarden.' Ze zweeg even, bedacht hoe ze verder zou gaan. 'Bij autistische kinderen... is het net alsof ze opgesloten zitten in hun eigen wereldje, vandaar dat school en therapie doorgaans een vast stramien hebben. Ik wil hen dingen laten meemaken die nieuwe deuren voor hen kunnen openen. Ik heb het zien gebeuren. In het begin was Alan bang van paarden, maar zijn broer bleef het proberen en na een tijdje was Alan zover dat hij een paard een klopje durfde te geven of over de neus durfde te aaien, en weer later durfde hij ze zelfs te voeren. Daarna begon hij met paardrijden en ik kan me zijn gezicht nog herinneren, de eerste keer dat hij op een paard zat... Het was echt ongelooflijk. Hij glimlachte en was zo blij als een kind maar kan zijn. En ik wil dat deze kinderen dat ook ervaren. Gewoon blij zijn, al is het maar voor even. Op dat moment wist ik precies wat ik wilde met mijn leven. Ik denk erover een paardenkamp voor autistische kinderen te beginnen, waar we echt met hen kunnen werken, opdat ze misschien diezelfde blijdschap als Alan kunnen ervaren.'

Ze legde haar vork neer alsof ze zich schaamde en zette haar bord weg.

'Dat klinkt fantastisch.'

'We zullen zien of het lukt,' zei ze, en ze ging weer rechtop zitten. 'Voorlopig is het slechts een droom.'

'Ik neem aan dat je van paarden houdt?'

'Alle meisjes zijn dol op paarden. Weet je dat niet? En ja, ik ben inderdaad gek op paarden. Ik heb een arabier die Midas heet en ik vind het soms vreselijk dat ik hier ben terwijl ik op hem zou kunnen rijden.'

'Nu komt de waarheid aan het licht.'

'Dat is niet erg. Toch ben ik van plan hier te blijven. Als ik terug ben ga ik elke dag rijden, de hele dag. Rij jij?'

'Ik heb één keer paardgereden.'

'Vond je het leuk?'

'De volgende dag had ik overal pijn en lopen deed zeer.'

Ze giechelde en ik besefte dat ik het leuk vond om met haar te praten. Het gesprek verliep soepel, ging vanzelf, en dat was bij veel mensen wel anders. Boven me zag ik de Gordel van Orion en vlak boven de horizon op het water was Venus verschenen als een gloeiende witte bol. Jongens en meiden bleven de trap op en af lopen, flirtten vol lef door de alcohol. Ik slaakte een zucht.

'Ik moest maar eens gaan, dan kan ik mijn vader nog even gezelschap houden. Hij vraagt zich waarschijnlijk af waar ik blijf. Als hij tenminste nog wakker is.'

'Wil je hem bellen? Je kunt de vaste lijn hier gebruiken.'

'Nee, ik ga nu. Het is een flink eind lopen.'

'Ben je niet met de auto?'

'Nee, ik heb vanochtend een lift gekregen.'

'Zal ik vragen of Tim je thuisbrengt? Dat doet hij met alle plezier.'

'Nee, dat hoeft niet.'

'Doe niet zo raar. Je zei toch dat het een eind lopen is? Ik regel dat Tim je brengt. Ik ga hem halen.'

Ze was al weg voordat ik haar kon tegenhouden en even later kwam Tim achter haar het huis uit. 'Tim vindt het helemaal niet erg om je thuis te brengen,' zei ze met een zelfvoldane uitdrukking op haar gezicht.

Ik richtte me tot Tim. 'Zeker weten?'

'Geen enkel probleem,' verzekerde hij me. 'Mijn pick-uptruck staat aan de voorkant. Je kunt je surfplank in de laadbak leggen.' Hij wees naar de surfplank. 'Heb je hulp nodig?'

'Nee,' zei ik terwijl ik opstond. 'Dat lukt me wel alleen.' Ik liep naar de stoel en trok mijn shirt aan. Daarna pakte ik mijn surfplank. 'Nog bedankt trouwens.'

'Graag gedaan,' zei hij. Hij klopte op zijn zak. 'Ik kom er zo aan met de sleutels. Het is die groene pick-uptruck die op het gras geparkeerd staat. Ik zie je zo aan de voorkant.'

Toen hij weg was, richtte ik mijn aandacht weer op Savannah. 'Leuk je gesproken te hebben.'

Ze hield mijn blik vast. 'Dat vind ik ook. Ik was nooit eerder in het gezelschap van een soldaat geweest. Ik voelde me... beschermd. De rest van de avond zal ik vast geen last meer hebben van Randy. Hij is waarschijnlijk geschrokken van je tatoeages.'

Ze had ze dus wel gezien. 'Wie weet komen we elkaar nog eens tegen.'

'Je weet me te vinden.'

Ik wist niet of ze bedoelde dat ze wilde dat ik nog eens op bezoek zou komen of niet. In veel opzichten bleef ze een raadsel voor me. Maar goed, ik kende haar ook amper.

'Ik ben wel een beetje teleurgesteld dat je het vergeten bent,' voegde ze er bijna op de valreep aan toe.

'Wat ben ik vergeten?'

'Je zou me toch leren surfen?'

Als Tim er iets van had meegekregen welk effect Savannah op me had of als hij wist dat ik de volgende dag weer langs zou komen, dan liet hij daar niets van blijken. Hij concentreerde zich op het autorijden, zodat hij zeker wist dat hij de goede kant op reed. Hij was zo iemand die zelfs stopt als het verkeerslicht op oranje springt en je nog gemakkelijk kunt doorrijden.

'Ik hoop dat je het naar je zin hebt gehad,' zei hij. 'Het is altijd raar als je niemand kent.'

'Ja, het was gezellig.'

'Savannah en jij konden het goed samen vinden. Het is me er eentje, niet dan? Volgens mij vindt ze je leuk.'

'We hebben een goed gesprek gehad,' zei ik.

'Fijn om te horen. Ik zat er een beetje mee dat ze hiernaartoe zou komen. Vorig jaar was ze met haar ouders. Dit is de eerste keer dat ze in haar eentje is. Ik weet dat ze een grote meid is, maar dit zijn andere lui dan met wie ze normaal optrekt. Ik was bang dat ze de hele avond mannen van zich af zou moeten slaan.'

'Dat had ze best gekund.'

'Je hebt vast gelijk, maar ik heb het idee dat sommige van die jongens behoorlijk vasthoudend zijn.'

'Natuurlijk zijn ze dat, het zijn jongens.'

Hij lachte. 'Daar kon je wel eens gelijk in hebben.' Hij wees naar het raam. 'Welke kant op?'

Ik loodste hem langs wat afslagen en zei uiteindelijk dat we er waren. Hij stopte voor het huis. Ik zag nog licht in mijn vaders studeerkamer. Het verspreidde een gele gloed.

'Bedankt voor de lift,' zei ik, en ik deed het portier open.

'Graag gedaan.' Hij boog zich over de stoel heen. 'Zoals ik al eerder zei, je bent altijd welkom. Door de week werken we overdag, maar 's avonds en in het weekend hebben we meestal vrij.'

'Ik zal het onthouden,' beloofde ik.

Eenmaal binnen ging ik naar mijn vaders studeerkamer en ik deed de deur open. Hij was verdiept in de *Greysheet* en schrok op. Ik bedacht dat hij me niet had horen binnenkomen.

'Sorry,' zei ik, en ik ging op het afstapje zitten dat de studeerkamer van de rest van het huis scheidde. 'Het was niet mijn bedoeling je te laten schrikken.'

'Het geeft niet,' zei hij alleen. Hij dubde of hij de *Greysheet* zou wegleggen en deed dat toen.

'De golven waren vandaag geweldig,' zei ik. 'Ik was bijna vergeten hoe heerlijk het op het water is.'

Hij glimlachte opnieuw, maar zei niets. Ik verschoof op het afstapje. 'Hoe was het op je werk?' vroeg ik.

'Hetzelfde als altijd,' zei hij.

Toen ging hij weer op in zijn eigen gedachten en het enige wat ik kon bedenken, was dat dit ook voor onze gesprekken gold.

3

Surfen is een individuele sport, waarbij lange saaie stukken afgewisseld worden met fanatieke activiteit, en je leert met de natuur mee te bewegen in plaats van je ertegen te verzetten... Je moet in de flow komen. Zo staat het in elk geval in surftijdschriften en daar ben ik het grotendeels mee eens. Niets is zo spannend als een golf pakken en binnen een muur van water leven als die naar de kust toe rolt. Maar ik ben niet zoals die gasten met een gevriesdroogde huid en touwhaar die de hele dag, dag in, dag uit, surfen omdat ze denken dat het de alfa en omega van het bestaan is. Dat is het namelijk niet. Voor mij is het meer dat de wereld de hele tijd vol waanzinnige herrie is en dat je daar, als je op het water bent, geen last van hebt. Je kunt jezelf horen denken.

Dat zei ik in elk geval tegen Savannah toen we zondagochtend al vroeg naar de oceaan toe liepen. Ik dacht tenminste dat ik dat zei, want ik praatte maar door, probeerde niet al te duidelijk te laten blijken dat ik vond dat ze er geweldig uitzag in bikini.

'Net als met paardrijden,' zei ze.

'Hè, wat?'

'Jezelf horen denken. Dat is een van de redenen dat ik van paardrijden hou.'

Ik was een paar minuten daarvoor bij het huis aangekomen. Vroeg in de ochtend heb je doorgaans de beste golven en het was een heldere dag met een strakblauwe lucht die hitte voorspelde, wat betekende dat het opnieuw druk zou worden op het strand. Savannah had aan de achterkant van het huis op de trap gezeten, met een handdoek om zich heen, de restanten van het kampvuur voor zich. Hoewel het feest na mijn vertrek ongetwijfeld nog uren was doorgegaan, zag ik nergens lege blikjes of ander afval. Ik stelde mijn beeld van de groep in positieve zin bij.

Hoewel het nog vroeg was, was het al warm. We stonden een paar minuten op het zand bij de branding terwijl ik haar de basis van surfen uitlegde en hoe ze uit het water op de surfplank kon klimmen. Toen Savannah er klaar voor dacht te zijn, waadde ik naast haar met de surfplank het water in.

Er waren een paar andere surfers, dezelfde lui die ik de dag ervoor ook had gezien. Ik probeerde te bepalen waar ik Savannah het best naartoe kon brengen, zodat ze genoeg ruimte zou hebben, toen ik opeens doorhad dat ik haar niet meer zag.

'Wacht, wacht!' riep ze achter me. 'Blijf staan.'

Ik draaide me om. Savannah stond op haar tenen terwijl het water tegen haar buik kwam en ze kreeg meteen kippenvel op haar bovenlichaam. Het leek of ze zichzelf uit het water probeerde te tillen.

'Ik moet even wennen...' Ze hapte een paar keer duidelijk hoorbaar naar adem en sloeg haar armen over elkaar. 'O, wat is het koud. Jeetje!'

Jeetje? Dat hoorde ik mijn dienstmaten nou nooit zeggen. 'Het went vanzelf,' zei ik grijnzend.

'Ik hou niet van kou. Ik heb een hekel aan kou.'

'Je woont in de bergen en daar sneeuwt het.'

'Ja, maar daar hebben we dingen als jassen en wanten en mutsen die we aandoen om warm te blijven. En we storten ons 's ochtends vroeg niet meteen in ijskoud water.'

'Ha-ha,' zei ik.

Ze bleef op en neer springen. 'Ja, heel leuk. Jasses!'

Jasses? Ik grinnikte. Haar ademhaling werd geleidelijk regelmatiger, maar ze had nog steeds kippenvel. Ze deed een stapje naar voren.

'Je kunt het best in één keer door, in plaats van jezelf steeds opnieuw te martelen,' opperde ik.

'Jij doet het op jouw manier en ik doe het op mijn manier,' zei ze, niet onder de indruk van mijn wijsheid. 'Niet te geloven dat je nu het water op wilt. Ik had gedacht ergens in de middag als de watertemperatuur boven het vriespunt is.'

'Het is zesentwintig graden.'

'Jaja,' zei ze, toen ze eindelijk aan de temperatuur gewend was. Ze haalde haar armen van elkaar, haalde een paar keer diep adem en liet zich een stukje verder in het water zakken. Ze zette zich schrap en goot water over haar armen. 'Ik denk dat het nu wel gaat.'

'Je hoeft je voor mij niet te haasten. We hebben alle tijd.'

'Dat zal ik doen, dank je,' zei ze, waarbij ze mijn plagerige toon negeerde. 'Goed,' zei ze opnieuw, meer tegen zichzelf dan tegen mij. Ze deed een stapje naar voren, en toen nog een. Tijdens het lopen was haar gezicht een masker van concentratie en ik vond het geweldig zoals ze eruitzag. Bloedserieus, heel geconcentreerd, volkomen belachelijk.

'Je moet me niet uitlachen,' zei ze toen ze naar me keek.

'Dat doe ik niet.'

'Ik zie het aan je gezicht. In gedachten lach je.'

'Goed, ik zal ermee ophouden.'

Uiteindelijk stond ze naast me en toen het water tot mijn schouders kwam, klom Savannah op de surfplank. Ik hield de plank op zijn plaats en deed mijn best om niet naar haar figuur te kijken, wat nog niet meeviel, want dat bevond zich pal voor mijn neus. Ik dwong mezelf om de deining achter ons in de gaten te houden.

'En nu?'

'Weet je nog wat je moet doen? Hard peddelen, de plank aan de voorkant aan beide kanten vastpakken en dan gaan staan.'

'Ja.'

'Dat is in het begin best lastig. Het kan zijn dat je eraf valt. Als dat gebeurt laat je je gewoon meevoeren. Meestal gaat het eerst een paar keer mis voordat het lukt.'

'Oké,' zei ze.

Ik zag een kleine golf aankomen. 'Ben je er klaar voor?' vroeg ik. Ik telde. 'Oké, en nu peddelen...'

Toen de golf bij ons was, gaf ik de plank een zetje, zodat die meer vaart kreeg, en Savannah pakte de golf. Ik weet niet wat ik verwacht had, maar niet dat ze rechtop ging staan, haar evenwicht wist te bewaren en helemaal met de golf mee naar de kust zou gaan, waar hij uiteindelijk afvlakte. In het ondiepe water sprong ze van de surfplank af toen die steeds trager ging en ze draaide zich met dramatische flair naar me om.

'En?' riep ze.

Ondanks de afstand tussen ons kon ik mijn ogen niet van haar afhouden. En opeens besefte ik dat ik behoorlijk in de problemen zat.

'Ik heb jaren op gym gezeten,' bekende ze. 'Ik heb altijd een goed evenwichtsgevoel gehad. Dat had ik tegen je moeten zeggen toen je me vertelde dat ik eraf zou vallen.'

We waren ruim een uur in het water. Het lukte haar elke keer om te gaan staan en met gemak met de golven mee naar de kust te rollen. Hoewel ze de plank niet kon sturen, zou ze dat ongetwijfeld zo onder de knie hebben als ze dat zou willen.

Na afloop gingen we terug naar het huis. Ik wachtte buiten terwijl ze naar boven ging. Er waren een paar mensen op – drie meisjes zaten op het terras naar de oceaan te kijken – maar de meesten waren nog aan het bijkomen van de avond ervoor en waren nergens te bekennen. Een paar minuten later kwam Savannah in korte broek en T-shirt naar buiten met twee mokken koffie. Ze ging naast me op de trap zitten en we keken naar het water.

'Ik heb niet gezegd dat je eraf zou vallen,' verduidelijkte ik. 'Ik heb alleen gezegd dat als het zou gebeuren je je moest laten meevoeren.'

'Hm-hm,' zei ze met een ondeugende blik. Ze wees naar mijn mok. 'Is je koffie goed zo?'

'De koffie is prima,' zei ik.

'Aan het begin van de dag moet ik koffie. Dat is mijn enige slechte gewoonte.'

'Iedereen heeft wel een slechte gewoonte.'

Ze keek me aan. 'Wat is jouw slechte gewoonte?'

'Die heb ik niet,' antwoordde ik, en tot mijn verbazing gaf ze me speels een por.

'Wist je dat het gisteren de eerste avond van de vollemaan was?'

Dat wist ik, maar het leek me beter dat niet te bekennen. 'O ja?' zei ik.

'Ik ben dol op vollemaan, dat was ik als kind al. Ik wilde geloven dat het een omen was, een voorbode van goede dingen. Dat als ik iets fout deed, ik de kans zou krijgen om opnieuw te beginnen.'

Ze weidde er verder niet over uit maar bracht de mok naar haar lippen en ik keek toe hoe de stoom haar gezicht omhulde.

'Wat staat er vandaag op het programma?' vroeg ik.

'We gaan vandaag een keer bij elkaar zitten om dingen door te spreken, maar verder is mijn agenda leeg. Op naar de kerk gaan na dan. Ik ga en misschien gaan er nog een paar. Hoe laat is het eigenlijk?'

Ik keek op mijn horloge. 'Iets over negenen.'

'Zo laat al? Dan heb ik niet veel tijd meer. De dienst begint om tien uur.'

Ik knikte, wist dat onze tijd samen er bijna op zat.

'Heb je zin om mee te gaan?' vroeg ze.

'Naar de kerk?'

'Ja, naar de kerk,' zei ze. 'Ga jij niet naar de kerk?'

Ik weifelde wat ik zou zeggen. Het was duidelijk belangrijk voor haar en hoewel ik de indruk had dat mijn antwoord haar teleur zou stellen, wilde ik niet liegen. 'Eh, nee,' bekende ik. 'Ik ben al jaren niet meer naar de kerk geweest. Als kind ging ik wel...' Mijn stem stierf weg. 'Ik weet niet waarom,' voegde ik er nog aan toe.

Ze strekte haar benen, wachtte of ik nog meer zou zeggen. Toen dat niet gebeurde trok ze haar wenkbrauwen op. 'Dus?'

'Wat?'

'Ga je mee of niet?'

'Dit zijn geen goede kleren en ik heb geen andere kleren bij me. Er is vast niet genoeg tijd om naar huis te gaan, te douchen en weer op tijd terug te zijn. Anders was ik wel meegegaan.'

Ze nam me vluchtig op. 'Oké.' Ze gaf een klopje op mijn knie. Dat was de tweede keer dat ze me aanraakte. 'Ik ga kleren voor je regelen.'

'Je ziet er goed uit,' verzekerde Tim me. 'Het kraagje zit wat strak, maar ik denk niet dat het anderen zal opvallen.'

In de spiegel zag ik een vreemde in een kaki broek, gestreken overhemd en stropdas. Ik kon me niet herinneren wanneer ik voor het laatst een stropdas om had gehad. Tim deed ondertussen veel te vrolijk over de hele toestand.

'Hoe heeft ze je overgehaald?' vroeg hij.

'Ik heb geen idee.'

Hij lachte en toen hij zich vooroverboog om zijn schoenveters te strikken, gaf hij me een knipoog. 'Ik zei toch dat ze je leuk vond.'

In het leger hebben we legerpredikanten en de meesten van hen zijn geschikte kerels. Op de basis ken ik er een paar redelijk goed en een van hen – Ted Jenkins – is zo iemand die je direct vertrouwt. Hij dronk niet en ik zal niet zeggen dat hij een van ons was, maar hij was altijd welkom als hij naar ons toe kwam. Hij had een vrouw en een paar kinderen en werkte al vijftien jaar als legerpredikant. Uit ervaring wist hij hoe lastig het was om het gezinsleven met het leger te combineren en als je met hem wilde praten, luisterde hij altijd aandachtig. Je kon niet alles tegen hem zeggen – hij was immers officier – en uiteindelijk heeft hij een paar jongens uit mijn peloton die wat al te openhartig over hun escapades waren geweest hard aangepakt, maar het punt was dat je het hem, door wie hij was, toch wilde vertellen. Ik weet eigenlijk niet hoe dat kwam, behalve dan dat hij een goed man en een geweldige legerpredikant was. Hij sprak net zo ongedwongen over God als je over een vriend zou praten, niet op zo'n belerende, irritante manier waar ik niets van moet hebben. Hij zeurde ook niet dat je 's zondags naar de kerk moest. Dat moest ieder voor zich weten en afhankelijk van wat er speelde of hoe gevaarlijk het was, hield hij zijn verhaal soms voor maar een paar man, maar soms ook voor wel honderd militairen. Voordat mijn peloton naar de Balkan vertrok, heeft hij een stuk of vijftig militairen gedoopt.

Ik was als kind al gedoopt, dus ik zat daar niet bij, maar zoals ik al zei, het was lang geleden dat ik naar de kerk was geweest. Ik ging al jaren niet meer met mijn vader mee en wist niet wat ik moest verwachten. Ik keek er eerlijk gezegd niet naar uit, maar het bleek mee te vallen. De predikant was niet heel streng, de muziek was goed en de tijd ging niet zo tergend langzaam als toen ik klein was. Niet dat ik er veel aan had, maar ik was toch blij dat ik gegaan was, al was het maar omdat ik nu een nieuw gespreksonderwerp met mijn vader had. En ook omdat ik dan langer bij Savannah kon zijn.

Savannah zat tussen Tim en mij in, en ik keek tijdens het zingen vanuit mijn ooghoek naar haar. Ze had een rustige, zachte stem, zong altijd in de maat en het klonk mooi. Tim concentreerde zich op de Bijbelteksten en toen we naar buiten gingen, bleef hij een tijdje met de dominee staan praten terwijl Savannah en ik voor de kerk in de schaduw van een kornoelje stonden te wachten. Tim leek een geanimeerd gesprek met de dominee te voeren.

'Oude vrienden?' vroeg ik met een knikje naar Tim. Hoewel we in de schaduw stonden, had ik het warm en voelde ik het zweet over mijn rug lopen.

'Nee, volgens mij had zijn vader hem over deze dominee verteld. Hij heeft gisteravond op Google Maps zitten kijken hoe we hier moesten komen.' Ze wuifde zichzelf koelte toe. In haar zonnejurk deed ze me denken aan een zuidelijke schoonheid van weleer. 'Ik ben blij dat je mee bent gegaan.'

'Ik ook,' beaamde ik.

'Heb je honger?'

'Een beetje.'

'We hebben nog eten in huis, als je wil. Dan kun je Tims kleren teruggeven. Ik zie dat je het warm hebt en dat ze niet lekker zitten.'

'Het is lang niet zo warm als een helm, laarzen en een kogelvrij vest, neem dat maar van me aan.'

Ze hield haar hoofd schuin en keek me aan. 'Ik vind het leuk als je het over een kogelvrij vest hebt. Daar praten de jongens in mijn klas nooit over. Ik vind het interessant.'

'Plaag je me nou?'

'Het is gewoon een opmerking.' Ze leunde bevallig tegen de boom. 'Volgens mij is Tim bijna klaar.'

Ik volgde haar blik, maar zag geen verandering. 'Hoe weet je dat?'

'Zie je hoe hij zijn handen bij elkaar heeft gebracht? Dat betekent dat hij afscheid gaat nemen. Zo meteen steekt hij zijn hand uit, glimlacht en knikt, en dan loopt hij door.'

Tim deed precies wat ze voorspeld had en kwam op ons af. Ik zag haar geamuseerde gelaatsuitdrukking. Ze haalde haar schouders op. 'Als je zoals ik in een klein stadje woont, is naar andere mensen kijken zo'n beetje het enige vertier. Na een tijdje ontdek je patronen.'

Naar mijn bescheiden mening had ze waarschijnlijk te vaak naar Tim gekeken, maar dat zei ik niet.

'Hallo daar.' Tim stak zijn hand op. 'Klaar om te gaan?'

'We stonden op jou te wachten,' merkte ze op.

'Sorry,' zei hij. 'We raakten aan de praat.'

'Zoals je met Jan en alleman aan de praat raakt.'

'Ik weet het,' zei hij. 'Ik probeer echt al wat afstandelijker te doen.'

Ze lachte en hoewel ik me door hun vertrouwde plaagstootjes buitengesloten voelde, vergat ik dat direct toen we naar de auto liepen en Savannah haar arm door de mijne stak.

Iedereen was uit bed tegen de tijd dat we terugkwamen en de meesten lagen al in badkleding te zonnen. Een paar lagen er op het terras, maar de meesten lagen bij elkaar op het strand achter het huis. Er schalde muziek uit een stereo in het huis, de koelboxen waren weer met bier gevuld en sommigen zaten al met een biertje in de hand, de aloude remedie tegen een kater. Ik oordeelde niet, een biertje klonk goed, maar ik kwam net uit de kerk, dus dat kon ik beter niet doen.

Ik kleedde me om, vouwde Tims kleren op zoals ik dat in het leger had geleerd en ging terug naar de keuken. Tim had een schaal sandwiches klaargemaakt.

'Tast toe,' zei hij terwijl hij naar de schaal wees. 'Er is eten genoeg. En ik kan het weten, want ik ben gisteren drie uur bezig geweest met boodschappen doen.' Hij waste zijn handen en droogde ze af aan een handdoek. 'Goed, dan ga ik me nu omkleden. Savannah zal zo wel komen.'

Hij verliet de keuken. Alleen overgebleven keek ik om me heen. Het huis was ingericht als een traditioneel strandhuis: veel lichtgekleurde rieten meubels, lampen met schelpen, beeldjes van vuurtorens op de schoorsteenmantel, pasteltekeningen van de kust.

Lucy's ouders hadden ook zo'n huis gehad. Niet hier, maar op Bald Head Island. Dat verhuurden ze nooit, ze waren daar liever zelf in de zomer. Haar vader werkte toen uiteraard nog, in Winston-Salem, en hij en zijn vrouw gingen een paar dagen per week terug naar huis, en lieten die arme Lucy dan daar achter, met mij als enige gezelschap. Als ze hadden geweten wat we in die dagen uitspookten, hadden ze ons waarschijnlijk nooit met z'n tweeën daar laten blijven.

'Hoi,' zei Savannah. Ze had haar bikini weer aan, al droeg ze er een korte broek overheen. 'Ik zie dat je weer in je normale doen bent.'

'Hoe zie je dat?'

'Je ogen puilen niet meer uit doordat je kraagje te strak zit.'

Ik glimlachte. 'Tim heeft sandwiches klaargemaakt.'

'Fijn, ik ben uitgehongerd,' zei ze, terwijl ze door de keuken liep. 'Heb jij er al een op?'

'Nog niet,' zei ik.

'Nou, tast toe. Ik hou er niet van om in mijn eentje te eten.'

We stonden in de keuken terwijl we aten. De meisjes die op het terras lagen, hadden niet door dat we er waren, en ik hoorde een van hen vertellen wat ze de avond daarvoor met een van de jongens had gedaan. Dat klonk niet alsof ze hier was om goed werk voor de armen te verrichten. Savannah trok haar neus op alsof ze wilde zeggen: te veel informatie, waarna ze naar de koelkast liep. 'Ik neem wat te drinken. Wil jij ook iets?'

'Water is prima.'

Ze bukte zich om een paar flesjes te pakken. Ik probeerde niet te kijken, maar eerlijk gezegd deed ik dat toch en ik genoot van wat ik zag. Ik vroeg me af of ze doorhad dat ik naar haar keek en veronderstelde van wel, want toen ze overeind kwam en zich omdraaide, lag er weer die geamuseerde uitdrukking op haar gezicht. Ze zette de flesjes op het aanrechtblad. 'Zullen we straks weer gaan surfen?'

Daar kon ik toch geen nee op zeggen?

We brachten de middag door in het water. Hoe fijn ik het ook vond om Savannah van heel dichtbij op een surfplank te zien liggen, ik vond het nog fijner haar te zien surfen. Wat het zelfs nog beter maakte, was dat ze vroeg of ze naar me mocht kijken als ik ging surfen en zij op het strand lag op te drogen, en ik had dus mijn eigen publiek terwijl ik van de golven genoot.

Halverwege de middag lagen we op badlakens in de buurt van, maar niet te dicht bij, de rest van de groep achter het huis. Er werden een paar nieuwsgierige blikken onze kant op geworpen, maar het merendeel, met uitzondering van Randy en Susan, leek het niets te kunnen schelen dat ik er was. Susan fronste nadrukkelijk haar wenkbrauwen naar Savannah. Randy leek het prima te vinden om het vijfde wiel aan de wagen te zijn bij Brad en Susan terwijl hij zijn wonden likte. Tim was nergens te bekennen.

Savannah lag op haar buik, een verleidelijke aanblik. Ik lag op mijn rug naast haar en probeerde een dutje te doen in de lome hitte, maar haar aanwezigheid leidde zo af dat het niet lukte om volledig te ontspannen.

'Hé,' mompelde ze. 'Vertel eens over je tatoeages.'

Ik draaide mijn hoofd op het zand. 'Wat wil je weten?'

'Tja, waarom je ze hebt en wat ze betekenen.'

Ik kwam op één elleboog omhoog. Ik wees naar mijn linkerarm, waar een adelaar en een banier op staan. 'Oké, dit is het insigne van de infanterie en dit' – ik wees naar de woorden en letters – 'is hoe we worden aangeduid: compagnie, bataljon, regiment. Iedereen in mijn sectie heeft zo'n tatoeage. Die hebben we laten zetten na onze basistraining bij Fort Benning in Georgia, om te vieren dat we de opleiding hadden afgerond.'

'Waarom staat er Boost onder?'

'Dat is mijn bijnaam. Die heb ik gekregen tijdens de basistraining, met dank aan mijn geliefde sergeant-instructeur. Ik zette mijn geweer niet snel genoeg in elkaar en toen zei hij dat hij een bepaald lichaamsdeel wel een boost zou geven als ik niet sneller ging werken. Die bijnaam is blijven hangen.'

'Wat een aardige man,' grapte ze.

'Zeker, achter zijn rug om noemden we hem Lucifer.'

Ze glimlachte. 'Waar staat het prikkeldraad daarboven voor?'

'Dat heeft geen betekenis,' zei ik hoofdschuddend. 'Die heb ik laten zetten voordat ik in het leger ging.'

'En de andere arm?'

Een Chinees karakter. Ik wilde daar niets over kwijt en dus schudde ik mijn hoofd. 'Dat is uit de tijd dat alles me gestolen kon worden. Het heeft geen betekenis.'

'Het is toch een Chinees karakter?'

'Ja.'

'Dan moet het ergens voor staan. Moed of eer of zo?'

'Het is een scheldwoord.'

'O,' zei ze, en ze knipperde met haar ogen.

'Zoals ik al zei, het heeft nu geen betekenis meer voor me.'

'Maar je kunt hem beter niet laten zien als je ooit naar China gaat.'

Ik lachte. 'Daar heb je gelijk in,' zei ik.

Ze zweeg even. 'Je was echt rebels, hè?'

Ik knikte. 'Dat is lang geleden. Nou ja, het is op zich niet heel lang geleden, maar zo voelt het wel.'

'Bedoelde je dat toen je zei dat je het leger in die tijd nodig had?'

'Het is goed voor me geweest.'

Ze dacht daarover na. 'Zou je toen in het water gesprongen zijn om mijn tas te pakken?'

'Nee, ik zou waarschijnlijk gelachen hebben toen die in het water viel.'

Ze woog mijn antwoord, alsof ze zich afvroeg of ze me moest geloven. Na een tijdje haalde ze diep adem. 'Dan ben ik blij dat je in het leger bent gegaan. Ik kon die tas echt niet missen.'

'Mooi.'

'En verder?'

'Wat, en verder?'

'Wat kun je nog meer over jezelf vertellen?'

'Tja, wat wil je weten?'

'Vertel eens iets over jezelf wat verder niemand weet.'

Ik moest even denken. 'Ik kan je vertellen hoeveel tiendollarmunten met een indianenhoofd en verhoogde rand er in 1907 zijn geslagen.'

'Hoeveel?'

'Tweeënveertig. Die waren niet voor het grote publiek bestemd. Enkele mannen bij de munt hebben die voor zichzelf en wat vrienden geslagen.'

'Hou je van munten?'

'Dat weet ik eigenlijk niet, het is een lang verhaal.'

'We hebben de tijd.'

Ik aarzelde terwijl Savannah haar tas pakte. 'Wacht even,' zei ze, terwijl ze haar tas doorzocht. Ze haalde er een tube zonnebrandcrème uit. 'Dat mag je me vertellen nadat je mijn rug hebt ingesmeerd. Ik heb het idee dat ik aan het verbranden ben.'

'Aha, dus ik word aan het werk gezet?'

Ze knipoogde. 'Voor wat hoort wat.'

Ik smeerde haar rug en schouders in met zonnebrandcrème en deed daar langer over dan strikt noodzakelijk was, maar ik maakte mezelf wijs dat ze al wat rood zag en dat het vervelend voor haar zou zijn als ze de volgende dag moest werken terwijl ze verbrand was. De daaropvolgende minuten vertelde ik haar over mijn opa en mijn vader, over de muntententoonstellingen en over die goede oude Eliasberg. Dat was echter geen antwoord op haar vraag, maar het punt was dat ik het antwoord niet wist. Nadat ik mijn verhaal had gedaan, keek ze me aan.

'Verzamelt je vader nog steeds munten?'

'Hij is er continu mee bezig. Dat denk ik tenminste. We praten niet meer over munten.'

'Waarom niet?'

Ik vertelde haar ook dat verhaal. Vraag me niet waarom. Ik wist dat ik mijn beste beentje voor moest zetten en dingen moest zeggen die indruk op haar zouden maken, maar zo werkte dat niet bij Savannah. Om een of andere reden zorgde ze ervoor dat ik de waarheid wilde vertellen, ook al kende ik haar amper. Toen ik klaar was, lag er een merkwaardige uitdrukking op haar gezicht.

'Ik was geen lieverdje,' zei ik zelf maar, in de wetenschap dat er andere, passendere termen waren om te beschrijven hoe ik toen was, maar dat waren woorden waar ze aanstoot aan zou nemen.

'Zeg dat wel,' zei ze, 'maar ik dacht aan iets anders. Ik probeerde me voor te stellen hoe je toen was, want je lijkt nu helemaal niet meer op die persoon.'

Wat kon ik zeggen dat niet geforceerd zou klinken, ook al

was het waar? Ik wist het niet, koos voor mijn vaders tactiek en zweeg.

'Wat is je vader voor man?'

Ik gaf haar een beknopte samenvatting. Terwijl ik aan het woord was, schepte ze zand in haar hand op en liet dat tussen haar vingers door glijden, alsof ze zich op mijn woorden concentreerde. Uiteindelijk gaf ik, tot mijn stomme verbazing, toe dat we praktisch vreemden voor elkaar waren.

'Dat is logisch,' zei ze op neutrale, nuchtere toon. 'Je bent een paar jaar weggeweest en je geeft zelf toe dat je veranderd bent. Hoe kan hij je dan kennen?'

Ik ging zitten. Het was druk op het strand, het was het tijdstip van de dag dat iedereen die wilde komen er was en er nog niemand wegging. Randy en Brad waren rennend en schreeuwend bij de branding aan het frisbeeën. Een paar anderen liepen naar hen toe om mee te doen.

'Dat weet ik,' zei ik, 'maar dat is niet het enige. We zijn altijd al vreemden voor elkaar geweest. Het is gewoon heel lastig om met hem te praten.'

Zodra ik dat had gezegd, besefte ik dat ze de eerste was aan wie ik dat vertelde. Raar. Maar goed, het meeste wat ik tegen haar zei klonk raar.

'De meeste mensen van onze leeftijd zeggen dat over hun ouders.'

Zou kunnen, dacht ik. Maar dit was anders. Het kwam niet door de generatiekloof, maar door het feit dat zomaar een praatje maken met mijn vader haast onmogelijk was, tenzij het over munten ging. Ik zei er verder niets meer over en Savannah streek het zand voor zich glad. Toen ze weer iets zei, klonk haar stem zacht. 'Ik wil hem graag ontmoeten.'

Ik keek haar aan. 'Echt?'

'Hij klinkt interessant. Ik ben altijd al dol geweest op mensen met... een passie voor het leven.'

'Hij heeft een passie voor munten, niet voor het leven,' corrigeerde ik haar.

'Dat is hetzelfde. Een passie is een passie. Het is de opwinding tussen de saaie stukken in, en het maakt niet uit waar die op gericht is.' Ze schoof met haar voeten door het zand. 'Meestal dan. Ik heb het niet over slechte gewoonten.'

'Zoals jij met je cafeïne.'

Ze glimlachte, waardoor de smalle opening tussen haar voortanden te zien was. 'Precies. Of het nu om munten, sport, politiek, paarden, muziek of religie gaat. De sneuste mensen die ik ooit heb ontmoet, zijn mensen die nergens echt om geven. Passie en tevredenheid gaan hand in hand. Zonder die twee is geluk slechts tijdelijk, want er is niets waardoor het blijft hangen. Ik zou je vader graag over munten horen praten, want dan zie je een persoon op z'n best, en ik ben erachter gekomen dat het geluk van een ander vaak aanstekelijk werkt.'

Haar woorden verrasten me. Hoewel ze in Tims ogen naïef was, leek ze veel volwassener dan de meeste andere mensen van onze leeftijd. Maar goed, door hoe ze eruitzag in bikini had ze waarschijnlijk het telefoonboek kunnen opzeggen en dan was ik nog onder de indruk geweest.

Savannah ging ook zitten en volgde mijn blik. Het frisbeeën was in volle gang. Toen Brad de frisbee gooide, renden een paar anderen erachteraan. Ze doken er tegelijk op af en vielen in het ondiepe water, waarbij hun hoofden tegen elkaar aan knalden. De jongen met de rode korte broek kwam met lege handen overeind. Hij greep vloekend naar zijn hoofd en zijn korte broek zat onder het zand. De anderen lachten en ik betrapte mezelf erop dat ik tegelijk lachte en ineenkromp.

'Zag je dat?' vroeg ik.

'Wacht even,' zei ze. 'Ik ben zo terug.' Ze liep naar de jongen met de rode korte broek. Hij zag haar aankomen en stond als aan de grond genageld, net als de jongen naast hem. Ik besefte dat Savannah ongeveer op alle jongens dezelfde uitwerking had, niet alleen op mij. Ik zag haar praten en glimlachen, en ze keek de jongen met een ernstige blik aan. Hij knikte terwijl ze aan het woord was, zag eruit als een puber die een berisping kreeg. Ze kwam terug en ging weer naast me zitten. Ik stelde geen vragen, want het ging me niets aan, maar ik wist dat de nieuwsgierigheid op mijn gezicht te lezen stond.

'Normaal gesproken zou ik er niets van zeggen, maar ik heb hem gevraagd om op zijn taalgebruik te letten omdat er hier behoorlijk wat gezinnen zijn,' legde ze uit. 'Er lopen veel kleine kinderen rond. Hij zei dat hij dat zou doen.'

Ik had het kunnen weten. 'Heb je voorgesteld dat hij vanaf nu "jeetje" of "jasses" zal zeggen?'

Ze keek me ondeugend aan. 'Dat vind je leuke woorden, hè?'

'Ik denk erover om ze door te geven aan mijn sectie. Het zal onze intimiderende factor versterken als we deuren intrappen en onze RPG's lanceren.'

Ze giechelde. 'Het klinkt veel enger dan vloeken, ook al weet ik niet wat een RPG is.'

'Een *rocket-propelled grenade* oftewel een door een raket aangestuurde granaat.' Ik vond haar met de minuut leuker. 'Wat doe je vanavond?'

'Ik heb geen plannen, behalve dan dat ik bij die bespreking moet zijn. Hoezo? Wil je me meenemen naar je vader?'

'Nee, niet vanavond, een andere keer. Vanavond wil ik je Wilmington laten zien.'

'Vraag je me mee uit?'

'Ja,' bekende ik. 'Ik breng je terug zodra je dat wilt. Ik weet dat je morgen moet werken, maar er is een geweldige plek waar ik je mee naartoe wil nemen.'

'Wat voor plek?'

'Een lokaal restaurant dat gespecialiseerd is in vis en schaal- en schelpdieren, maar het gaat vooral om de beleving.'

Ze sloeg haar armen om haar knieën. 'Gewoonlijk ga ik niet met vreemde mannen mee,' zei ze ten slotte, 'en we kennen elkaar pas een dag. Ben je te vertrouwen?'

'Ik zou het niet doen,' zei ik.

Ze lachte. 'In dat geval kan ik wel een uitzondering maken.'

'O ja?'

'Ja,' zei ze. 'Ik heb een zwak voor eerlijke jongens met een crew cut. Hoe laat spreken we af?'

4

Ik was om vijf uur thuis en hoewel ik niet het idee had dat ik verbrand was – die Zuid-Europese huid weer – merkte ik tijdens het douchen dat dat wel degelijk het geval was. Het water stak toen het van mijn borst en schouders af spatte en mijn gezicht gloeide alsof ik koorts had. Na het douchen schoor ik me voor het eerst sinds ik weer thuis was en ik trok een nette korte broek aan en een van de weinige mooie buttondown overhemden die ik had, een lichtblauwe. Lucy had het voor me gekocht en had beweerd dat die kleur me heel goed stond. Ik rolde de mouwen op en deed het overhemd niet in mijn broek. Daarna zocht ik in mijn kast naar een paar oude sandalen.

De deur stond op een kier en ik zag mijn vader aan zijn bureau zitten. Opeens besefte ik dat ik voor de tweede avond op rij niet thuis zou eten. Ik had dit weekend geen tijd voor hem. Hij zou niet klagen, dat wist ik, maar ik werd overvallen door schuldgevoelens. Toen we het niet meer over munten hadden, zagen we elkaar alleen nog bij het ontbijt en het avondeten en nu beroofde ik hem zelfs daarvan. Misschien was ik toch niet zo veel veranderd als ik dacht. Ik logeerde in zijn huis, at wat hij klaarmaakte en straks ging ik hem vragen of ik zijn auto mocht lenen. Met andere woorden, ik ging mijn eigen gang en gebruikte hem als dat zo uitkwam. Ik vroeg me af wat Savannah daarvan zou zeggen, maar ik wist het antwoord al. Savannah klonk soms net als het stemmetje in mijn hoofd en op dit moment fluisterde het dat als ik me schuldig voelde, dat wellicht betekende dat ik iets verkeerd deed. Ik nam me voor meer tijd met hem door te brengen. Het was een uitvlucht, dat gaf ik toe, maar ik wist niet wat ik anders moest.

Toen ik de deur opendeed, leek mijn vader verbaasd me te zien.

'Hoi, pap,' zei ik, en ik ging op mijn vaste plek zitten.

'Hallo, John.' Terwijl hij dat zei, keek hij naar zijn bureau en liet hij zijn hand over zijn dunner wordende haar glijden. Toen ik verder niets zei, besefte hij dat het zijn beurt was. 'Hoe was je dag?' vroeg hij uiteindelijk.

Ik verschoof op mijn stoel. 'Geweldig. Ik ben bijna de hele dag samen met Savannah geweest, dat meisje over wie ik het gisteravond had.'

'O.' Zijn blik gleed opzij, hij weigerde me aan te kijken. 'Je hebt niets over haar gezegd.'

'Niet?'

'Nee, maar dat geeft niet. Het was al laat.' Hij leek nu pas door te hebben dat ik nette kleren aanhad – hij had me nog nooit zo netjes gezien – maar hij kon zich er niet toe zetten daar vragen over te stellen.

Ik trok aan mijn overhemd en besloot hem uit zijn lijden te verlossen. 'Tja, ik probeer indruk op haar te maken. Ik ga vanavond met haar uit,' zei ik. 'Mag ik de auto lenen?'

'O, eh, goed,' zei hij.

'Of heb je de auto zelf nodig? Ik kan het ook aan een vriend vragen.'

'Nee,' zei hij. Hij haalde de autosleutels uit zijn zak. Negen van de tien vaders zouden de sleutels gegooid hebben. Mijn vader stak ze me toe.

'Gaat het?' vroeg ik.

'Ik ben gewoon moe,' zei hij.

Ik stond op en pakte de sleutels aan. 'Pap?'

Hij keek weer op.

'Sorry dat ik de afgelopen avonden niet met jou heb gegeten.'

'Het geeft niet,' zei hij. 'Ik snap het.'

De zon ging al langzaam onder en toen ik wegreed, was de lucht een zee van zachte kleuren, een schril contrast met de avondluchten die ik in Duitsland gewend was. Het was ontzettend druk op de weg, zoals meestal op zondagavond, en ik zat bijna een half uur tussen de uitlaatgassen om weer bij het strand te komen en de oprit van het huis op te draaien.

Zonder te kloppen duwde ik de deur open. Twee jongens, die op de bank honkbal zaten te kijken, hoorden me binnenkomen.

'Hoi,' zeiden ze. Ze klonken ongeïnteresseerd en niet verrast.

'Hebben jullie Savannah gezien?'

'Wie?' vroeg een van hen, die me duidelijk amper aandacht schonk.

'Laat maar. Ik vind haar wel.' Ik liep door de woonkamer naar het terras, zag dezelfde jongen als gisteren weer bij de barbecue staan en ik zag ook een paar anderen, maar Savannah was nergens te bekennen. Ze was ook niet op het strand. Ik wilde net weer naar binnen gaan toen er op mijn schouder werd getikt.

'Wie zoek je?' vroeg ze.

Ik draaide me om. 'O, een meisje,' zei ik. 'Ze raakt regelmatig spullen kwijt op de pier, maar ze is een snelle leerling als het om surfen gaat.'

Ze zette haar handen op haar heupen en ik glimlachte. Ze droeg een korte broek en een haltertopje, haar wangen waren wat verkleurd en ik zag dat ze mascara en lippenstift op had gedaan. Hoewel ik van haar natuurlijke schoonheid hield – ik ben een strandmens – was ze nu nog mooier dan ik me herinnerde. Ik rook een frisse citroengeur toen ze zich naar me toe boog.

'Ben ik alleen maar een meisje voor je?' vroeg ze. Het klonk speels maar ook serieus en even overwoog ik mijn armen om haar heen te slaan.

'Hé,' zei ik met voorgewende verbazing. 'Ben jij het?'

De twee jongens op de bank wierpen een blik op ons en richtten zich toen weer op de tv.

'Zullen we gaan?' vroeg ik.

'Ik moet alleen nog even mijn handtas pakken,' zei ze. Ze pakte hem van het aanrechtblad en we liepen naar de deur. 'Waar gaan we trouwens naartoe?'

Toen ik het haar vertelde, trok ze haar wenkbrauwen op.

'Een restaurant dat de Shrimp Shack heet, dat klinkt als een aftandse tent.'

'Ik verdien niet zo veel in het leger. Meer kan ik niet betalen.'

Ze stootte me onder het lopen aan. 'Daarom ga ik gewoonlijk dus niet met vreemden uit.'

De Shrimp Shack ligt in het centrum van Wilmington, in de historische buurt langs Cape Fear River. De ene kant van de historische buurt is op toeristen gericht en daar zijn souvenirwinkels, een paar antiekwinkels, enkele dure restaurants, koffietentjes en diverse makelaarskantoren. Aan de andere kant is te zien dat Wilmington een havenstad is en daar zijn grote pakhuizen, waarvan er verschillende leegstaan, en wat kantoorgebouwen, waarvan nog maar de helft in gebruik is. Ik betwijfelde of de toeristen die in de zomer massaal naar Wilmington kwamen, ooit in dit gedeelte kwamen. Ik ging die kant op. Het werd geleidelijk rustiger op straat, tot er geen voetgangers meer te bekennen waren en de omgeving steeds meer een vervallen indruk maakte.

'Waar zit dat restaurant?' vroeg Savannah.

'Iets verderop,' zei ik. 'Daar, aan het eind.'

'Het ligt nogal afgelegen, niet dan?'

'Het is meer voor de lokale bevolking,' zei ik. 'De eigenaar maakt het niet uit of er wel of geen toeristen komen. Daar heeft hij nooit wakker van gelegen.'

Even later minderde ik vaart en draaide naast een van de pakhuizen een kleine parkeerplaats op. Er stonden zoals gewoonlijk een paar auto's voor de Shrimp Shack geparkeerd en het zag er nog precies hetzelfde uit. Zolang ik me kon herinneren had het al een armoedige uitstraling met zijn brede rommelige veranda, afbladderende verf en scheve dakrand. Daardoor kreeg je het idee dat het restaurant op instorten stond, hoewel het sinds de jaren veertig van de vorige eeuw al heel wat orkanen had doorstaan. Aan de buitenmuren hingen visnetten, wieldoppen, kentekenplaten, een oud anker, roeispanen en wat roestige kettingen. Vlak bij de deur lag een kapotte roeiboot.

De lucht werd steeds donkerder toen we naar de ingang liepen. Ik overwoog Savannahs hand te pakken, maar deed het niet. Ik mocht dan dankzij hormonen succes bij vrouwen hebben gehad, ik had zeer weinig ervaring met meisjes die ik echt leuk vond. Hoewel we elkaar pas een dag kenden, wist ik al dat dit onbekend terrein was.

We stapten de doorzakkende veranda op en Savannah wees naar de roeiboot. 'Misschien is hij een restaurant begonnen omdat zijn roeiboot was gezonken.'

'Wie weet. Of iemand heeft die roeiboot hier achtergelaten en hij heeft nooit de moeite genomen het ding op te ruimen. Ben je er klaar voor?'

'Zeker weten,' zei ze, en ik duwde de deur open.

Ik weet niet wat ze had verwacht, maar er lag een tevreden uitdrukking op haar gezicht toen ze naar binnen stapte. Aan de ene kant was een lange bar, met ramen die uitzicht boden op de rivier, en in het grootste zitgedeelte stonden houten picknicktafels. Een paar serveersters met getoupeerd haar – die waren net als de inrichting niet veranderd – liepen met volle borden tussen de tafels door. Er hing een vettige frituurlucht, vermengd met sigarettenrook, maar op een of andere manier was dat passend. De meeste tafels waren bezet. Ik wees naar een tafeltje bij de jukebox. Er werd een countrynummer gedraaid, al kon ik niet zeggen wie het zong. Ik ben meer van de klassieke rockmuziek.

We zigzagden tussen de tafeltjes door. Zo te zien hadden de meeste gasten een zwaar beroep. Er zaten bouwvakkers, tuinlieden, vrachtwagenchauffeurs en meer van zulke lui. Het was lang geleden dat ik zo veel NASCAR-petjes bij elkaar had gezien, sterker nog, ik had er nog nooit zo veel bij elkaar gezien. In mijn sectie zaten een paar NASCAR-fans, maar ik snapte niet wat er leuk aan was om coureurs een hele dag rondjes te zien rijden en ik snapte ook niet waarom de artikelen daarover in het sportkatern van de krant stonden en niet in de autobijlage. We gingen tegenover elkaar zitten en ik zag Savannah rondkijken.

'Ik hou van zulke tentjes,' zei ze. 'Was dit jullie vaste stek toen je hier woonde?'

'Nee, dit was meer voor speciale gelegenheden. Meestal ging ik naar Leroy's, een bar bij Wrightsville Beach.'

Ze pakte de geplastificeerde menukaart die tussen een metalen servethouder en flessen tomatenketchup en Texas Pete Hot Sauce-saus in stond.

'Dit is veel leuker,' zei ze. Ze sloeg de menukaart open. 'Wat is de specialiteit van het huis?'

'Garnalen,' zei ik.

'Je meent het,' zei ze.

'Ze hebben hier echt alle soorten garnalen die je maar kunt bedenken. Ken je die scène uit *Forrest Gump* waarin Bubba alle manieren opsomt waarop je garnalen kunt klaarmaken? Gegrild, gesauteerd, van de barbecue, met cajunkruiden, citroengarnalen, Creoolse garnalen, garnalencocktail... Dat gaat over dit restaurant.'

'Hoe vind jij ze het lekkerst?'

'Koud met cocktailsaus. Of gefrituurd.'

Ze sloeg de menukaart dicht. 'Kies jij maar,' zei ze, en ze schoof haar menukaart naar me toe. 'Ik vertrouw op jouw oordeel.'

Ik zette de menukaart weer achter de servethouder.

'Wat wordt het?'

'Koud. In een emmer. Het gaat om de eetervaring.'

Ze boog zich naar me toe. 'Hoeveel vrouwen heb je hier mee naartoe genomen? Voor de eetervaring, bedoel ik.'

'Met jou meegerekend? Even denken.' Ik trommelde met mijn vingers op de tafel. 'Een.'

'Ik voel me vereerd.'

'Dit was meer een plek waar ik met mijn vrienden naartoe ging als we wilden eten in plaats van drinken. Beter eten na een dag surfen is er niet.'

'We zullen het zien.'

De serveerster kwam naar ons toe en ik bestelde de garnalen. Toen ze vroeg wat we wilden drinken, stak ik mijn handen op.

'Voor mij ijsthee graag,' zei Savannah.

'Voor mij ook,' voegde ik eraan toe.

Nadat de serveerster was vertrokken, zaten we ongestoord ontspannen met elkaar te praten, zelfs toen onze drankjes werden gebracht. We hadden het opnieuw over het legerleven. Om een of andere reden vond Savannah dat fascinerend. Ze vroeg ook hoe het was om hier op te groeien. Ik vertelde haar meer dan ik wilde over mijn middelbareschooltijd en waarschijnlijk te veel over de drie jaar voordat ik in het leger ging.

Ze luisterde aandachtig, stelde soms vragen en ik besefte dat het lang geleden was dat ik zo'n date had gehad, zeker een paar jaar, misschien wel langer. In elk geval niet meer sinds Lucy. Ik had er geen behoefte aan, maar toen ik tegenover Savannah zat, kwam ik op mijn besluit terug. Het was fijn om met haar alleen te zijn en ik wilde haar vaker zien. Niet alleen vanavond, maar ook morgen en overmorgen. Alles – van het gemak waarmee ze lachte tot haar duidelijke bezorgdheid om anderen – vond ik verfrissend en begeerlijk. Nu ik bij haar was, besefte ik echter hoe eenzaam ik was geweest. Ik had dat nooit aan mezelf toegegeven, maar na twee dagen met Savannah wist ik dat het wel zo was.

'Zullen we muziek uitkiezen?' vroeg ze, waarmee ze mijn gedachten onderbrak.

Ik stond op, haalde wat munten uit mijn zakken en wierp ze in de jukebox. Savannah legde haar handen op de glasplaat, boog zich naar voren om de titels te lezen en koos een paar nummers uit. Tegen de tijd dat we weer aan ons tafeltje zaten, schalde het eerste nummer al uit de jukebox.

'Weet je, ik bedenk net dat ik de hele avond al aan het woord ben,' zei ik.

'Je bent ook zo'n kletskous,' merkte ze op.

Ik haalde mijn bestek uit het opgerolde papieren servet. 'En jij? Je weet alles over mij, maar ik weet niets over jou.'

'Natuurlijk wel,' zei ze. 'Je weet hoe oud ik ben, waar ik studeer, wat mijn hoofdvak is en je weet dat ik niet drink. Je weet dat ik uit Lenoir kom, dat ik op een ranch woon, dat ik van paarden hou en dat ik in de zomer huizen bouw voor Habitat for Humanity. Je weet best veel.'

Ja, besefte ik opeens, ik wist inderdaad aardig wat, inclusief dingen die ze niet had opgenoemd. 'Het is niet genoeg,' zei ik. 'Jouw beurt.'

Ze boog zich naar voren. 'Vraag maar.'

'Vertel eens over je ouders,' zei ik.

'Oké,' zei ze, en ze pakte een servet. Ze veegde de condens van haar glas. 'Mijn ouders zijn vijfentwintig jaar getrouwd en zijn nog steeds dolgelukkig en smoorverliefd. Ze hebben elkaar op de universiteit leren kennen, studeerden allebei aan de Appalachian State University. Mijn moeder heeft een paar jaar bij een bank gewerkt, maar na mijn geboorte is ze gestopt met werken om voor mij te zorgen. Ze is zo'n moeder die voor iedereen klaarstaat. Klassenmoeder, chauffeur op vrijwillige basis, coach van ons voetbalteam, voorzitter van de ouderraad, dat soort dingen. Nu ik uit huis ben, doet ze de hele dag vrijwilligerswerk, bij de bibliotheek, op scholen, bij de kerk, maakt niet uit. Mijn vader is docent geschiedenis en is al coach van het meisjesvolleybalteam sinds ik klein was. Vorig jaar hebben ze de finale van de staat bereikt, maar die hebben ze verloren. Hij is diaken bij ons in de kerk, leidt de jeugdgroep en is dirigent van het koor. Wil je een foto zien?'

'Ja,' zei ik.

Ze haalde haar portemonnee uit haar handtas, klapte hem open en schoof hem over de tafel. Onze vingers raakten elkaar.

'De randen zijn wat rafelig doordat mijn portemonnee in het water heeft gelegen,' zei ze, 'maar zo krijg je een idee hoe ze eruitzien.'

Ik draaide de foto om. Savannah leek meer op haar vader dan op haar moeder, ze had de donkere trekken in elk geval van hem geërfd.

'Leuk stel.'

'Ik ben dol op ze,' zei ze, en ze pakte de portemonnee terug. 'Ze zijn de beste ouders die ik me kan wensen.'

'Waarom woon je op een ranch als je vader docent is?'

'O, de ranch is niet in bedrijf. Vroeger wel, toen hij nog van mijn opa was, maar die heeft delen moeten verkopen om de belasting te kunnen betalen. Tegen de tijd dat mijn vader de ranch erfde, bestond hij nog maar uit vier hectare grond plus een huis, stallen en een kraal. Het is eigenlijk meer een grote tuin dan een echte ranch. We noemen het een ranch, maar ik denk dat dat een verkeerd beeld oproept.'

'Je hebt verteld dat je geturnd hebt, maar heb je ook in je vaders volleybalteam gezeten?'

'Nee,' zei ze. 'Hij is een geweldige coach, maar hij heeft me altijd aangemoedigd om dingen te doen die ik leuk vind. Volleybal viel daar niet onder. Ik heb het geprobeerd en ik kon het best aardig, maar mijn hart lag er niet.'

'Je hield van paarden.'

'Al van kleins af aan. Op jonge leeftijd kreeg ik van mijn moeder een paardenbeeldje en daar is het mee begonnen. Toen ik acht was, kreeg ik met kerst mijn eerste paard en dat is nog altijd het mooiste kerstcadeau dat ik ooit heb gekregen. Slocum. Een zachtaardige oude merrie. Ze was ideaal voor me. De afspraak was dat ik haar moest verzorgen. Ik moest haar eten geven, borstelen en haar stal schoonhouden. Mijn paard, school, turnen en de andere dieren verzorgen, daar had ik zo'n beetje een dagtaak aan.'

'Andere dieren?'

'Het was alsof we op een boerderij woonden. Honden, katten, zelfs een tijdje een lama. Ik had een zwak voor zwerfdieren. Op een bepaald moment protesteerden mijn ouders niet eens meer als ik weer met een dier thuiskwam. We hadden meestal vier of vijf zwerfdieren in huis. Soms kwam een eigenaar kijken of zijn dier ertussen zat en ging hij met een van de andere recente aanwinsten naar huis als zijn eigen dier er niet tussen bleek te zitten. Het had wel wat weg van een dierenasiel.'

'Je ouders hadden veel geduld.'

'Ja,' zei ze. 'Ze hadden zelf ook een zwak voor zwerfdieren. Mijn moeder zal het ontkennen, maar ze is nog erger dan ik.'

Ik nam haar op. 'Je was vast een goede leerling.'

'Ik haalde alleen maar hoge cijfers. Als beste leerling van mijn klas mocht ik de afscheidsrede houden.'

'Waarom verbaast me dat niet?'

'Ik zou het niet weten,' zei ze. 'Waarom?'

Ik gaf geen antwoord. 'Heb je ooit een serieuze relatie met een jongen gehad?'

'Aha, de hamvraag, niet dan?'

'Het was maar een vraag.'

'Wat denk je zelf?'

'Ik denk...' zei ik langzaam. 'Ik zou het niet weten.'

Ze lachte. 'Dan laten we die vraag voorlopig rusten. Een raadseltje is goed voor de ziel. Bovendien denk ik dat je het antwoord zelf wel kunt uitvogelen.'

De serveerster bracht de emmer met garnalen en wat plastic bakjes met cocktailsaus, zette ze op de tafel en schonk nog eens ijsthee in onze glazen met de efficiëntie van iemand die dit werk al veel te lang doet. Ze draaide zich om zonder te vragen of we verder nog iets wilden bestellen.

'Dit restaurant staat bekend om zijn gastvrijheid.'

'Ze heeft het gewoon druk,' zei Savannah, die haar hand uitstak om een garnaal te pakken. 'Bovendien had ze door dat je me zat uit te horen, dus ze wilde niet storen.'

Ze kraakte en pelde een garnaal, doopte hem in de saus en nam een hapje. Ik pakte er een paar uit de emmer en legde ze op mijn bord.

'Wat wil je nog meer weten?'

'Geen idee. Alles. Wat vind je het leukst aan de universiteit?'

Ze dacht na terwijl ze garnalen op haar bord legde. 'Goede docenten,' zei ze uiteindelijk. 'Op de universiteit kun je soms zelf je professoren kiezen als het rooster dat toelaat. Dat vind ik fijn. Voordat ik aan de studie begon, heeft mijn vader me dat advies gegeven. Hij zei dat ik, als het enigszins kon, lessen moest volgen op basis van degene die ze gaf en niet om het vak zelf. Hij wist uiteraard dat bepaalde vakken verplicht waren om mijn graad te behalen, maar zijn punt was dat goede docenten onbetaalbaar zijn. Ze inspireren je, vermaken je en ongemerkt steek je ontzettend veel op.'

'Door hun liefde voor het vak,' zei ik.

Ze knipoogde. 'Precies. En hij had gelijk. Ik heb lessen gevolgd over onderwerpen waarvan ik nooit had gedacht dat ik die interessant zou vinden en die geen enkel raakvlak hadden met mijn hoofdvak. Maar weet je? Ik herinner me die lessen alsof ik ze nog steeds volg.'

'Daar sta ik van te kijken. Ik had verwacht dat je zou zeggen dat bij basketbalwedstrijden kijken het leukst was. Er wordt op hoog niveau gebasketbald op Chapel Hill.'

'Dat vind ik ook leuk. En ik vind het leuk dat ik nieuwe vrienden maak en niet meer thuis woon en zo. Ik heb veel geleerd sinds ik uit Lenoir weg ben. Ik had het daar prima naar mijn zin en mijn ouders zijn geweldig, maar het was ook een beschermd leventje. Ik heb hier dingen meegemaakt die me de ogen hebben geopend.'

'Zoals?'

'Veel dingen, zoals de druk voelen om telkens als ik uitging te drinken of met een jongen naar bed te gaan. Het eerste jaar vond ik het vreselijk op de UNC. Ik had het gevoel dat ik er niet bij hoorde, en dat was ook zo. Ik smeekte mijn ouders of ik terug naar huis mocht of naar een andere universiteit, maar dat vonden ze niet goed. Ze meenden dat ik daar op de lange termijn spijt van zou krijgen en daar hadden ze waarschijnlijk gelijk in. Pas ergens in het tweede jaar leerde ik wat meisjes kennen die dezelfde instelling hebben als ik en sindsdien gaat het veel beter. Ik heb me aangesloten bij enkele christelijke studentengroepen, doe op zaterdagochtend vrijwilligerswerk bij een opvanghuis voor armen in Raleigh en de druk is weg om naar een feest te gaan of te daten. Als ik naar een feest ga, voel ik niet meer die druk. Ik accepteer dat ik niet hetzelfde hoef te doen als de rest. Ik doe wat goed voor me voelt.'

Dat verklaarde waarom ze gisteravond bij me was, dacht ik, en ook waarom we nu hier zaten.

Ze keek me stralend aan. 'Het is een beetje hetzelfde als bij jou, vermoed ik. De afgelopen jaren ben ik volwassen geworden. Dus naast het feit dat we allebei goed kunnen surfen, hebben we ook dat gemeen.'

Ik lachte. 'Ja, maar de worsteling was bij mij veel groter dan bij jou.'

Ze boog zich weer naar voren. 'Mijn vader zegt altijd dat als je ergens mee worstelt je naar de mensen om je heen moet kijken en moet beseffen dat al die mensen wel ergens mee zitten, en voor hen is dat net zo zwaar als wat jij doormaakt.'

'Je vader klinkt als een verstandig man.'

'Mijn ouders zijn slim. Ze behoorden op de universiteit tot de top vijf van afgestudeerden van hun jaar. Zo hebben ze elkaar leren kennen. Tijdens studeren in de bibliotheek. Ze vinden een goede opleiding heel belangrijk en ik ben min of meer hun project. Ik kon al lezen voor ik naar de kleuterschool ging, maar lezen heeft nooit als een verplichting gevoeld. En zolang ik me kan herinneren praten ze al tegen me alsof ik een volwassene ben.'

Even vroeg ik me af hoe mijn leven geweest zou zijn als ik zulke ouders had gehad, maar ik zette die gedachte van me af. Mijn vader had zijn uiterste best gedaan en ik had geen spijt van wie ik was geworden. Spijt over het pad dat ik had bewandeld, ja, dat misschien wel, maar niet over de bestemming. Want hoe het ook was gelopen, ik zat hier in een sjofel tentje garnalen te eten met een meisje dat ik nooit meer zou vergeten.

Na het eten gingen we terug naar het huis, waar het opvallend rustig was. De muziek stond nog aan, maar de meesten zaten te chillen bij het kampvuur alsof ze er rekening mee hielden dat ze morgen vroeg op moesten. Tim zat er ook, was diep in gesprek. Tot mijn verbazing pakte Savannah mijn hand en ze hield me tegen voordat we bij de groep waren.

'Laten we een eindje gaan wandelen,' zei ze. 'Ik wil het eten laten zakken voor ik ga zitten.'

Er hing wat sluierbewolking voor de sterren. De maan, die nog steeds vol was, hing vlak boven de horizon. Er streek een briesje langs mijn wang en ik hoorde de eindeloze beweging van golven die naar de kust toe rolden. Het was eb en we gingen op het hardere, compactere zand bij de branding lopen. Savannah legde een hand op mijn schouder om haar evenwicht te bewaren toen ze eerst haar ene en daarna haar andere sandaal uitdeed. Toen ze klaar was, deed ik dat ook en we liepen een paar passen zwijgend verder.

'Wat is het hier mooi. Ik ben dol op de bergen, maar dit is ook prachtig. Het is... vreedzaam.'

Voor mijn gevoel waren die woorden ook op haar van toepassing en ik wist niet wat ik moest zeggen.

'Niet te geloven dat ik je gisteren pas voor het eerst zag,' voegde ze eraan toe. 'Het is of ik je al veel langer ken.'

Haar hand voelde warm en prettig in de mijne. 'Ik dacht precies hetzelfde.'

Ze glimlachte dromerig en tuurde aandachtig naar de sterren. 'Wat zal Tim hiervan denken?' mompelde ze. 'Hij vindt me een beetje naïef.'

'En ben je dat?'

'Soms,' gaf ze toe, en ik lachte.

Ze sprak verder: 'Als ik twee mensen zo zie wandelen, dan denk ik: o, wat schattig. Het komt niet in me op dat ze achter de duinen seks zullen hebben. Maar dat gebeurt zo nu en dan dus wel. Ik heb dat alleen nooit van tevoren in de gaten en ik ben altijd verbaasd als ik dat achteraf hoor. Ik kan er niets aan doen. Zoals gisteravond, nadat jij was vertrokken. Ik hoorde dat twee mensen dat hadden gedaan en ik kon het niet geloven.'

'Het zou mij eerder verbaasd hebben als dat niet was gebeurd.'

'Dat vind ik trouwens niet leuk aan de universiteit. Veel mensen schijnen te denken dat deze jaren niet meetellen en dat je maar raak kunt experimenteren. Er wordt zo lichtzinnig over seks, drank en zelfs drugs gedacht. Ik weet dat het heel ouderwets klinkt, maar ik snap het gewoon niet. Mogelijkerwijs wilde ik daarom niet net als de rest bij het kampvuur zitten. Eerlijk gezegd ben ik teleurgesteld in die twee mensen over wie ik het net had, en ik kan daar niet gaan zitten en doen of dat niet zo is. Ik weet dat ik niet mag oordelen, en het zijn vast goede mensen, anders waren ze hier niet, maar dan nog... Moet je zoiets niet bewaren voor iemand van wie je houdt, zodat het echt betekenis heeft?'

Ik wist dat ze geen antwoord verwachtte, dus ik zei er niets over. 'Wie heeft je dat verteld van dat stel?' vroeg ik in plaats daarvan.

'Tim. Volgens mij was hij ook teleurgesteld, maar wat kan hij eraan doen? Ze wegsturen?'

We hadden al een heel eind over het strand gelopen en draaiden om. In de verte zag ik mensen bij het kampvuur zitten. De nevel rook zoutachtig en spookkrabben schoten terug naar hun hol toen we hen naderden.

'Sorry,' zei ze. 'Dat was ongepast.'

'Wat?'

'Dat ik er zo mee zit. Het is niet aan mij om te oordelen.'

'Iedereen doet dat,' zei ik. 'Zo zijn mensen nu eenmaal.'

'Dat weet ik, maar ik maak ook fouten. Het enige wat telt,

is het oordeel van God en ik heb genoeg geleerd om te weten dat niemand kan doen alsof hij of zij weet wat Gods wil is.'

Ik glimlachte.

'Wat?' vroeg ze.

'Zoals je praat, dat doet me denken aan onze legerpredikant. Die zegt dat ook.'

We slenterden over het strand en toen we vlak bij het huis waren, verlieten we de branding en gingen over het mulle zand lopen. Onze voeten glipten weg bij elke stap en ik voelde dat Savannah mijn hand steviger vastgreep. Ik vroeg me af of ze die zou loslaten als we dichter bij het kampvuur kwamen en tot mijn teleurstelling deed ze dat.

'Hé,' riep Tim vriendelijk. 'Jullie zijn er weer.'

Randy was er ook. Hij keek net zo stuurs als anders. Ik werd zijn wrok een beetje zat. Brad stond achter Susan, die tegen zijn borst leunde. Susan twijfelde of ze blij voor Savannah moest zijn, opdat die haar details zou vertellen, of boos omdat het vervelend was voor Randy. De anderen, die het duidelijk koud liet, hervatten hun gesprekken. Tim stond op en kwam naar ons toe.

'Lekker gegeten?'

'Het was geweldig,' zei Savannah. 'Ik heb kennisgemaakt met de lokale cultuur. We zijn bij de Shrimp Shack geweest.'

'Klinkt leuk,' zei hij.

Ik luisterde of ik een ondertoon van jaloezie bespeurde, maar die was er niet. Tim wees over zijn schouder en zei: 'Komen jullie erbij zitten? We zitten te chillen, proberen ons voor te bereiden op morgen.'

'Ik ben eigenlijk best moe. Ik loop met John mee naar zijn auto en dan ga ik naar bed. Hoe laat moeten we morgen op?'

'Zes uur. Na het ontbijt vertrekken we naar de bouwplaats en dan zijn we daar rond half acht. Vergeet niet om zonnebrandcrème mee te nemen. We zijn de hele dag buiten in de zon.'

'Ik zal eraan denken. Zeg het ook tegen de anderen.'

'Dat heb ik al gedaan,' zei hij. 'En ik zal het morgen nog een keer zeggen, maar je zult zien dat sommigen niet luisteren en toch verbranden.'

'Tot morgen,' zei ze.

'Goed.' Hij richtte zijn aandacht op mij. 'Ik ben blij dat je vandaag langs bent gekomen.'

'Ik ook,' zei ik.

'Zeg, mocht je je de komende weken vervelen, we kunnen altijd een paar extra handen gebruiken.'

Ik lachte. 'Ik wist dat je dat ging zeggen.'

'Zo ben ik nu eenmaal,' zei hij, en hij stak zijn hand uit. 'Hoe dan ook, ik hoop je nog eens te zien.'

We gaven elkaar een hand. Tim ging terug naar zijn stoel en Savannah knikte naar het huis. We liepen naar het duin, bleven staan om onze sandalen weer aan te doen, en liepen over het houten pad, tussen het zeegras door en om het huis heen. Even later waren we bij de auto. Ik kon haar gezicht niet zien.

'Ik heb een leuke avond gehad,' zei ze. 'Het was een fijne dag.'

Ik slikte. 'Wanneer zie ik je weer?'

Het was een eenvoudige, zelfs voor de hand liggende vraag, maar tot mijn verbazing klonk er verlangen door in mijn stem. Ik had haar nog niet eens gezoend.

'Dat bepaal jij, denk ik,' zei ze. 'Je weet me te vinden.'

'Morgenavond?' flapte ik eruit. 'Ik weet nog een restaurant en daar speelt een bandje. Het is daar heel leuk.'

Ze streek een haarlok achter haar oor. 'Is de avond daarna ook goed? De eerste dag op de bouwplaats is altijd... spannend en vermoeiend. We eten 's avonds met de hele groep en dat wil ik niet missen.'

'Ja, dat is prima,' zei ik, al was ik daar niet blij mee.

Ze moest iets aan mijn stem gehoord hebben. 'Zoals Tim al zei, kom gerust langs.'

'Nee, het geeft niet. Dinsdagavond is prima.'

We bleven daar staan, het was zo'n ongemakkelijk moment waar ik waarschijnlijk nooit aan gewend raak, maar ze draaide zich al om voordat ik een poging kon doen haar te kussen. Normaal gesproken zou ik er niet eens over nadenken, zou ik wel zien hoe het afliep. Ik liet mijn gevoelens dan wel niet blijken, maar ik was impulsief en kwam snel in actie. Bij Savannah voelde ik me gek genoeg geremd. En zij leek ook geen haast te hebben.

Er reed een auto langs en de betovering werd verbroken. Ze deed een stap in de richting van het huis, bleef staan en legde haar hand op mijn arm. Ze gaf me onschuldig een zoen op mijn wang. Het was bijna een zusterlijke kus, maar haar lippen waren zacht en haar geur omhulde me, hing er zelfs nog nadat ze zich had losgemaakt.

'Ik vond het echt leuk,' mompelde ze. 'Ik denk dat ik me deze dag nog heel lang zal herinneren.'

Ze haalde haar hand van mijn arm en toen was ze opeens weg, ging de trap op naar het huis.

Later die avond lag ik thuis te woelen in bed en ik overdacht de gebeurtenissen van die dag. Uiteindelijk ging ik zitten. Ik wilde dat ik haar had verteld hoeveel onze dag samen voor me betekende. Voor mijn raam zag ik een vallende ster, die een streep helwit licht door de lucht trok. Ik wilde het als een omen zien, al wist ik niet waarvan. Voor de zoveelste keer dacht ik aan Savannahs zachte kus op mijn wang en ik vroeg me af hoe het kon dat ik smoorverliefd was op een meisje dat ik de dag daarvoor pas voor het eerst had gezien.

5

'Goedemorgen, pap,' zei ik, toen ik de keuken binnenstrompelde. Ik kneep mijn ogen tot spleetjes vanwege het felle ochtendlicht en zag mijn vader bij het fornuis staan. Het rook naar gebakken spek.

'O hallo, John.'

Ik liet me op een stoel zakken en probeerde echt wakker te worden. 'Ja, ik weet dat ik vroeg op ben, maar ik wilde je nog even zien voor je naar je werk gaat.'

'O,' zei hij. 'Oké, dan maak ik meer ontbijt.'

Hij leek bijna opgetogen, ondanks deze verstoring van zijn routine. Op momenten zoals deze wist ik dat hij het fijn vond dat ik thuis was.

'Is er koffie?' vroeg ik.

'In de kan,' zei hij.

Ik schonk koffie voor mezelf in en liep terug naar mijn stoel. De krant lag onaangeroerd op de tafel. Mijn vader las die altijd tijdens het ontbijt en ik wist dat ik er niet aan mocht komen. Hij moest en zou de krant als eerste lezen en hij las hem altijd in precies dezelfde volgorde.

Ik verwachtte dat mijn vader zou vragen hoe het gisteravond met Savannah was geweest, maar hij zweeg, concentreerde zich op het klaarmaken van het ontbijt. Ik keek op de klok en wist dat Savannah over een paar minuten naar de bouwplaats zou vertrekken en ik vroeg me af of ze net zo veel aan mij dacht als ik aan haar. In wat voor haar ongetwijfeld een chaotische ochtend was, betwijfelde ik dat. Dat besef deed onverwacht pijn.

'Wat heb jij gisteravond gedaan?' vroeg ik uiteindelijk, om mijn gedachten af te leiden van Savannah. Hij ging door met bakken alsof hij me niet had gehoord. 'Pap?' zei ik.

'Ja?' antwoordde hij.

'Hoe was het gisteravond?'

'Wat?'

'Hoe was jouw avond? Heb je nog iets bijzonders gedaan?'

'Nee, niets,' zei hij. Hij glimlachte naar me, waarna hij wat plakjes spek omdraaide in de koekenpan. Het gesis werd harder.

'Ik heb een heel leuke avond gehad,' zei ik uit mezelf. 'Savannah is geweldig. We zijn gisteren samen naar de kerk geweest.'

Ik had verwacht dat hij daar vragen over zou stellen en ik wilde dat hij dat zou doen. Ik stelde me voor dat we een echt gesprek zouden voeren, zoals andere vaders soms met hun zoons hebben, dat hij misschien zou lachen en een paar grapjes zou maken. In plaats daarvan deed hij nog een fornuispit aan. Hij deed olie in een kleine koekenpan en goot het eimengsel erin.

'Zou jij twee sneden brood in de broodrooster willen doen?' vroeg hij.

Ik slaakte een zucht. 'Natuurlijk,' zei ik, en ik wist al dat we in stilte zouden eten. 'Geen punt.'

De rest van de dag ging ik surfen, althans, dat probeerde ik. De oceaan was 's nachts kalm geworden en de kleine golven stelden weinig voor. Wat het nog erger maakte, was dat ze dichter bij de kust omsloegen dan de dag ervoor, dus zelfs als ik een paar goede golven zag, duurde het niet lang of ze namen al weer af. Vroeger zou ik dan naar Oak Island of zelfs helemaal naar Atlantic Beach zijn gereden, waar ik zou proberen een lift te krijgen naar Shackleford Banks in de hoop dat de golven daar beter zouden zijn. Vandaag was ik daar niet voor in de stemming.

In plaats daarvan surfte ik waar ik de twee dagen daarvoor ook had gesurft. Het strandhuis lag iets verderop en zag er verlaten uit. De achterdeur was dicht, de handdoeken waren weg, er liep niemand langs het raam en ook het terras was leeg. Ik vroeg me af hoe laat ze zouden terugkomen. Waarschijnlijk ergens tussen vier en vijf, en ik had al besloten dat ik dan al lang weg zou zijn. Om te beginnen was er geen enkele reden om hier te zijn en ik moest niet hebben dat Savannah zou denken dat ik haar stalkte.

Ik vertrok om een uur of drie en ging naar Leroy's. In de bar was het donkerder en smeriger dan ik me herinnerde en het stond me al tegen zodra ik naar binnen stapte. In mijn beleving was dit altijd een bar voor beroepsdrinkers geweest en dat werd ook nu weer bevestigd, want er zaten eenzame mannen met een glas Jack Daniel's die hun zorgen wilden vergeten. Leroy was er en herkende me direct. Toen ik op een barkruk plaatsnam, stak hij automatisch een bierglas onder de tap en liet het vollopen.

'Dat is lang geleden,' zei hij. 'Heb je je leven gebeterd?'

'Dat probeer ik,' bromde ik. Ik keek om me heen toen hij het glas voor me neerzette. 'Leuk, die nieuwe inrichting,' zei ik, waarbij ik over mijn schouder wees.

'Dank je. Dat heb ik speciaal voor jou gedaan. Wil je iets te eten?'

'Nee, het is goed zo.'

Hij veegde het stukje bar recht voor me schoon, hing de doek over zijn schouder en liep weg om een bestelling op te nemen. Even later voelde ik een hand op mijn schouder.

'Hé, Johnny! Wat doe jij hier?'

Ik draaide me om en zag een van mijn vele vroegere vrienden op wie ik tegenwoordig neerkeek. Zo ging dat hier. Ik vond alles in deze bar vreselijk, inclusief mijn vrienden, en ik besefte dat dat altijd al zo was geweest. Het was me een raadsel waarom ik hiernaartoe was gekomen. Ik wist zelfs niet waarom dit vroeger mijn stamkroeg was geweest, behalve dan dat ik nergens anders heen kon.

'Hoi, Toby,' zei ik.

Toby, lang en broodmager, kwam naast me zitten en toen hij me aankeek, zag ik dat zijn ogen al glazig stonden. Hij rook alsof hij al dagen niet gedoucht had en er zaten vlekken op zijn shirt. 'Speel je nog steeds Rambo?' vroeg hij met dubbele tong. 'Doe je aan sport?'

'Ja,' zei ik. Ik had geen zin om er verder op in te gaan. 'Wat doe jij tegenwoordig?'

'Beetje rondhangen. Dat heb ik de afgelopen weken in elk geval gedaan. Daarvoor werkte ik bij een kleine supermarkt, maar de eigenaar was echt een rotvent.'

'Woon je nog steeds thuis?'

'Natuurlijk,' zei hij. Zo te horen was hij daar trots op. Hij nam een grote slok en keek naar mijn armen. 'Je ziet er goed uit. Doe je aan sport?' vroeg hij opnieuw.

'Af en toe,' zei ik. Ik besefte dat hij niet doorhad dat hij dat al gevraagd had.

'Je bent behoorlijk gespierd.'

Ik wist niets te zeggen. Toby nam nog een slok.

'Weet je, Mandy geeft vanavond een feest,' zei hij. 'Je kent Mandy toch nog wel?'

Ja, ik wist wie dat was. Een meisje uit mijn verleden met wie ik het nog geen weekend had uitgehouden. Toby praatte maar door.

'Haar ouders zitten momenteel in New York of zo en het

wordt een vet feest. We gaan van tevoren indrinken. Heb je zin om ook te komen?'

Hij wees over zijn schouder naar vier jongens aan een hoektafeltje waar al drie lege bierglazen op stonden. Ik herkende er twee van vroeger, de andere twee kende ik niet.

'Ik kan niet,' zei ik, 'mijn vader rekent erop dat ik vanavond thuis eet, maar bedankt voor de uitnodiging.'

'Dan zeg je dat toch af. Het wordt super. Kim komt ook.'

Nog een meisje uit mijn verleden, weer een herinnering die me ineen deed krimpen. Ik kon degene die ik vroeger was nauwelijks uitstaan.

'Ik kan niet,' zei ik, en ik schudde mijn hoofd. Ik stond op en liet mijn nog bijna volle glas staan. 'Ik heb het beloofd en ik logeer bij hem. Je weet hoe dat gaat.'

Hij leek het te snappen en knikte. 'Zullen we dan komend weekend afspreken? We gaan met een heel stel bij Ocracoke surfen.'

'Zou kunnen,' zei ik, maar ik wist al dat het niets zou worden.

'Heeft je vader nog hetzelfde nummer?'

'Ja,' zei ik.

Ik ging weg en ik wist zeker dat hij me niet zou bellen en dat ik nooit meer een voet in Leroy's zou zetten.

Op weg naar huis kocht ik steaks voor het avondeten en ook een zak sla, een flesje dressing en aardappels. Zonder auto viel het niet mee om de tas en mijn surfplank het hele eind naar huis te dragen, maar ik vond het niet erg om te moeten lopen. Dat had ik jaren gedaan en deze schoenen liepen veel lekkerder dan mijn kistjes.

Thuisgekomen haalde ik de barbecue, een zak briketten en een fles aanmaakvloeistof uit de garage. De barbecue zat onder het stof, alsof hij jaren niet gebruikt was. Ik zette de barbecue op het terras achter het huis, schudde het stof eruit, spoot met de tuinslang de spinnenwebben weg en liet hem in de zon opdrogen. Ik ging naar binnen en strooide zout, peper en knoflookpoeder over de steaks, wikkelde de aardappels in folie en legde ze in de oven. Daarna deed ik de sla in een kom. Toen de barbecue opgedroogd was, gooide ik de briketten erop, stak ze aan en zette de tafel buiten.

Mijn vader kwam net toen ik de steaks op het rooster legde thuis.

'Hallo, pap,' zei ik over mijn schouder. 'Ik dacht: laat ik vanavond eens koken.'

'O,' zei hij. Hij moest even wennen aan het idee dat hij niet hoefde te koken. 'Oké,' zei hij uiteindelijk.

'Hoe wil je je steak?'

'Medium,' zei hij. Hij bleef vlak bij de glazen schuifpui staan.

'Zo te zien heb je de barbecue niet meer gebruikt sinds ik weg ben,' zei ik. 'Dat zou je wel moeten doen. Wat is er nou lekkerder dan een gegrilde steak? Het hele eind naar huis liep het water me al in de mond.'

'Ik ga me omkleden.'

'De steaks zijn over pakweg tien minuten klaar.'

Nadat hij was weggegaan, liep ik weer naar de keuken. Ik haalde de aardappels uit de oven en pakte de slakom – en het flesje dressing, de boter en de steaksaus – en zette alles op de tafel. Ik hoorde de patiodeur openschuiven en mijn vader kwam naar buiten met twee glazen melk. Hij zag eruit als een toerist op een cruiseschip. Hij droeg een korte broek, zwarte sokken, tennisschoenen en een gebloemd hawaïhemd. Zijn benen waren spierwit, alsof hij in geen jaren een korte broek aan had gehad. Nu ik erover nadacht, betwijfelde ik of ik hem ooit in korte broek had gezien. Ik deed mijn best om te doen alsof hij er normaal uitzag.

'Precies op tijd,' zei ik, en ik liep weer naar de barbecue. Ik legde op elk bord een steak en zette een bord voor hem neer.

'Dank je,' zei hij.

'Graag gedaan.'

Hij schepte sla op zijn bord, goot er dressing overheen en verwijderde het aluminiumfolie van zijn aardappel. Hij legde er een klontje boter op en deed steaksaus op zijn bord, waardoor er een plasje ontstond. Niets bijzonders, behalve dan dat hij dit alles in stilte deed.

'Hoe was je dag?' vroeg ik zoals gewoonlijk.

'Hetzelfde als anders,' antwoordde hij. Zijn standaardantwoord. Hij glimlachte weer, maar zei verder niets.

Mijn vader, die sociaal zo onhandig was. Ik vroeg me opnieuw af waarom hij het zo moeilijk vond om een gesprek te voeren en probeerde me voor te stellen hoe hij in zijn jonge jaren was geweest. Hoe had hij ooit iemand gevonden om mee te trouwen? Die vraag klonk bekrompen, maar kwam niet voort uit wrok. Ik was er oprecht nieuwsgierig naar. We aten een tijdje, met als enige geluid het gekras van onze vorken.

'Savannah wil je graag ontmoeten,' zei ik uiteindelijk in een nieuwe poging.

Hij sneed zijn steak. 'Je verkering?'

Alleen mijn vader zou dat woord gebruiken. 'Ja,' zei ik. 'Ik denk dat je haar aardig zult vinden.'

Hij knikte.

'Ze studeert aan de University of North Carolina,' zei ik.

Hij wist dat het zijn beurt was om iets te zeggen en ik bemerkte zijn opluchting toen hem een vraag te binnen schoot. 'Waar ken je haar van?'

Ik vertelde over de tas, schetste het beeld, probeerde het verhaal vol humor te brengen, maar hij lachte niet.

'Dat was aardig van je,' merkte hij op.

Het gesprek viel weer stil. Ik sneed een stukje van mijn steak af. 'Pap, mag ik je iets vragen?'

'Natuurlijk.'

'Hoe hebben mama en jij elkaar leren kennen?'

Het was voor het eerst in jaren dat ik naar haar vroeg. Doordat ze nooit deel van mijn leven had uitgemaakt en ik dus geen herinneringen aan haar had, had ik zelden de behoefte gevoeld om naar haar te vragen. Ook nu kon het me eigenlijk niets schelen, ik wilde gewoon dat hij iets tegen me zei. Hij rekte tijd door nog meer boter op zijn aardappel te doen en ik wist dat hij liever niet zou antwoorden.

'We zagen elkaar in een eettentje,' zei hij uiteindelijk. 'Ze werkte daar als serveerster.'

Ik wachtte. Er leek niets meer te komen.

'Was ze mooi?'

'Ja,' zei hij.

'Wat was ze voor iemand?'

Hij prakte de aardappel en strooide er zorgvuldig zout overheen. 'Net zo iemand als jij,' zei hij uiteindelijk.

'Hoe bedoel je?'

'Eh...' Hij aarzelde. 'Ze kon... koppig zijn.'

Ik wist niet wat ik daarvan moest denken of wat hij bedoelde. Voordat ik kon doorvragen, stond hij op en pakte zijn glas.

'Wil je nog meer melk?' vroeg hij, en ik wist dat hij niets meer over haar zou zeggen.

6

Tijd is relatief. Ik weet dat ik niet de eerste en zeker niet de beroemdste ben die dat doorheeft, en mijn bewustwording had niets te maken met energie of massa of de snelheid van het licht of iets anders wat Einstein gesteld zou kunnen hebben. Het betrof het voortslepen van de uren tot ik Savannah weer zou zien.

Toen mijn vader en ik klaar waren met eten dacht ik aan haar. En ik dacht weer aan haar zodra ik wakker werd. Ik ging overdag surfen en hoewel de golven beter waren dan de dag ervoor, kon ik me niet goed concentreren en halverwege de middag besloot ik te stoppen. Ik overwoog een cheeseburger te nemen bij een strandtentje – waar ze overigens de beste hamburgers van de hele stad hadden – maar ook al was ik ervoor in de stemming, ik ging naar huis in de hoop dat ik Savannah later die dag kon overhalen daar een hamburger te gaan eten. Ik las het nieuwste boek van Stephen King, ging douchen, trok een spijkerbroek en een polo aan, en las nog een paar uur. Toen ik op de klok keek, zag ik echter dat er pas twintig minuten waren verstreken. Dat bedoel ik dus als ik zeg dat tijd relatief is.

Toen mijn vader thuiskwam en mij in mijn nette kleren zag, gaf hij me zijn autosleutels.

'Heb je weer met Savannah afgesproken?' vroeg hij.

'Ja,' zei ik, terwijl ik opstond van de bank. Ik pakte de sleutels aan. 'Het kan laat worden.'

Hij krabde op zijn achterhoofd. 'Oké,' zei hij.

'Morgen samen ontbijten?'

'Oké.' Om een voor mij onduidelijke reden klonk hij bijna angstig.

'Goed,' zei ik. 'Tot straks.'

'Waarschijnlijk slaap ik dan.'

'Ik bedoelde het niet letterlijk.'

'O,' zei hij. 'Oké.'

Ik liep naar de deur. Op het moment dat ik die opendeed, hoorde ik hem zuchten.

'Ik wil Savannah ook zien,' zei hij zo zacht dat ik het maar net verstond.

De lucht was nog strakblauw en de zon zakte langzaam in de richting van het water toen ik bij het strandhuis aankwam. Toen ik uit de auto stapte, besefte ik dat ik nerveus was. Ik kon me niet herinneren wanneer ik voor het laatst zenuwachtig was geweest om een meisje, maar ik kon de gedachte niet van me afzetten dat er iets veranderd kon zijn tussen ons. Ik weet niet waarom ik dat gevoel had, ik wist alleen dat ik geen idee had wat ik zou doen als mijn angst juist bleek te zijn.

Ik nam niet de moeite om te kloppen en liep zo naar binnen. Er was niemand in de woonkamer, maar ik hoorde stemmen verderop in de gang en op het achterterras zaten dezelfde mensen als de vorige keren. Ik stapte het terras op, vroeg waar Savannah was en kreeg te horen dat ze op het strand was.

Ik liep naar het zand en verstijfde toen ik haar met Randy, Brad en Susan bij het duin zag zitten. Ze zag me niet en ik hoorde haar lachen om iets wat Randy zei. Savannah en Randy leken een stel, net als Susan en Brad. Ik wist dat ze dat niet waren, dat ze het waarschijnlijk over het huis hadden dat ze aan het bouwen waren of dat ze ervaringen uitwisselden over de afgelopen dagen, maar het beviel me niet. En het stond me ook niet aan dat Savannah net zo dicht bij Randy zat als ze bij mij had gezeten. Terwijl ik daar stond, vroeg ik me af of ze nog wel wist dat we hadden afgesproken, maar toen ze me zag glimlachte ze alsof er niets aan de hand was.

'Daar ben je,' zei ze. 'Ik vroeg me al af wanneer je zou komen.'

Randy grijnsde. Ondanks haar opmerking lag er een bijna triomfantelijke uitdrukking op zijn gezicht, alsof hij wilde zeggen: als de kat van huis is, dansen de muizen.

Savannah stond op en liep naar me toe. Ze droeg een witte mouwloze blouse en een lichtgekleurde, ruimvallende rok die tijdens het lopen om haar heen danste. Ik zag dat haar schouders wat bruiner waren geworden, wat aangaf dat ze uren in de zon was geweest. Toen ze vlak bij me was, ging ze op haar tenen staan en drukte een kus op mijn wang.

'Hoi,' zei ze, en ze sloeg een arm om mijn middel.

'Hoi.'

Ze leunde wat naar achteren, alsof ze mijn gelaatsuitdrukking wilde zien. 'Zo te zien heb je me gemist,' zei ze op plagerige toon.

Zoals gebruikelijk wist ik niets te zeggen en ze knipoogde om mijn onvermogen dat toe te geven. 'Misschien heb ik jou ook wel gemist,' voegde ze eraan toe.

Ik raakte haar blote schouder aan. 'Ben je er klaar voor?'

'Zeker weten,' zei ze.

We liepen naar de auto en ik pakte haar hand, waardoor ik het gevoel kreeg dat alles in orde was. Nou, bijna dan…

Ik rechtte mijn rug. 'Ik zag je met Randy praten,' zei ik op naar ik hoopte neutrale toon.

Ze gaf me een kneepje in mijn hand. 'Zo, zag je dat?'

Ik probeerde het opnieuw. 'Jullie hebben elkaar zeker goed leren kennen tijdens het werk?'

'Dat klopt. En ik had gelijk. Hij is een aardige jongen. Als hij hier klaar is, gaat hij naar New York voor een stage van zes weken bij Morgan Stanley.'

'Hmm,' bromde ik.

Ze lachte zacht. 'Je bent toch niet jaloers?'

'Nee.'

'Mooi,' zei ze, en ze gaf me opnieuw een kneepje in mijn hand. 'Want daar is geen enkele reden voor.'

Ik klampte me vast aan die laatste zin. Dat had ze niet hoeven zeggen, maar ik was blij dat ze het wel had gedaan. Toen we bij de auto kwamen, hield ik het portier voor haar open.

'Ik wil je meenemen naar Oysters,' zei ik. 'Dat is een nachtclub iets verderop aan het strand. Later op de avond speelt er een band en kunnen we dansen.'

'En wat doen we tot die tijd?'

'Heb je honger?' vroeg ik, en ik dacht aan de cheeseburger die ik eerder had willen nemen. 'Een beetje,' zei ze. 'Toen we thuiskwamen heb ik wat gegeten, dus ik heb nog niet heel veel trek.'

'Zullen we een strandwandeling maken?'

'Hmm, misschien later.'

Het was duidelijk dat ze iets in gedachten had. 'Waarom zeg je niet gewoon wat je wilt gaan doen?'

Ze fleurde op. 'Zullen we bij je vader langsgaan?'

Ik vroeg me af of ik haar goed had verstaan. 'Wil je dat echt?'

'Ja,' zei ze. 'Niet lang. Dan gaan we daarna eten en dansen.'

Toen ik aarzelde, legde ze haar hand op mijn schouder. 'Alsjeblieft?'

Ik had er niet zo'n zin in, maar ze vroeg het op zo'n manier dat het bijna onmogelijk was om nee te zeggen. Ik raakte eraan gewend, veronderstel ik, maar ik had haar liever de rest van de avond voor mezelf gehad. Bovendien snapte ik niet waarom ze mijn vader vanavond wilde zien, tenzij het betekende dat ze minder enthousiast was over het vooruitzicht om met mij alleen te zijn dan ik. Eerlijk gezegd was dat een deprimerende gedachte.

Toch was ze in een goed humeur toen ze vertelde hoeveel werk ze de afgelopen dagen hadden verzet. Morgen zouden ze met de ramen beginnen. Randy bleek beide dagen met haar te hebben samengewerkt, wat hun 'nieuwe vriendschap' verklaarde. Zo noemde ze het. Ik betwijfelde of Randy het ook zo zou omschrijven.

Een paar minuten later reden we de oprit op. Ik zag licht branden in mijn vaders studeerkamer. Toen ik de motor uitzette, rekte ik tijd door met mijn sleutels te rommelen.

'Ik heb je toch verteld dat mijn vader niet veel zegt?'

'Ja,' zei ze. 'Dat geeft niet. Ik wil hem gewoon ontmoeten.'

'Waarom?' vroeg ik. Ik wist hoe die vraag overkwam, maar ik kon er niets aan doen.

'Omdat hij je enige familie is,' zei ze. 'En omdat hij je heeft grootgebracht.'

Toen mijn vader eenmaal van de schrik bekomen was dat ik, met Savannah op sleeptouw, was teruggekeerd en ik hen aan elkaar had voorgesteld, streek hij vlug zijn hand over zijn piekerige haar en keek naar de vloer.

'Sorry dat we niet eerst hebben gebeld, maar dat moet u John niet kwalijk nemen,' zei ze. 'Het is helemaal mijn schuld.'

'O,' zei hij. 'In orde.'

'Komen we ongelegen?'

'Nee.' Hij keek op en richtte zijn blik weer op de vloer. 'Leuk je te ontmoeten,' zei hij.

Even stonden we zwijgend met z'n drieën in de woonkamer. Savannah glimlachte ontspannen, maar ik vroeg me af of mijn vader dat doorhad.

'Wil je iets drinken?' vroeg hij, alsof hij zich opeens herinnerde dat hij voor gastheer moest spelen.

'Nee hoor, dank u wel,' zei ze. 'John heeft me verteld dat u een verwoed muntenverzamelaar bent.'

Hij keek me aan, alsof hij niet wist hoe hij op die opmerking moest reageren. 'Ik doe mijn best,' zei hij uiteindelijk.

'Hebben we dat nu zo ruw onderbroken?' vroeg ze op dezelfde plagerige toon die ze tegen mij aansloeg. Verbluft hoorde ik mijn vader zenuwachtig lachen. Niet hard, maar hij lachte wel. Ongelooflijk.

'Nee, jullie storen niet. Ik zat net een nieuwe munt te bekijken die ik vandaag heb ontvangen.'

Terwijl hij dat zei, had ik door dat hij probeerde te peilen hoe ik zou reageren. Savannah merkte dat niet of deed alsof ze het niet merkte. 'O ja?' zei ze. 'Wat voor munt?'

Mijn vader verplaatste zijn gewicht van zijn ene naar zijn andere voet. Toen keek hij tot mijn verbijstering op en vroeg: 'Wil je hem zien?'

We waren veertig minuten in de studeerkamer.

Het grootste gedeelte van die tijd zat ik daar en luisterde terwijl mijn vader verhalen vertelde die ik uit mijn hoofd kende. Zoals de meeste fanatieke verzamelaars had hij maar een paar munten thuis liggen. Ik had geen idee waar hij de rest van zijn verzameling bewaarde. Om de paar weken wisselde hij een deel van de verzameling, waardoor er als bij toverslag nieuwe munten waren. Hij had er nooit meer dan tien tegelijk in huis liggen en het waren nooit waardevolle munten, maar ik kreeg de indruk dat Savannah ook gefascineerd zou zijn geweest als hij haar een standaardpenny met het hoofd van Lincoln had laten zien. Ze stelde allerlei vragen over dingen die ik haar ook had kunnen vertellen of die je zo in een boek over munten verzamelen kon opzoeken, maar naarmate de minuten verstreken, werden haar vragen subtieler. In plaats van te vragen waarom een bepaalde munt veel waard was, vroeg ze waar en wanneer hij die munt op de kop had getikt en ze werd getrakteerd op verhalen over saaie weekenden uit mijn jeugd in plaatsen als Atlanta, Charleston, Raleigh en Charlotte.

Mijn vader vertelde veel over die reizen. Nou ja, voor zijn doen dan. Hij had nog steeds de neiging langere tijd in zijn schulp te kruipen, maar hij zei in die veertig minuten waarschijnlijk meer tegen haar dan hij tegen mij had gezegd sinds ik naar huis was gekomen. Vanwaar ik zat zag ik de passie waar ze het over had gehad, maar dat had ik al zo vaak gezien, en het deed niets af aan mijn standpunt dat hij zich in munten verdiepte om het leven te ontlopen in plaats van het te omarmen. Ik sprak niet meer met hem over munten omdat ik het over andere dingen wilde hebben. Mijn vader was opgehouden met praten omdat hij wist dat ik het vervelend vond als hij het over munten had en dit zijn enige gespreksonderwerp was.

En toch...

Mijn vader was gelukkig, dat wist ik. Ik zag het aan hoe zijn ogen glommen als hij naar een munt wees, naar het muntteken of het ongeschonden stempel, of als hij vertelde hoe de waarde van een munt afhing van of er pijlen of lauwerkransen op stonden. Hij liet Savannah proefmunten zien, munten die op West Point waren geslagen, een van zijn lievelingssoorten om te verzamelen. Hij pakte een vergrootglas en liet haar foutjes zien en toen Savannah het vergrootglas vasthield, zag ik de opwinding op mijn vaders gezicht. Ondanks mijn mening over munten kon ik een glimlach niet onderdrukken toen ik zag hoe blij mijn vader was.

Maar hij bleef dezelfde man en er gebeurde geen wonder. Nadat hij haar de munten had laten zien, er alles over had verteld en ook had verteld hoe hij eraan was gekomen, werd hij steeds zwijgzamer. Hij verviel in herhaling en toen hij dat doorhad, werd hij nog stiller. Na een tijdje besefte Savannah dat hij zich steeds ongemakkelijker voelde en ze wees naar de munten op zijn bureau.

'Dank u wel, meneer Tyree. Ik heb echt het idee dat ik iets geleerd heb.'

Mijn vader glimlachte, was duidelijk moe, en ik vatte dit op als teken om te gaan staan.

'Het was heel leuk, maar we moeten nu echt gaan,' zei ik.

'O, oké.'

'Ik ben blij dat ik u heb ontmoet.'

Toen mijn vader opnieuw knikte, boog Savannah zich naar hem toe en omhelsde hem.

'Laten we dit nog eens doen,' fluisterde ze, en hoewel mijn vader haar omhelzing beantwoordde, moest ik denken aan de stijve omhelzingen die ik als kind had gekregen. Ik vroeg me af of ze zich net zo slecht op haar gemak voelde als bij hem overduidelijk het geval was.

In de auto leek Savannah in gedachten verzonken. Ik wilde haar vragen wat ze van mijn vader vond, maar ik wist niet of ik het antwoord wel wilde horen. Mijn vader en ik hadden geen goede band, maar ze had gelijk toen ze zei dat hij mijn enige familie was en dat hij me had grootgebracht. Ik kon over hem klagen, maar ik zat er niet op te wachten dat iemand anders zich negatief over hem zou uitlaten.

Niet dat ik dacht dat ze dat zou doen, want dat lag niet in haar aard. Toen ze me aankeek, glimlachte ze.

'Bedankt dat je ons aan elkaar hebt voorgesteld,' zei ze. 'Hij heeft een... warm hart.'

Dat had nog nooit iemand over hem gezegd en het deed me goed.

'Ik ben blij dat je hem aardig vond.'

‘Ik vind hem echt aardig,’ zei ze, en het klonk alsof ze het meende. ‘Hij is... zachtaardig.’ Ze keek me even aan. ‘Ik denk dat ik snap waarom je op jongere leeftijd zo vaak in de problemen bent gekomen. Hij lijkt me geen vader die regels oplegt.’

‘Dat klopt,’ beaamde ik.

Ze wierp me speels een afkeurende blik toe. ‘En jij was zo gemeen om daar misbruik van te maken.’

Ik lachte. ‘Ja, dat klopt wel.’

Ze schudde haar hoofd. ‘Je had beter moeten weten.’

‘Ik was nog maar een kind.’

‘Aha, de oude smoes dat je te jong was. Je weet toch dat dat nergens op slaat? Ik heb nooit misbruik gemaakt van mijn ouders.’

‘Jaja, het modelkind. Dat had je volgens mij al gezegd.’

‘Hou je me nou voor de gek?’

‘Nee, natuurlijk niet.’

Ze keek me nog steeds aan. ‘Volgens mij wel,’ zei ze uiteindelijk.

‘Oké, misschien een beetje.’

Ze dacht na over mijn antwoord. ‘Dat had ik misschien ook wel verdiend. Even voor alle duidelijkheid, ik was niet volmaakt.’

‘Niet?’

‘Natuurlijk niet. Ik herinner me nog goed dat ik toen ik negen was een keer een zeven heb gehaald voor een toets.’

Ik deed of ik geschokt was. ‘Dat meen je niet!’

‘Toch is het zo.’

‘Hoe ben je daaroverheen gekomen?’

‘Wat denk je?’ Ze haalde haar schouders op. ‘Ik nam me voor dat het nooit meer zou gebeuren.’

Dat geloofde ik direct. ‘Heb je al honger?’

‘Ik dacht dat je het nooit zou vragen.’

‘Waar heb je trek in?’

Ze bracht haar haar bijeen in een slordige paardenstaart en liet het weer los. 'Wat dacht je van een grote, sappige cheeseburger?'

Zodra ze dat had gezegd, schoot het door mijn hoofd dat dit te mooi was om waar te zijn.

7

'Ik moet bekennen dat je me naar de interessantste eettentjes brengt,' zei Savannah, waarbij ze over haar schouder keek. In de verte, achter het duin, zagen we een lange rij klanten bij Joe's Burger Stand, midden op het parkeerterrein, vandaan lopen.

'Dit is de beste hamburgertent van de hele stad,' zei ik, en ik nam een hap van mijn gigantische cheeseburger.

Savannah zat vlak naast me op het zand, met haar gezicht naar het water. De cheeseburgers waren fantastisch, lekker dik, en hoewel de Franse frietjes wat te vet waren, waren ze verrukkelijk. Terwijl ze zat te eten keek Savannah naar de oceaan en in het afnemende licht bedacht ik dat ze zich hier nog beter thuis leek te voelen dan ik.

Ik dacht weer aan hoe ze met mijn vader had gesproken. Aan hoe ze met iedereen praatte, ook met mij. Ze bezat de zeldzame gave om precies voor mensen te betekenen wat die op dat moment nodig hadden, en toch bleef ze trouw aan zichzelf. Ik kende niemand die qua uiterlijk of persoonlijkheid aan haar kon tippen, en ik vroeg me opnieuw af wat ze in me zag. We waren elkaars tegenpool. Zij een meisje uit de bergen, getalenteerd en lief, opgevoed door zorgzame ouders, dat zich geroepen voelde mensen in nood te helpen. Ik een soldaat met tatoeages, ruwe bolster, praktisch een vreemde in mijn vroegere woonplaats. Toen ik weer voor me zag hoe ze met mijn vader was omgegaan, wist ik hoe fatsoenlijk haar ouders haar hadden opgevoed. En terwijl ze naast me zat, wenste ik dat ik meer op haar leek.

'Waar denk je aan?'

Haar stem, die indringend maar toch vriendelijk klonk, haalde me uit mijn overpeinzingen.

'Ik vroeg me af waarom je hier bent,' bekende ik.

'Omdat ik van het strand hou en ik krijg zelden de kans om daarnaartoe te gaan. Waar ik vandaan kom, heb je geen golven of garnalenboten.'

Bij het zien van mijn gelaatsuitdrukking gaf ze me een klopje op mijn hand. 'Dat was niet aardig van me,' zei ze. 'Sorry. Ik ben hier omdat ik dat wil.'

Ik legde het restant van mijn cheeseburger neer en vroeg me af waarom ik me daar zo druk om maakte. Dat was nieuw voor me en ik wist niet of ik daaraan kon wennen. Ze gaf me een klopje op mijn arm en keek weer naar het water.

'Het is hier werkelijk prachtig. Het enige wat ontbreekt is een zonsondergang boven het water.'

'Daarvoor moet je aan de andere kant van het land zijn,' zei ik.

'Wat? Probeer je me nou wijs te maken dat de zon in het westen ondergaat?' Ik zag een ondeugende tinteling in haar ogen.

'Dat is me verteld.'

Ze had pas de helft van haar cheeseburger op toen ze die in het zakje deed, waarna ze het restant van mijn cheeseburger erbij stopte. Nadat ze de zak had dubbelgevouwen, zodat de wind die niet zou wegblazen, strekte ze haar benen en keek me aan, flirtend en onschuldig tegelijk.

'Wil je weten waar ik aan zat te denken?' vroeg ze.

Ik wachtte terwijl ik haar opnam.

'Dat ik gewild had dat je de afgelopen dagen bij me was geweest. Het was leuk, hoor, om iedereen beter te leren kennen. We hebben samen geluncht en gisteren bij het avondeten hebben we veel gelachen, maar het voelde alsof er iets niet klopte, alsof er iets ontbrak. Pas toen ik je over het strand zag lopen, besefte ik dat ik jou had gemist.'

Ik slikte. Vroeger, in een vorig leven, zou ik haar gekust hebben, maar ook al wilde ik dat nog zo graag, ik deed het niet. In plaats daarvan keek ik haar alleen maar aan. Ze beantwoordde mijn blik zonder een spoor van verlegenheid.

'Toen je vroeg waarom ik hier was, antwoordde ik met een grapje omdat het me overduidelijk leek. Het voelt goed om bij jou te zijn. Ontspannen, zoals het hoort te gaan, zoals bij mijn ouders. Die voelen zich bij elkaar op hun gemak en ik weet nog dat ik, toen ik opgroeide, bedacht dat ik dat later ook wilde.' Ze zweeg even. 'Ik zou ze graag aan je voorstellen.'

Ik had een droge keel gekregen. 'Dat zou ik fijn vinden.'

Ze legde haar hand rustig in de mijne en haar vingers verstrengelden zich met die van mij.

We zaten in vreedzame stilte naast elkaar. Bij de branding staken sternen hun snavel in het zand, op zoek naar voedsel. Een groep zeemeeuwen steeg op toen er een golf kwam aanrollen. De lucht was donkerder geworden en de wolken zagen er onheilspellend uit. Verderop zag ik een paar stelletjes lopen onder een zich uitbreidende indigoblauwe lucht.

Terwijl we daar zaten, was het geluid van de branding te horen. Het verbaasde me dat alles zo nieuw leek. Nieuw en toch vertrouwd, alsof we elkaar altijd al hadden gekend. Toch waren we niet eens een stel. En een stem in mijn hoofd herinnerde me eraan dat we dat waarschijnlijk ook niet zouden worden. Binnen een week moest ik terug naar Duitsland en dan zou dit allemaal voorbij zijn. Ik had genoeg tijd met mijn dienstmaten doorgebracht om te weten dat een paar bijzondere dagen niet voldoende waren om een relatie vol te houden als de Atlantische Oceaan daartussenin lag. Ik had jongens in mijn eenheid na hun verlof horen zweren dat ze verliefd waren – en wie weet was dat ook wel zo – maar het hield nooit stand.

Nu ik tijd met Savannah doorbracht, vroeg ik me af of het mogelijk zou zijn de norm te trotseren. Ik wilde meer van haar, en ongeacht hoe het tussen ons zou gaan, ik wist al dat alles aan haar me zou bijblijven. Hoe gek het ook klinkt, ze werd een deel van me en ik zag er nu al tegen op dat we morgen niet samen konden zijn. Of de dag daarna of de dag daar weer na. Misschien zou het ons tegen alle verwachting in toch lukken, hield ik mezelf voor.

'Daar!' hoorde ik haar roepen. Ze wees naar de oceaan. 'In de brandingsgolven.'

Ik speurde de ijzerkleurige oceaan af, maar zag niets. Savannah ging plotseling staan en rende naar het water.

'Kom!' riep ze over haar schouder. 'Kom gauw!'

Ik stond op en ging haar verbluft achterna. Ik trok een sprintje en rende naast haar verder. Bij de branding bleef ze staan en ik hoorde haar hijgen.

'Wat is er?' vroeg ik.

'Kijk dan, daar!'

Toen ik mijn ogen tot spleetjes kneep, zag ik wat ze bedoelde. Er dobberden drie dieren op de golven, vlak achter elkaar, die in de dalen uit het zicht verdwenen en dan iets dichter bij het strand weer opdoken.

'Jonge dolfijnen,' zei ik. 'Die zwemmen bijna elke avond langs het eiland.'

'Dat weet ik,' zei ze, 'maar het is net of ze surfen.'

'Ja, daar heeft het wel wat van weg. Ze spelen. Nu de mensen uit het water zijn, hebben ze het idee dat de kust veilig is.'

'Ik wil bij hen in het water. Ik heb altijd al eens met dolfijnen willen zwemmen.'

'Dan houden ze op met spelen, of ze gaan naar een plek op het strand waar jij niet kunt komen. In dat opzicht zijn ze best apart. Ik heb ze gezien als ik aan het surfen was. Als ze nieuwsgierig zijn, komen ze vlakbij en nemen ze je op, maar als je ze probeert te volgen, heb je het nakijken.'

We bleven naar de jonge dolfijnen kijken terwijl ze van ons wegtrokken. Uiteindelijk verdwenen ze uit het zicht onder een lucht die ondoordringbaar was geworden.

'We moesten maar eens gaan,' zei ik.

We liepen terug naar de auto en haalden onderweg de zak met de restanten van ons avondeten op.

'De band zal nu nog niet spelen,' zei ik, 'maar dat zal vast niet lang meer duren.'

'Dat geeft niet,' zei ze. 'Dan bedenken we wel iets anders om te doen. Ik ben toch niet zo'n danser.'

'We hoeven niet te dansen als je daar geen zin in hebt. We kunnen ook ergens anders naartoe.'

'Zoals?'

'Hou je van schepen?'

'Wat voor schepen?'

'Grote,' zei ik. 'Ik weet een plek vanwaar we de USS North Carolina goed kunnen zien.'

Ze trok een koddig gezicht, waaruit ik opmaakte dat het antwoord nee was. Opnieuw wilde ik dat ik op mezelf woonde, al had ik niet de illusie dat ze dan met me mee zou gaan. Als ik haar was, zou ik dat ook niet doen. Ik ben ook maar een mens.

'Wacht,' zei ze. 'Ik weet waar we heen kunnen. Ik wil je iets laten zien.'

'Waar dan?' vroeg ik nieuwsgierig.

Als je bedacht dat Savannahs groep pas gisteren aan de slag was gegaan, was de bouw van het huis al verrassend ver gevorderd. Het grootste gedeelte van de houtconstructie was klaar en het dak lag er al op. Savannah keek uit het raam van de auto en richtte haar aandacht toen op mij.

'Vind je het leuk om rond te lopen? Om te zien wat we doen?'

'Ja, graag,' zei ik.

Ik stapte net als zij uit de auto en zag hoe het maanlicht haar gezicht bescheen. Op het moment dat ik de bouwplaats op liep, hoorde ik bij de buren een liedje uit een radio schallen, die in een van de openstaande keukenramen stond. Toen we bijna bij de ingang waren, wees Savannah vol trots naar het huis in aanbouw. Ik ging zo dicht bij haar staan dat ik mijn arm om haar heen kon slaan en ze legde haar hoofd tegen mijn schouder en ontspande.

'Hier heb ik de afgelopen dagen aan gewerkt,' zei ze bijna op fluistertoon in de avondstilte. 'Wat vind je ervan?'

'Het is geweldig,' zei ik. 'Het gezin zal er dolblij mee zijn.'

'Ze zijn ook blij, en het is zo'n fijn gezin. Ze verdienen dit huis echt, want ze hebben het vreselijk zwaar. Orkaan Fran heeft hun huis verwoest en net als zo vele anderen waren ze niet tegen overstroming verzekerd. Het gaat om een alleenstaande moeder met drie kinderen – haar man heeft haar jaren geleden in de steek gelaten – en als je ze zou kennen, zou je ook dol op ze zijn. De kinderen halen hoge cijfers op school en zingen in het kinderkoor van de kerk. Ze zijn heel beleefd en vriendelijk... Je merkt dat hun moeder erg haar best heeft gedaan om ze tot nette kinderen op te voeden.'

'Dus je hebt hen gesproken?'

Ze knikte in de richting van het huis. 'Ze waren de afgelopen dagen hier.' Ze rechtte haar rug. 'Wil je binnen kijken?'

Met tegenzin liet ik haar los. 'Ga jij maar voor.'

Het was niet groot – ongeveer net zo groot als het huis van mijn vader – maar de indeling was ruimtelijker, waardoor het wel groter leek. Savannah pakte mijn hand en liep met me door de kamers, attendeerde me op bepaalde aspecten en haar fantasie vulde de details in. Ze mijmerde wat het ideale behang in de keuken zou zijn en welke kleur tegels mooi zou zijn in het halletje, de gordijnstof voor in de woonkamer en wat ze op de schoorsteenmantel zou neerzetten. In haar stem lag dezelfde verwondering en blijdschap als bij het zien van de jonge dolfijnen. Even zag ik voor me hoe ze als kind moest zijn geweest.

Ze nam me mee terug naar de voordeur. In de verte klonk het eerste gerommel van de donder. Toen we in de deuropening stonden, trok ik haar tegen me aan.

'Er komt ook een veranda,' zei ze, 'met voldoende ruimte voor een paar schommelstoelen of zelfs een schommel. Dan kunnen ze hier op zomeravonden zitten, en als ze uit de kerk komen.' Ze wees. 'Daar gaan ze naar de kerk. Daarom is deze ligging ideaal voor ze.'

'Zo te horen ken je ze goed.'

'Nee, niet echt,' zei ze. 'Ik heb ze kort gesproken, de rest heb ik zelf ingevuld. Dat heb ik bij alle huizen gedaan die ik heb helpen bouwen. Dan loop ik erdoorheen en dan probeer ik me voor te stellen hoe de bewoners leven. Dat maakt het werk een stuk leuker.'

De maan ging nu schuil achter de wolken, waardoor de lucht nog donkerder werd. Er schoot een bliksemflits langs de horizon en even later begon het zacht te regenen en hoorden we druppels op het dak tikken. De eiken in de straat, die vol in het blad stonden, ritselden in het briesje toen de donder overal in het huis weergalmde.

'Als je weg wilt, moeten we nu gaan, voordat de storm losbarst.'

'We hoeven nergens heen, dat weet je toch? En ik ben altijd al dol op onweer geweest.'

Ik trok haar nog dichter tegen me aan en snoof haar geur op. Haar haar rook zoet, naar rijpe aardbeien.

Terwijl we toekeken, ging de regen over in een stortbui, en het water kwam diagonaal met bakken uit de lucht. Het enige licht was afkomstig van de straatlantaarns, zodat de helft van Savannahs gezicht in het donker lag.

Het donderde recht boven ons en het water gutste omlaag. Ik zag hoe de regen op de met zaagsel bedekte vloer neerkwam en grote plassen vormde op het bouwterrein, en ik was blij dat het ondanks de regen nog warm was. Iets verderop, aan de zijkant van het huis, zag ik een paar lege kratten staan. Ik ging ze pakken en stapelde ze op tot een geïmproviseerde zitplaats. Het zou niet lekker zitten, maar het was beter dan blijven staan.

Toen Savannah naast me kwam zitten, wist ik opeens dat ik er goed aan had gedaan hier te komen. Het was de eerste keer dat we echt met z'n tweeën waren, maar toen we daar zo zaten, voelde het alsof we altijd al samen waren geweest.

8

De kratten, die hard en oncomfortabel aanvoelden, deden me twijfelen aan mijn wijsheid, maar Savannah leek het niet erg te vinden. Of deed alsof ze het niet erg vond. Ze leunde achterover, voelde de rand van de krat in haar rug drukken en ging weer rechtop zitten.

'Sorry,' zei ik, 'ik had gedacht dat het comfortabeler zou zijn.'

'Het geeft niet. Ik heb vermoeide benen en mijn voeten doen zeer. Dit is geweldig.'

Ja, dat was het zeker. Ik dacht terug aan de nachten dat ik wachtdienst had, toen ik me had voorgesteld dat ik naast het meisje van mijn dromen zat en het gevoel had dat alles klopte. Ik wist nu wat ik al die jaren had gemist. Toen ik voelde dat Savannah haar hoofd op mijn schouder legde, betrapte ik mezelf erop dat ik wilde dat ik niet in het leger was gegaan. Was ik maar niet overzee gestationeerd, had ik maar een ander pad in het leven bewandeld, een pad waardoor ik deel van haar wereld kon blijven uitmaken. Ik wilde dat ik aan de University of North Carolina studeerde, dat ik in de zomer een paar weken huizen bouwde, dat ik samen met haar kon paardrijden.

'Wat ben je stil,' hoorde ik haar zeggen.

'Sorry,' zei ik, 'ik zat gewoon aan vanavond te denken.'

'Aan goede dingen, hoop ik.'

'Ja, aan goede dingen,' zei ik.

Ze verschoof en ik voelde dat haar been tegen mijn been aan kwam. 'Ik ook, al dacht ik aan je vader,' zei ze. 'Is hij altijd zo? Verlegen, en dat hij oogcontact mijdt als hij met mensen praat?'

'Ja,' zei ik. 'Hoezo?'

'Gewoon uit nieuwsgierigheid,' zei ze.

Een paar meter verderop leek de storm zijn hoogtepunt te bereiken toen een volgende lading water uit de wolken werd gestort. Het water stroomde aan alle kanten als een waterval langs het huis. Weer een bliksemschicht, ditmaal dichterbij, en de donder bulderde als een kanon. Als er ramen in de kozijnen hadden gezeten, zouden die geklapperd hebben.

Savannah schoot dichter naar me toe en ik sloeg mijn arm om haar heen. Ze kruiste haar enkels en leunde tegen me aan, en ik wilde haar voorgoed zo vasthouden.

'Je bent anders dan de meeste jongens die ik ken,' merkte ze op. Haar stem klonk zacht en intiem in mijn oor. 'Volwassener, minder... onberekenbaar, denk ik.'

Ik glimlachte, vond het fijn dat ze dat zei. 'En vergeet mijn crew cut en tatoeages niet.'

'Crew cut, oké. Tatoeages... tja, die krijg je er gratis bij. Niemand is volmaakt.'

Ik gaf haar een por en deed of ik beledigd was. 'Als ik geweten had dat je er zo over dacht, had ik ze niet laten zetten.'

'Ik geloof je niet,' zei ze, en ze maakte zich los. 'Sorry, dat had ik niet moeten zeggen. Ik had het meer over zelf een tatoeage nemen. Bij jou schetsen die tatoeages een bepaald... beeld en dat past wel bij je, denk ik.'

'Wat voor beeld?'

Ze wees de tatoeages een voor een aan en begon bij het Chinese teken. 'Deze tatoeage maakt duidelijk dat je er eigen regels op na houdt en dat het je niet altijd iets kan schelen wat andere mensen vinden. Die van de infanterie geeft aan dat je trots op je werk bent. En dat prikkeldraad... dat paste bij je toen je jonger was.'

'Je hangt er een heel psychologisch profiel aan op, en ik maar denken dat ik die ontwerpen gewoon mooi vond.'

'Misschien ga ik een minor in psychologie doen.'

'Volgens mij heb je die al.'

Hoewel de wind was aangetrokken, begon het eindelijk minder hard te regenen.

'Ben je wel eens verliefd geweest?' vroeg ze. Ze sneed opeens een heel ander onderwerp aan.

Haar vraag overviel me. 'Die zag ik niet aankomen.'

'Ik heb gehoord dat onvoorspelbaarheid vrouwen mysterieuzer maakt.'

'O, zeker. Maar om je vraag te beantwoorden: dat weet ik niet.'

'Hoe kun je dat nou niet weten?'

Ik aarzelde en bedacht hoe ik het moest uitleggen. 'Een paar jaar geleden had ik iets met een meisje en ik wist dat ik verliefd op haar was. Dat hield ik mezelf tenminste voor. Maar als ik er nu aan terugdenk twijfel ik. Ik gaf om haar en vond het leuk om bij haar te zijn, maar als we niet bij elkaar waren, dacht ik zelden aan haar. We waren wel samen, maar we waren geen stel, als je snapt wat ik bedoel.'

Ze dacht na over mijn antwoord, maar zei niets. Na een tijdje keek ik haar aan. 'En hoe zit het bij jou? Ben jij ooit verliefd geweest?'

Haar gezicht betrok. 'Nee,' zei ze.

'Maar je dacht net als ik van wel, toch?' Toen ze scherp inademde, sprak ik verder. 'Bij mijn werk komt ook wat psychologie kijken. En mijn gevoel zegt dat je wel een serieuze relatie hebt gehad.'

Ze glimlachte wat triest. 'Ik wist dat je erachter zou komen,' zei ze met gedempte stem. 'Maar om je vraag te beantwoorden: ja, ik heb een vriend gehad. In mijn eerste jaar op de universiteit. En ja, ik dacht dat ik van hem hield.'

'Weet je zeker dat je niet van hem hield?'

Het duurde lang voor ze antwoord gaf. 'Nee,' mompelde ze. 'Dat weet ik niet zeker.'

Ik keek haar aan. 'Je hoeft het me niet te vertellen...'

'Nee, ik zal het vertellen,' zei ze, waarbij ze haar hand opstak om me de mond te snoeren, 'maar het is moeilijk. Ik heb geprobeerd het te vergeten en het is iets wat ik niet eens aan mijn ouders heb verteld. Aan niemand trouwens. Het is namelijk zo'n cliché. Meisje uit een kleine stad gaat naar de universiteit en leert daar een knappe ouderejaarsstudent kennen die voorzitter is van zijn studentenvereniging. Hij is populair en rijk en charmant, en de eerstejaars is met ontzag vervuld dat hij in iemand als zij geïnteresseerd is. Hij behandelt haar alsof ze bijzonder is en ze weet dat de andere eerstejaarsstudentes jaloers op haar zijn en dus denkt ze zelf ook dat ze bijzonder is. Ze besluit met hem en nog wat stellen mee te gaan naar het winterbal in een chic hotel buiten de stad, ook al is ze gewaarschuwd dat de jongen minder aardig en gevoelig is dan hij zich voordoet en dat hij in werkelijkheid zo iemand is die streepjes in zijn bed kerft voor elk meisje met wie hij seks heeft gehad.'

Ze sloot haar ogen, alsof ze energie zocht om door te gaan. 'Hoewel haar vrienden het haar hebben afgeraden gaat ze toch en hoewel ze niet drinkt en hij braaf frisdrank voor haar haalt, wordt ze op een bepaald moment toch licht in het hoofd. Hij biedt aan haar naar de hotelkamer te brengen, zodat ze kan gaan liggen. En voor ze het weet, liggen ze op bed te zoenen. Aanvankelijk vindt ze dat leuk, maar de hele kamer draait en pas later beseft ze dat iemand – hij misschien wel – iets in haar glas heeft gedaan en dat het hem er alleen maar om te doen was een streepje plus haar naam te kerven.'

Ze ging steeds sneller praten en de woorden buitelden over elkaar. 'Toen greep hij haar borsten vast en haar jurk scheurde en ook haar slipje scheurde. Hij lag boven op haar en was zo zwaar dat ze hem niet van zich af kon duwen. Ze voelde zich machteloos en wilde dat hij ophield omdat ze het nog nooit had gedaan, maar tegen die tijd was ze al zo duizelig dat ze amper kon praten en om hulp kon roepen. En hij zou waarschijnlijk ook zijn gang zijn gegaan als er niet nog een stel, dat ook in die kamer sliep, opeens was binnengekomen. Ze wankelde huilend de kamer uit, terwijl ze haar jurk vasthield. Op een of andere manier wist ze de toiletruimte in de gang te bereiken. Ze bleef maar huilen. Andere meisjes die mee waren naar het winterbal kwamen binnen. Ze zagen de uitgelopen mascara en de kapotte jurk, maar in plaats van haar te steunen, lachten ze haar uit. Ze deden alsof ze dit had kunnen weten en haar verdiende loon had gekregen. Uiteindelijk belde ze een vriend, die in zijn auto sprong en haar kwam halen. Hij was slim genoeg om de hele rit naar huis geen vragen te stellen.'

Tegen de tijd dat ze het hele verhaal had verteld, stond ik stijf van boosheid. Ik ben geen lieverdje als het om vrouwen gaat, maar ik heb nooit overwogen een vrouw te dwingen iets te doen wat ze niet wilde.

'Dat spijt me,' was het enige wat ik wist te zeggen.

'Het hoeft je niet te spijten. Jij hebt het niet gedaan.'

'Dat weet ik, maar ik weet niet wat ik anders moet zeggen. Tenzij...' Ik maakte de zin niet af en even later keek ze me aan. Ik zag tranen over haar wangen glijden en het deed me pijn dat ze stilletjes had zitten huilen.

'Tenzij?'

'Tenzij je wilt dat ik... ik weet niet, hem aan gort sla?'

Ze lachte triest naar me. 'Je moest eens weten hoe vaak ik dat heb willen doen.'

'Ik ga het doen,' zei ik. 'Wie is het? Ik beloof dat ik je naam niet zal noemen. Laat het verder maar aan mij over.'

Ze gaf me een kneepje in mijn hand. 'Ik wist dat je zo zou reageren.'

'Ik meen het,' zei ik.

Ze schonk me een flauw lachje, zag er tegelijkertijd levensmoe en pijnlijk jong uit. 'Daarom zal ik zijn naam niet noemen. Maar ik ben geraakt, echt, dat is lief van je.'

Ik vond het fijn dat ze dat zei en we zaten daar, onze handen stevig ineengeslagen. Het was eindelijk opgehouden met regenen en ik hoorde de radio van de buren weer. Ik kende het nummer niet, maar herkende het als oude jazz. Een van de jongens in mijn eenheid is bezeten van jazz.

'Maar goed,' vervolgde ze, 'dat bedoelde ik dus toen ik zei dat het in mijn eerste jaar niet altijd gemakkelijk was geweest. Dat was ook de reden dat ik van de universiteit af wilde. Mijn ouders, die lieverds, dachten dat ik heimwee had en dwongen me te blijven. Maar... hoe erg het ook was, ik leerde wel iets over mezelf. Dat ik zoiets kon meemaken en het kon overleven. Ik weet dat het erger – veel erger – had kunnen aflopen, maar erger dan dat had ik op dat moment echt niet aangekund. En ik heb ervan geleerd.'

Toen ze klaar was met haar verhaal, moest ik opeens denken aan iets wat ze had gezegd. 'Was Tim degene die je die nacht bij het hotel heeft opgehaald?'

Ze keek geschrokken op.

'Wie zou je anders bellen?' zei ik bij wijze van uitleg.

Ze knikte. 'Ja, je hebt gelijk. En hij was geweldig. Tot op de dag van vandaag heeft hij niet naar de details gevraagd en ik heb ze niet gegeven. Sindsdien beschermt hij me, en dat vind ik eigenlijk wel prettig.'

In de daaropvolgende stilte dacht ik na over de moed die ze had getoond, niet alleen die nacht maar ook daarna. Als ze het me niet had verteld, had ik nooit vermoed dat haar ooit iets vervelends was overkomen. Ik verbaasde me erover dat ze ondanks wat er was gebeurd, nog altijd een optimistische kijk op de wereld had.

'Ik beloof dat ik me als een echte heer zal gedragen,' zei ik.

Ze keek me aan. 'Hoe bedoel je?'

'Vanavond, morgenavond, altijd. Ik ben niet zoals die jongen.'

Ze streek met een vinger over mijn kaaklijn en mijn huid tintelde onder haar aanraking. 'Dat weet ik,' zei ze, en ze klonk geamuseerd. 'Anders was ik hier nu toch niet?'

Haar stem klonk heel teder en toch onderdrukte ik de drang haar te kussen. Daar had ze geen behoefte aan, niet nu, ook al was het lastig om ergens anders aan te denken.

'Weet je wat Susan na die eerste avond zei? Nadat je was vertrokken en ik me weer bij de groep had gevoegd?'

Ik wachtte.

'Ze zei dat ze je eng vond, dat je wel de laatste was met wie ze ooit alleen wilde zijn.'

Ik grinnikte. 'Ik heb wel eens ergere dingen te horen gekregen,' verzekerde ik haar.

'Nee, je snapt het niet. Het punt is dat ik toen dacht dat ze niet wist wat ze zei, want toen je me op het strand mijn tas teruggaf, zag ik eerlijkheid en vertrouwen en zelfs iets van tederheid, maar helemaal niets engs. Ik weet dat het raar klinkt, maar het voelde alsof ik je al kende.'

Ik keek een andere kant op zonder op die opmerking te reageren. Onder de straatlantaarn steeg grondmist op, een overblijfsel van de hitte van de dag. Ik hoorde krekels tsjirpen om met elkaar te communiceren. Ik had een droge keel en slikte in een poging dat te verhelpen. Ik keek eerst naar Savannah, daarna naar het plafond, toen naar mijn voeten en uiteindelijk weer naar Savannah. Ze gaf me een kneepje in mijn hand en ik haalde hortend adem, verwonderde mezelf erover hoe het kon dat ik tijdens een standaardverlof op een doodnormale plek verliefd was geworden op een heel bijzonder meisje dat Savannah Lynn Curtis heette.

Ze zag mijn gelaatsuitdrukking maar interpreteerde die verkeerd. 'Sorry als ik je in verlegenheid heb gebracht,' fluisterde ze. 'Dat doe ik soms. Dan ben ik te direct, flap ik er van alles uit zonder er rekening mee te houden hoe dat op anderen overkomt.'

'Je hebt me niet in verlegenheid gebracht,' zei ik, en ik draaide haar gezicht naar me toe. 'Ik heb alleen nog nooit meegemaakt dat iemand zulke dingen tegen me zei.'

Daar wilde ik het bijna bij laten, me ervan bewust dat als ik de woorden binnenhield, het moment voorbij zou gaan en ik eraan zou ontkomen mijn gevoelens te onthullen.

'Je hebt geen idee hoeveel deze afgelopen dagen voor me betekend hebben,' zei ik. 'Dat ik jou heb leren kennen is het beste wat me ooit is overkomen.' Ik aarzelde, maar ik wist ook dat als ik nu zou stoppen, ik die woorden nooit tegen iemand zou kunnen zeggen. 'Ik hou van je,' fluisterde ik.

Ik had altijd gedacht dat het moeilijk zou zijn die woorden uit te spreken, maar dat was niet zo. Nog nooit van mijn leven was ik ergens zo zeker van geweest, en hoewel ik vurig hoopte dat Savannah die woorden ooit tegen me zou zeggen, het belangrijkste was dat ik liefde kon geven zonder bijbedoeling of verwachtingen.

Buiten begon het af te koelen en ik zag plassen glinsteren in het maanlicht. Inmiddels brak de bewolking steeds verder open en tussen de wolken door knipperde nu en dan een ster, als om me te herinneren aan wat ik zojuist had bekend.

'Had je ooit gedacht dat het zo zou zijn?' vroeg ze zich hardop af. 'Jij en ik, bedoel ik?'

'Nee,' zei ik.

'Het maakt me een beetje bang.'

Mijn maag verkrampte en opeens was ik ervan overtuigd dat zij niet hetzelfde voor mij voelde.

'Je hoeft het niet terug te zeggen,' zei ik. 'Daar zei ik het niet voor...'

'Dat weet ik,' onderbrak ze me. 'Je snapt het niet. Ik was niet bang omdat je dat tegen me zei. Ik was juist bang omdat ik dat ook wilde zeggen. Ik hou van je, John.'

Nog steeds weet ik niet hoe het gebeurde. Het ene moment zaten we te praten en het volgende moment boog ze zich naar me toe. Even vroeg ik me af of kussen de betovering zou verbreken waarin we gevangenzaten, maar het was te laat om te stoppen. En toen haar lippen de mijne raakten, wist ik dat, al werd ik honderd en had ik alle landen van de wereld bezocht, er niets kon tippen aan dat moment waarop ik voor het eerst het meisje van mijn dromen kuste en wist dat ik altijd van haar zou blijven houden.

9

Het was laat geworden die avond. Nadat we bij het huis waren weggegaan, nam ik Savannah mee terug naar het strand en we wandelden een heel eind over het zand, tot ze begon te gapen. Ik liep met haar mee tot de deur van het huis en we kusten, terwijl de motten in het licht van de verandalamp heen en weer schoten.

Hoewel ik naar mijn idee de dag daarvoor vaak aan Savannah had gedacht, viel dat in het niet bij hoe geobsedeerd ik de dag erna was, al was het een ander gevoel. Ik merkte dat ik zonder goede reden glimlachte, iets wat zelfs mijn vader opviel toen die uit zijn werk kwam. Hij zei er niets over – dat had ik uiteraard ook niet verwacht – maar hij leek niet verbaasd toen ik hem op de rug klopte toen hij zei dat hij lasagne ging maken. Ik praatte maar door over Savannah en na een paar uur ging hij naar zijn studeerkamer. Hoewel hij weinig had gezegd, denk ik dat hij blij voor me was en dat hij het nog fijner vond dat ik dat met hem wilde delen. Ik wist het zeker toen ik later die avond thuiskwam en een schaal versgebakken pindakaaskoekjes op het aanrechtblad zag staan, met daarbij een briefje dat er voldoende melk in de koelkast stond.

We gingen ergens een ijsje eten en daarna reed ik met Savannah naar het toeristische gedeelte van Wilmington. We slenterden langs de winkels en ik kwam erachter dat ze belangstelling had voor antiek. Vervolgens nam ik haar mee naar het slagschip, maar daar bleven we niet lang. Ze had gelijk, het was saai. Daarna bracht ik haar naar huis en gingen we bij haar huisgenoten rond het kampvuur zitten.

De twee daaropvolgende avonden kwam Savannah naar mij. Mijn vader kookte beide avonden. De eerste avond stelde Savannah mijn vader geen vragen over munten en het gesprek verliep stroef. Mijn vader luisterde vooral en hoewel Savannah aardig deed en hem bij het gesprek probeerde te betrekken, kwam het erop neer dat Savannah en ik uit gewoonte met elkaar praatten en dat mijn vader naar zijn bord keek. Toen ze wegging, lag er een denkrimpel op Savannahs voorhoofd en hoewel ik er niet aan wilde dat haar eerste indruk van hem was veranderd, wist ik dat het zo was.

Gek genoeg vroeg ze of ze de volgende avond weer mocht komen. Ze ging met mijn vader naar zijn studeerkamer en ze hadden het over munten. Terwijl ik naar hen keek, vroeg ik me af wat Savannah vond van een situatie waar ik lang geleden al aan gewend was geraakt. Tegelijkertijd hoopte ik dat ze meer begrip zou hebben dan ik vroeger. Toen we weggingen, besefte ik dat ik me nergens zorgen over had hoeven maken. Toen we terugreden naar het strand sprak ze in gloedvolle bewoordingen over mijn vader, vooral over het feit dat hij me in zijn eentje had grootgebracht. Ook al wist ik niet wat ik hiervan moest denken, ik slaakte een zucht van verlichting dat ze mijn vader leek te accepteren zoals hij was.

Tegen het weekend keek niemand er meer van op dat ik regelmatig bij het strandhuis was. De meesten wisten inmiddels mijn naam, al hadden ze nog steeds weinig belangstelling voor me, moe als ze waren na een dag hard werken. Een groot deel zat rond een uur of zeven, acht voor de tv, in plaats van op het strand te drinken en te flirten. Iedereen was zo te zien verbrand en allemaal hadden ze pleisters op hun vingers om de blaren te bedekken.

Op zaterdagavond hadden ze kennelijk extra energie gekregen, want toen ik aankwam haalden enkele jongens net kratten bier uit een bestelbusje. Ik hielp met sjouwen en opeens drong het tot me door dat ik, sinds die avond dat ik Savannah had ontmoet, geen druppel alcohol had gedronken. Net als het weekend ervoor stond de barbecue aan en we aten bij het kampvuur. Daarna maakten we een strandwandeling. Ik had een deken bij me en een picknickmand met wat snacks, en toen we op ons rug lagen, keken we vol verbazing naar de vallende sterren die in hoog tempo witte lichtstrepen door de lucht trokken. Het was een volmaakte avond met een heerlijk briesje, zodat we het niet te warm of te koud hadden, en we lagen uren te praten en te zoenen voordat we in elkaars armen in slaap vielen.

Toen de zon op zondagochtend opkwam uit de oceaan, ging ik naast Savannah zitten. Haar gezicht werd verlicht door de gloed van de dageraad en haar haar lag als een waaier op de deken. Ze had haar ene arm over haar borst liggen en de andere arm lag boven haar hoofd, en ik kon alleen maar denken dat ik de rest van mijn leven elke ochtend naast haar wakker wilde worden.

We gingen weer naar de kerk en Tim was opgewekt als altijd, hoewel we de hele week amper een woord met hem hadden gewisseld. Hij vroeg opnieuw of ik mee wilde helpen met de bouw van het huis. Ik zei dat ik aankomende vrijdag vertrok en dus niet wist of ze nog wel wat aan me zouden hebben.

'Hij wordt het zat dat je dat steeds vraagt,' zei Savannah, en ze glimlachte naar Tim.

Hij stak zijn handen omhoog. 'Je kunt in elk geval niet zeggen dat ik het niet geprobeerd heb.'

Het was misschien wel de meest idyllische week van mijn leven. Mijn gevoelens voor Savannah waren alleen maar sterker geworden, maar naarmate de dagen verstreken, kreeg ik steeds meer last van een knagende onrust dat het binnenkort allemaal voorbij zou zijn. Telkens als die angst de kop opstak, probeerde ik die weg te duwen, maar op zondagavond kon ik nauwelijks slapen. Ik lag te woelen in bed en dacht aan Savannah, en ik probeerde me voor te stellen hoe ik gelukkig kon zijn als zij aan de andere kant van de oceaan zat, omringd door mannen van wie er een wellicht dezelfde gevoelens voor haar zou hebben als ik.

Toen ik maandagavond bij het huis kwam, kon ik Savannah niet vinden. Ik liet iemand in haar kamer kijken en ik keek in elke badkamer. Ze was niet op het terras aan de achterkant van het huis en ook niet bij de anderen op het strand.

Ik liep het strand op en vroeg wat rond, maar de meesten haalden onverschillig hun schouders op, sommigen hadden niet eens gemerkt dat ze weg was. Uiteindelijk wees een van de meisjes – Sandy of Cindy, een van die twee – naar een stuk verder op het strand en zei dat ze haar een uur eerder die kant op had zien gaan.

Het duurde lang voordat ik haar vond. Ik was in beide richtingen over het strand gelopen en ging ten slotte bij de pier, vlak bij het huis, kijken. Ik kreeg een ingeving en ging de trap op terwijl ik onder me de golven hoorde breken. Toen ik Savannah in het oog kreeg, dacht ik dat ze de pier op was gegaan omdat ze de jonge dolfijnen wilde zien of naar de surfers wilde kijken. Ze zat met opgetrokken knieën tegen een paal geleund. Pas toen ik dichterbij kwam, besefte ik dat ze huilde.

Ik had nooit goed geweten wat ik moest doen als ik een meisje zag huilen. Eerlijk gezegd wist ik sowieso niet wat ik moest doen als iemand huilde. Mijn vader huilde nooit, in elk geval niet waar ik bij was, en de laatste keer dat ik zelf had gehuild, was toen ik acht was, uit een boomhut was gevallen en mijn pols had verstuikt. In mijn eenheid had ik wel eens jongens zien huilen. Die gaf ik dan een klopje op de rug, waarna ik doorliep. Het hoe en waarom liet ik over aan iemand met meer ervaring.

Voordat ik besloten had wat ik zou doen, zag Savannah me. Ze veegde meteen over haar rode, gezwollen ogen en ik hoorde haar een paar keer diep ademhalen. Ze had haar tas, de tas die ik uit de oceaan had gered, tussen haar benen geklemd.

'Gaat het?' vroeg ik.

'Nee,' antwoordde ze, en mijn hart verkrampte.

'Wil je liever alleen zijn?'

Ze dacht na. 'Dat weet ik niet,' zei ze uiteindelijk.

Omdat ik niet wist wat ik anders moest doen, bleef ik daar staan.

Savannah zuchtte. 'Het gaat zo wel weer.'

Ik stak mijn handen in mijn zakken en knikte. 'Wil jc liever alleen zijn?' vroeg ik opnieuw.

'Moet ik dat echt zeggen?'

Ik aarzelde. 'Ja.'

Ze schonk me een melancholische lach. 'Je mag blijven,' zei ze. 'Het zou fijn zijn als je bij me kwam zitten.'

Ik ging zitten en nadat ik even gedubd had, sloeg ik mijn arm om haar heen. Een tijdje zaten we zwijgend naast elkaar. Savannah haalde langzaam diep adem en haar ademhaling werd regelmatiger. Ze veegde de tranen weg die over haar wangen bleven rollen.

'Ik heb iets voor je gekocht,' zei ze na een tijdje. 'Ik hoop dat je dat goedvindt.'

'O, vast wel,' mompelde ik.

Ze haalde haar neus op. 'Weet je waar ik aan dacht toen ik hiernaartoe liep?' Ze wachtte niet op een antwoord. 'Aan ons,' zei ze. 'Aan hoe we elkaar hebben ontmoet en hoe we die eerste avond hebben gepraat. Dat je je tatoeages liet zien en Randy kwaad aankeek. Je sullige gelaatsuitdrukking toen we de eerste keer gingen surfen en je mij over de golven naar het strand zag gaan...'

Toen ze niet verder praatte, gaf ik haar een kneepje in haar taille. 'Ik zit eigenlijk op een compliment te wachten.'

Ze probeerde zich met een beverig lachje te vermannen, maar slaagde daar niet helemaal in. 'Ik herinner me alles van die eerste paar dagen,' zei ze. 'Van de hele week trouwens. Op bezoek gaan bij je vader, een ijsje halen, zelfs naar die suffe boot kijken.'

'We zullen er niet meer naartoe gaan,' beloofde ik haar, maar ze stak haar handen op om me het zwijgen op te leggen.

'Je laat me niet uitpraten,' zei ze. 'En je mist de clou. Het punt is dat ik van elke minuut heb genoten en dat had ik niet verwacht. Daar was ik niet voor gekomen, net zoals het niet de bedoeling was dat ik verliefd op je werd of, al ligt dat anders, om je vader ben gaan geven.'

Ik had mijn lesje geleerd en hield mijn mond.

Ze streek een haarlok achter haar oor. 'Je vader is een fantastische man. Hij heeft het goed gedaan met je opvoeding, ook al vind jij van niet, en...'

Toen ze de zin niet afmaakte, schudde ik verbijsterd mijn hoofd. 'Zit je daarom te huilen? Om wat ik van mijn vader vind?'

'Nee,' zei ze. 'Heb je niet geluisterd?'

Ze zweeg even, alsof ze haar chaotische gedachten moest ordenen. 'Ik wilde niet verliefd worden,' zei ze. 'Daar was ik niet aan toe. Ik heb dat al eens meegemaakt en toen de relatie stukliep, was ik een wrak. Dit is natuurlijk anders, maar over een paar dagen ga je weg en dan is alles voorbij... en ben ik weer een wrak.'

'Het hoeft niet over te zijn,' protesteerde ik.

'Het zal wel over zijn,' zei ze. 'Ik weet dat we elkaar kunnen schrijven en nu en dan kunnen bellen, en we kunnen elkaar zien als je met verlof naar huis komt. Maar dat is anders. Ik zal je gekke bekken niet kunnen zien. We kunnen niet samen op het strand liggen en naar de sterren kijken. We kunnen niet tegenover elkaar zitten om te praten en geheimen te delen. En ik zal je arm niet om me heen voelen, zoals nu.'

Ik wendde mijn blik af, voelde frustratie en paniek opkomen. Alles wat ze zei was waar.

'Dat drong vandaag opeens tot me door,' ging ze verder, 'toen ik in de boekhandel rondsnuffelde. Ik ging ernaartoe om een boek voor je te kopen, en toen ik het had gevonden, stelde ik me voor hoe je zou reageren als ik het gaf. Het punt was dat ik wist dat ik je een paar uur later zou zien en dan zou ik het weten en daardoor was het in orde. Zelfs als je boos zou worden, zouden we er samen wel uit komen. Dat realiseerde ik me toen ik hier zat. Als we bij elkaar zijn, is alles mogelijk.' Ze aarzelde en ging door. 'Binnenkort kan dat niet meer. Toen we elkaar voor het eerst zagen, wist ik al dat je hier maar een paar weken zou zijn. Ik had alleen nooit gedacht dat afscheid nemen zo moeilijk zou zijn.'

'Ik wil geen afscheid nemen,' zei ik, en ik draaide haar gezicht voorzichtig naar me toe.

Onder ons hoorde ik de golven tegen de palen beuken. Er vloog een zwerm meeuwen over en ik boog me naar haar toe om haar te kussen. Mijn lippen raakten de hare vederlicht. Haar adem rook naar kaneel en munt, en weer had ik een gevoel van thuiskomen.

In de hoop haar af te leiden van haar sombere gedachten omhelsde ik haar kort, waarna ik naar de tas wees. 'Welk boek heb je voor me gekocht?'

Ze leek in verwarring, maar herinnerde zich toen dat ze dat al had verklapt. 'O, eh, ja, dan is het nu tijd om je het boek te geven.'

Uit hoe ze dat zei, concludeerde ik dat het niet om de nieuwste roman van Hiaasen ging. Ik wachtte, maar toen ik haar wilde aankijken, wendde ze haar gezicht af.

'Ik zal het geven,' zei ze ernstig, 'èn je moet me beloven dat je het zult lezen.'

Ik wist niet wat ik met die opmerking aan moest. 'Oké,' zei ik langzaam. 'Beloofd.'

Ze aarzelde nog steeds. Toen stak ze haar hand in haar tas en haalde het boek eruit. Toen ze het aan me gaf, las ik de titel. Aanvankelijk wist ik niet wat ik moest denken. Het was een boek – eerder een studieboek – over autisme en het syndroom van Asperger. Ik had van beide aandoeningen wel eens gehoord en ging ervan uit dat ik er net zo veel over wist als de meeste mensen, namelijk weinig.

'Het is door een van mijn professoren geschreven,' zei ze. 'Ik vind haar de beste docent die ik op de universiteit heb gehad. Het is altijd volle bak als zij lesgeeft en ook studenten die geen les van haar hebben, komen soms langs om met haar te praten. Ze behoort tot de belangrijkste experts op het gebied van ontwikkelingsstoornissen en ze is een van de weinigen die dit bij volwassenen onderzoekt.'

'Fascinerend,' zei ik, zonder moeite te doen mijn gebrek aan enthousiasme te maskeren.

'Ik denk dat je er iets van zult opsteken,' drong ze aan.

'O, vast,' zei ik. 'Het is een dik boek.'

'Dat is niet het enige,' zei ze. Haar stem klonk zacht. 'Ik wil dat je het leest vanwege je vader en hoe jullie met elkaar omgaan.'

Toen ik dat hoorde, verstijfde ik. 'Wat heeft dat ermee te maken?'

'Ik ben geen expert,' zei ze, 'maar dit boek stond beide semesters dat ik les van haar had op de literatuurlijst. Ik bestudeerde het elke avond. Zoals ik al zei, ze heeft ruim driehonderd volwassenen met een stoornis geïnterviewd.'

Ik haalde mijn arm weg. 'En?'

Ik wist dat ze de spanning in mijn stem hoorde en ze keek me bezorgd aan.

'Ik weet dat ik maar een student ben, maar ik heb veel uur in het lab gewerkt met kinderen die het syndroom van Asperger hebben... Ik heb het van dichtbij gezien en ik heb een paar van de volwassenen ontmoet die mijn professor heeft geïnterviewd.' Ze knielde voor me neer, stak haar hand uit om mijn arm aan te raken. 'Je vader lijkt veel op sommigen van hen.'

Ik wist waar ze op doelde, maar toch wilde ik dat ze het recht in mijn gezicht zei. 'Wat wil je daarmee zeggen?' vroeg ik, en ik dwong mezelf om haar hand niet van me af te schudden.

Het duurde even voor ze antwoord gaf. 'Ik denk dat je vader het syndroom van Asperger kan hebben.'

'Mijn vader is niet achterlijk...'

'Dat heb ik ook niet gezegd,' zei ze. 'Het syndroom van Asperger is een ontwikkelingsstoornis.'

'Het kan me niet schelen wat het is,' zei ik met stemverheffing. 'Mijn vader heeft het niet. Hij heeft me opgevoed, hij werkt, hij betaalt zijn rekeningen, hij is getrouwd geweest.'

'Je kunt het syndroom van Asperger hebben en toch functioneren...'

Opeens schoot me iets te binnen wat ze eerder had gezegd. 'Wacht,' zei ik. Ik probeerde me te herinneren hoe ze het ook alweer had verwoord en kreeg een droge mond. 'Pasgeleden zei je dat je vond dat hij het goed had gedaan met mijn opvoeding.'

'Ja,' zei ze, 'en ik bedoel...'

Ik klemde mijn kaken op elkaar toen ik doorhad wat ze in feite wilde zeggen en ik keek haar aan alsof ik haar voor het eerst zag. 'Dat komt doordat hij in jouw ogen net zo iemand is als Rain Man. Dat hij het, gezien zijn probleem, goed heeft gedaan.'

'Nee, je snapt het niet. Het syndroom van Asperger is er in verschillende gradaties, van mild tot ernstig...'

Ik hoorde haar amper. 'En je respecteert hem om die reden, maar je vindt hem niet echt aardig.'

'Nee, wacht...'

Ik maakte me los en stond op. Ik had opeens ruimte nodig en ik liep naar het hek tegenover haar. Dat ze telkens gevraagd had of ze hem mocht opzoeken... niet omdat ze het leuk vond om bij hem te zijn, maar omdat ze hem wilde observeren.

Mijn maag verkrampte en ik keek haar aan. 'Dus daarom wilde je bij mij thuis komen, niet dan?'

'Wat...'

'Niet omdat je hem aardig vond, maar omdat je wilde weten of je gelijk had.'

'Nee...'

'Hou op met liegen!' riep ik.

'Ik lieg niet!'

'Je zat daar bij hem, en maar doen of je geïnteresseerd was in zijn muntenverzameling, terwijl je hem in werkelijkheid observeerde alsof hij een aap in een kooi was.'

'Zo was het niet!' zei ze, en ze stond op. 'Ik heb respect voor je vader...'

'Omdat je denkt dat hij problemen heeft en daar een oplossing voor heeft gevonden,' beet ik haar toe. 'Ja, ik snap het.'

'Nee, je hebt het mis. Ik mag je vader...'

'En daarom heb je een klein experiment met hem uitgevoerd, zo is het toch?' Ik keek haar kwaad aan. 'Ik was gewoon vergeten dat je zulke dingen doet als je iemand aardig vindt. Probeer je dat te zeggen?'

Ze schudde haar hoofd. 'Nee!' Voor het eerst leek ze vraagtekens te zetten bij wat ze had gedaan, en haar lip begon te trillen. Toen ze weer sprak, trilde haar stem. 'Je hebt gelijk.

Dat had ik niet moeten doen. Ik wilde alleen maar dat je hem zou begrijpen.'

'Waarom?' vroeg ik, en ik deed een stap haar kant op. Ik voelde hoe mijn spieren zich spanden. 'Ik begrijp hem. Ik ben bij hem opgegroeid, weet je nog? Ik heb bij hem in huis gewoond.'

'Ik probeer te helpen,' zei ze met neergeslagen ogen. 'Ik wilde alleen maar dat je hem beter zou snappen.'

'Ik heb je niet om hulp gevraagd. Ik wil je hulp niet. Het zijn jouw zaken toch niet?'

Ze wendde haar gezicht af en veegde een traan weg. 'Nee,' zei ze. Ik kon haar nauwelijks verstaan. 'Ik dacht dat je het wilde weten.'

'Wat wilde weten?' vroeg ik. 'Dat jij denkt dat er iets mis is met hem? Dat ik er niet op moet rekenen dat ik een normale band met hem kan hebben? Dat ik het over munten moet hebben als ik met hem wil praten?'

De boosheid klonk in mijn stem door en vanuit mijn ooghoek zag ik wat vissers onze kant op kijken. Mijn blik hield hen op een afstand, en dat was waarschijnlijk maar goed ook. Terwijl we elkaar aankeken, verwachtte ik niet dat Savannah antwoord zou geven, en eerlijk gezegd wilde ik dat ook niet. Ik probeerde nog steeds te bevatten dat de uren die ze met mijn vader had doorgebracht slechts een schertsvertoning waren geweest.

'Misschien,' fluisterde ze.

Ik knipperde met mijn ogen, betwijfelde of ik haar goed had verstaan. 'Wat?'

'Je hoorde me wel.' Ze haalde haar schouders vlug op. 'Misschien is dat het enige onderwerp waar je ooit met je vader over zult kunnen praten. Wie weet is dat alles wat hij kan.'

Mijn handen balden zich tot vuisten. 'Dus je wilt zeggen dat het van mij zal moeten komen?'

Ik verwachtte niet dat ze zou antwoorden, maar dat deed ze toch.

'Ik weet het niet,' zei ze, waarbij ze me recht aankeek. Ik zag nog tranen, maar haar stem klonk verbazingwekkend vast. 'Daarom heb ik dat boek voor je gekocht, zodat je het kunt lezen. Zoals je zelf al zei, jij kent hem beter dan ik. En ik heb nooit gezegd dat hij niet functioneert, want het is duidelijk dat hij wel functioneert. Denk er eens over na. Zijn vaste gewoontes, het feit dat hij mensen niet aankijkt als hij tegen ze praat, zijn niet-bestaande sociale leven...'

Ik draaide om mijn as, had zin om ergens tegenaan te slaan, wat dan ook.

'Waarom doe je dit?' vroeg ik zacht.

'Omdat ik het zou willen weten als het om mij ging. Ik zeg het niet om je pijn te doen of om je vader te beledigen. Ik heb het tegen je gezegd omdat ik wil dat je hem begrijpt.'

Haar oprechtheid maakte pijnlijk duidelijk dat ze dit zelf geloofde. Toch liet het me koud. Ik draaide me om en liep terug over de pier. Ik wilde hier weg, bij haar vandaan.

'Waar ga je naartoe?' hoorde ik haar roepen. 'John! Wacht!'

Ik negeerde haar. Ik versnelde mijn tempo en even later was ik bij de trap van de pier. Ik rende de trap af, stapte het zand op en beende naar het huis. Ik had geen idee of Savannah me volgde. Toen ik bij de groep kwam, werden er gezichten mijn kant op gedraaid. Ik keek boos, dat wist ik. Randy stond met een biertje in zijn hand en moest hebben gezien dat Savannah eraan kwam, want hij blokkeerde mijn pad. Een paar anderen van zijn studentenclub deden hetzelfde.

'Wat is er aan de hand?' riep hij. 'Wat is er met Savannah?'

Ik negeerde hem en voelde dat hij mijn pols vastgreep. 'Hé, ik heb het tegen jou.'

Dat was geen slimme zet. Zijn adem rook naar bier en ik wist dat de alcohol hem overmoedig maakte.

'Laat me los,' zei ik.

'Is alles goed met haar?' vroeg hij.

'Laat me los,' herhaalde ik, 'anders breek ik je pols.'

'Hé, wat gebeurt er?' Ergens achter me hoorde ik Tim roepen.

'Wat heb je met haar gedaan?' vroeg Randy. 'Waarom huilt ze? Heb je haar pijn gedaan?'

Ik voelde de adrenaline door mijn bloed stromen. 'Laatste waarschuwing,' zei ik.

'Dit is nergens voor nodig!' riep Tim, die nu dichterbij was. 'Rustig aan, jongens! Kappen!'

Ik voelde dat iemand me vanachter vastgreep. Wat er daarna gebeurde, was puur instinctmatig en in een paar tellen was het voorbij. Ik stootte mijn elleboog hard in zijn maag en hoorde plotseling kreunend uitademen. Daarna pakte ik Randy's hand vast en draaide die vlug tot ik zijn pols hoorde knappen. Hij liet zich schreeuwend op zijn knieën vallen en op dat moment besefte ik dat er nog iemand op me afrende. Ik draaide me om en zonder eerst te kijken haalde ik uit met mijn elleboog. Ik voelde kraakbeen meegeven toen ik me omdraaide, was er klaar voor om het tegen een volgende tegenstander op te nemen.

'Wat heb je gedaan?' hoorde ik Savannah roepen. Ze moest het op een rennen hebben gezet toen ze zag wat er gebeurde.

Randy lag te kronkelen op het zand terwijl hij zijn pols omklemde. De jongen die me vanachter had vastgegrepen zat op handen en voeten naar adem te happen.

'Je hebt hem pijn gedaan!' jammerde ze, toen ze langs me rende. 'Hij probeerde alleen maar het gevecht te stoppen!'

Ik draaide me om. Tim lag op de grond. Hij hield zijn gezicht vast en het bloed gutste tussen zijn vingers door. Iedereen leek versteend door de aanblik, behalve Savannah, die naast hem op haar knieën ging zitten.

Tim kreunde en hoewel mijn hart bonsde, voelde het alsof ik

een stomp in mijn maag kreeg. Waarom uitgerekend hij? Ik wilde vragen hoe het met hem ging, wilde tegen hem zeggen dat het niet mijn bedoeling was geweest hem pijn te doen en dat het niet mijn schuld was. Ik was niet begonnen. Maar dat deed er nu niet toe. Alles kon niet zomaar vergeven en vergeten worden, ook al wilde ik nog zo graag dat het nooit gebeurd was.

Savannahs gejammer ging grotendeels langs me heen toen ik achterwaarts wegliep. Ik keek de anderen nadrukkelijk aan om ervoor te zorgen dat ze me lieten gaan, want ik wilde niet nog meer slachtoffers maken.

'Jeetje... O, nee. Je bloedt heel erg. Je moet naar een dokter...'

Ik liep nog een stuk achteruit, draaide me om en ging de trap op. Ik liep vlug door het huis en ging naar mijn auto. Voor ik het wist, stond ik op straat en ik vervloekte mezelf en de hele avond.

10

Ik wist niet waar ik naartoe moest en dus reed ik een tijd doelloos rond, terwijl ik de gebeurtenissen van de avond opnieuw de revue liet passeren. Ik was nog steeds boos op mezelf om wat ik Tim had aangedaan – voor de anderen gold dat minder, moet ik bekennen – en ik was boos op Savannah om wat er op de pier was gebeurd.

Ik kon me amper herinneren hoe het was begonnen. Het ene moment dacht ik dat ik meer van haar hield dan ik ooit voor mogelijk had gehouden, het volgende moment hadden we ruzie. Ik was verontwaardigd over haar misleiding, maar snapte niet waarom ik daar zo boos om was. Mijn vader en ik hadden geen hechte band. Ik had niet het idee dat ik hem goed kende. Waarom was ik dan zo kwaad geworden? En waarom was ik dat nog steeds?

Omdat, zei het stemmetje in mijn hoofd, ze wellicht gelijk heeft?

Het deed er echter niet toe. Wat maakte het uit of hij het wel of niet had? Wat zou dat veranderen? En waar bemoeide ze zich mee?

Tijdens het rijden ging ik van boosheid naar acceptatie en weer terug naar boosheid. Ik herbeleefde hoe mijn elleboog Tims neus raakte, wat het alleen maar erger maakte. Waarom was juist hij op me afgekomen? Waarom niet een van de anderen? Ik was niet begonnen.

En Savannah... Tja, ik zou morgen naar het huis kunnen gaan om mijn verontschuldigingen aan te bieden. Ik wist dat ze geloofde wat ze zei en dat ze op haar eigen manier probeerde te helpen. En als ze gelijk had, zou ik het misschien inderdaad willen weten. Het zou dingen verklaren...

Maar na wat ik Tim had aangedaan? Hoe zou ze reageren? Hij is haar beste vriend, en ik kan wel zeggen dat het een ongelukje was, maar zou dat voor haar enig verschil maken? En dan waren er nog de anderen die ik had verwond. Ze wist dat ik soldaat was, maar zou ze nog dezelfde gevoelens voor me koesteren nu ze iets had gezien van wat dat inhield?

Tegen de tijd dat ik thuiskwam, was het na middernacht. Ik ging het donkere huis in, wierp een blik in mijn vaders studeerkamer en liep door naar mijn kamer. Hij was uiteraard niet meer op. Hij ging elke avond op hetzelfde tijdstip naar bed. Een gewoontedier, dat wist ik, en ook Savannah had me daarop gewezen.

Ik kroop in bed, maar ik wist dat ik niet zou kunnen slapen. Kon ik de avond maar overdoen vanaf het moment dat ze me het boek had gegeven. Ik wilde er niet meer bij stilstaan, wilde niet denken aan mijn vader of aan Savannah of aan wat ik met Tims neus had gedaan. Ik lag echter de hele nacht naar het plafond te staren, niet in staat die gedachten van me af te zetten.

Ik kwam uit bed toen ik mijn vader in de keuken hoorde. Ik had dezelfde kleren aan als de avond ervoor, maar ik betwijfelde of hij dat doorhad.

'Goedemorgen, pap,' mompelde ik.

'Hallo, John,' zei hij. 'Wil je ontbijt?'

'Lekker,' zei ik. 'Is er al koffie?'

'In de kan.'

Ik schonk koffie voor mezelf in. Terwijl mijn vader eieren

bakte, las ik de krantenkoppen, wetend dat hij het eerste katern als eerste zou lezen, daarna het regiokatern. Het sportkatern en het cultuurkatern zou hij overslaan. Een gewoontedier.

'Hoe was jouw avond?' vroeg ik.

'Hetzelfde als anders,' zei hij. Ik was niet verbaasd toen hij op zijn beurt niet vroeg hoe mijn avond was geweest. In plaats daarvan liet hij de spatel door de roereieren gaan. Het spek siste al. Hij zou zich zo naar me omdraaien en ik wist al wat hij ging vragen.

'Zou jij twee sneden brood in de broodrooster willen doen?'

Exact om vijf over half acht ging mijn vader naar zijn werk.

Nadat hij was vertrokken, las ik vluchtig de krant. Het nieuws interesseerde me niet en ik wist niet wat ik moest gaan doen. Ik had geen zin om te gaan surfen, of zelfs maar om het huis uit te gaan, en ik overwoog net weer in bed te kruipen en wat te gaan slapen toen ik een auto op de oprit hoorde. Het was vast iemand met een folder over dakgoten schoonmaken of met een hogedrukspuit mos van het dak verwijderen. Tot mijn verbazing werd er op de deur geklopt.

Toen ik opendeed, verstijfde ik. Ik was volledig overrompeld. Tim verplaatste zijn gewicht van zijn ene naar zijn andere voet. 'Hoi, John,' zei hij. 'Ik weet dat het nog vroeg is, maar mag ik binnenkomen?'

Er zat een groot stuk verband over zijn neusbrug en de huid rond zijn ogen was blauw en gezwollen.

'Ja, natuurlijk,' zei ik. Ik stapte opzij terwijl ik nog steeds probeerde te bevatten dat hij hier was.

Tim liep langs me en ging de woonkamer in. 'Ik kon je huis eerst niet vinden,' zei hij. 'Toen ik je pasgeleden hier afzette, was het donker en heb ik niet goed opgelet. Ik was er al een paar keer langs gereden voordat ik doorhad dat ik hier moest zijn.'

Hij glimlachte weer en ik zag nu pas dat hij een papieren zak bij zich had.

'Wil je koffie?' vroeg ik, toen ik van de schrik bekomen was. 'Ik denk dat er nog wel wat in de kan zit.'

'Nee, dank je. Ik ben een groot deel van de nacht op geweest en ik wil nu liever geen cafeïne. Als ik straks thuis ben, ga ik proberen wat slaap in te halen.'

Ik knikte. 'Zeg, moet je horen... over gisteravond,' begon ik. 'Het spijt me. Het was niet mijn bedoeling...'

Hij stak zijn handen op om me het zwijgen op te leggen. 'Het is in orde. Ik weet dat het niet je bedoeling was. En ik had beter moeten weten en een van de andere jongens moeten vastgrijpen.'

Ik nam hem op. 'Doet het pijn?'

'Gaat wel,' zei hij. 'Het was zo'n standaardnacht op de spoedeisende hulp. Het duurde even voor er een arts kwam en die wilde er iemand anders bij halen om mijn neus recht te zetten. Ze hebben me verzekerd dat het helemaal goed komt. Het kan zijn dat ik er een kleine buil aan overhoud, maar ik hoop dat ik er daardoor wat stoerder uitzie.'

Ik glimlachte, en voelde me daar toen meteen schuldig over. 'Zoals ik al zei, het spijt me.'

'Verontschuldiging geaccepteerd,' zei hij. 'En ik waardeer het dat je dat zegt, maar dat is niet de reden van mijn komst.' Hij wees naar de bank. 'Zullen we gaan zitten? Ik ben nog steeds wat licht in het hoofd.'

Ik ging op de rand van de fauteuil zitten, boog me naar voren en zette mijn ellebogen op mijn knieën. Tim ging op de bank zitten. Zijn gezicht vertrok van pijn terwijl hij een prettigere houding zocht. Hij legde de papieren zak naast zich.

'Ik wil het met je hebben over Savannah,' zei hij. 'En over wat er gisteravond is gebeurd.'

Bij het horen van haar naam kwam alles weer boven en ik keek van hem weg.

'Je weet toch dat we goed bevriend zijn?' Hij wachtte niet op een antwoord. 'Vannacht in het ziekenhuis hebben we uren zitten praten. Ik ben gekomen om je te vragen niet boos op haar te zijn om wat ze heeft gedaan. Ze weet dat ze fout zat en dat het niet aan haar was om een diagnose bij je vader te stellen. Daar had je gelijk in.'

'Waarom is zij hier dan niet?'

'Ze is nu op de bouwplaats. Iemand moet de leiding hebben tijdens mijn herstel. Ze weet trouwens niet dat ik hier ben.'

Ik schudde mijn hoofd. 'Ik weet niet eens waarom ik zo kwaad werd.'

'Omdat je het niet wilde horen,' zei hij bedaard. 'Dat had ik vroeger ook als iemand het over mijn broer, Alan, had. Hij is autistisch.'

Ik keek op. 'Is Alan je broer?'

'Ja, hoezo?' vroeg hij. 'Heeft Savannah over hem verteld?'

'Ja, wel iets,' zei ik, en ik herinnerde me dat ze het niet alleen over Alan had gehad, maar vooral over de broer die zo veel geduld met hem had en dat ze daardoor besloten had speciaal onderwijs als hoofdvak te kiezen.

Op de bank kromp Tim ineen toen hij de blauwe plek onder zijn oog aanraakte. 'Even voor alle duidelijkheid,' vervolgde hij, 'ik ben het met je eens. Het was niet aan haar en dat heb ik haar ook gezegd. Weet je nog dat ik tegen je zei dat ze soms naïef is? Dat bedoelde ik dus. Ze wil mensen helpen, maar dat komt niet altijd goed over.'

'Het was niet alleen haar schuld,' zei ik. 'Het lag ook aan mij. Zoals ik al zei, mijn reactie was overtrokken.'

Hij keek me nog steeds aan. 'Zou ze gelijk kunnen hebben?'

Ik zette mijn handen tegen elkaar. 'Tja, ik denk het niet, maar...'

'Maar je weet het niet. En als het zo is, maakt dat dan wat uit?'

Hij wachtte niet op antwoord. 'Ik ken het,' zei hij. 'Het doet me denken aan wat mijn ouders en ik met Alan hebben doorgemaakt. Lange tijd wisten we niet óf hem iets mankeerde, en zo ja, wat. Weet je wat ik na al die tijd heb besloten? Dat het niet uitmaakt. Ik hou nog steeds van hem en ik waak over hem, en dat zal ik altijd blijven doen. Maar nadat ik me in zijn aandoening had verdiept, werd het contact tussen ons wel beter. Toen ik het eenmaal wist... rekende ik er niet meer op dat hij zich op een bepaalde manier zou gedragen. En zonder die verwachtingen werd het gemakkelijker om hem te accepteren zoals hij is.'

Ik dacht hierover na. 'En als hij niet het syndroom van Asperger heeft?' vroeg ik.

'Dat kan.'

'En als ik denk dat hij het wel heeft?'

Hij zuchtte. 'Zo eenvoudig ligt het niet, zeker niet bij milde gevallen,' zei hij. 'Het is niet iets wat je via bloedprikken kunt vaststellen. Het kan zijn dat je het punt bereikt dat je denkt dat hij het zou kunnen hebben en dat je niet verder komt, dat je het nooit honderd procent zeker zult weten. Uit wat Savannah me over hem verteld heeft, denk ik niet dat er veel zal veranderen. En dat hoeft toch ook niet? Hij werkt, heeft jou opgevoed... Wat kun je nog meer van een vader verwachten?'

Ik dacht hierover na terwijl er beelden van mijn vader door mijn hoofd schoten.

'Savannah had een boek voor je gekocht,' zei hij.

'Ik heb geen idee waar dat is,' bekende ik.

'Ik heb het,' zei hij. 'Ik heb het meegenomen uit het huis.' Hij gaf me de papieren zak. Het boek leek zwaarder dan de avond daarvoor.

'Bedankt.'

Hij stond op en ik wist dat ons gesprek bijna was afgelopen. Hij liep naar de deur en had zijn hand al op de deurknop toen hij zich omdraaide.

'Je bent niet verplicht om het te lezen, hè?' zei hij.

'Dat weet ik.'

Hij deed de deur open maar bleef staan. Ik had door dat hij nog meer wilde zeggen, maar tot mijn verbazing draaide hij zich niet om. 'Mag ik je om een gunst vragen?'

'Ga je gang.'

'Beloof me dat je Savannahs hart niet zult breken. Ik weet dat ze van je houdt en ik wil dat ze gelukkig is.'

Op dat moment wist ik dat ik gelijk had over zijn gevoelens voor haar. Toen hij naar de auto liep, stond ik bij het raam naar hem te kijken, ervan overtuigd dat ook hij verliefd op haar was.

Ik legde het boek weg en ging wandelen. Toen ik terugkwam, meed ik het boek opnieuw. Ik kan niet zeggen waarom ik dat deed, behalve dan dat het me op een of andere manier angst aanjoeg.

Een paar uur later zette ik mezelf daar echter overheen en de rest van de middag zat ik te lezen en haalde ik herinneringen op aan mijn vader.

Tim had gelijk. Er bestond geen eenduidige diagnose, er waren geen vaste regels en ik zou het nooit zeker weten. Sommige mensen met het syndroom van Asperger hadden een laag IQ, maar er waren er ook, en daar zaten zelfs zware autisten tussen – zoals het door Dustin Hoffman gespeelde personage in *Rain Man* – die een genie op een bepaald vlak waren. Sommigen functioneerden zo goed in de maatschappij dat niemand wist dat ze autistisch waren, anderen waren in een inrichting opgenomen. Ik las beschrijvingen van mensen met het syndroom van Asperger die een toptalent op het gebied van muziek of wiskunde waren, maar ik kwam erachter dat die onder autisten net zo zeldzaam waren als onder niet-autisten. Het belangrijkste wat ik te weten kwam, was dat toen mijn vader jong was maar weinig artsen de kenmerken of symptomen kenden. Als er iets mis met hem was, dan was de kans groot dat zijn ouders dat nooit hebben geweten. Autistische kinderen of kinderen met het syndroom van Asperger werden onder de slome of verlegen kinderen geschaard en als ze niet in een inrichting werden opgenomen, konden ouders alleen maar hopen dat het kind eroverheen zou groeien. Het verschil tussen het syndroom van Asperger en autisme kon als volgt worden aangeduid: een autist leeft in zijn eigen wereldje, iemand met het syndroom van Asperger leeft in onze wereld, maar op zijn eigen manier.

Als je het zo formuleerde, hadden veel mensen het syndroom van Asperger.

Toch waren er aanwijzingen dat Savannah het bij het juiste eind kon hebben over mijn vader. Zijn vaste gewoontes, zijn sociale onhandigheid, zijn gebrek aan belangstelling voor een ander onderwerp dan munten, het feit dat hij graag alleen was. Het waren nukken die iedereen kon hebben, maar bij mijn vader lag het anders. Waar anderen daar vrijwillig voor kozen, leken die keuzes voor mijn vader – zoals sommigen met het syndroom van Asperger – al gemaakt te zijn en moest hij wel op die manier leven. Het verklaarde in elk geval mijn vaders gedrag, en als het klopte, was het dus niet dat hij weigerde om te veranderen, hij kon het gewoon niet. Ondanks het feit dat het allemaal nog niet vaststond, vond ik dit een troostrijke gedachte. Het zou ook twee zaken verklaren die me altijd al dwars hadden gezeten met betrekking tot mijn moeder: wat had ze in hem gezien en waarom was ze weggegaan?

Ik wist dat ik daar nooit achter zou komen en ik was niet van plan er verder in te duiken. In het stille huis ging mijn verbeeldingskracht echter met me op de loop en ik zag een rustige man voor me die in een eettentje met een arme jonge serveerster aan de praat raakte over zijn zeldzame muntenverzameling. Een serveerster die 's nachts van een beter leven droomde. Misschien flirtte ze met hem, misschien ook niet, maar hij voelde zich tot haar aangetrokken en kwam telkens weer naar het eettentje. Na verloop van tijd had ze mogelijkerwijs door dat hij vriendelijk en geduldig was, eigenschappen die later van pas kwamen bij mijn opvoeding. Het kan zijn dat ze zijn kalme aard juist uitlegde en wist dat hij niet snel boos zou worden en nooit geweld zou gebruiken. Zelfs als er geen sprake was van liefde zou het genoeg kunnen zijn, en dus stemde ze ermee in om met hem te trouwen in de veronderstelling dat ze de munten zouden verkopen en in elk geval financieel een goede basis zouden hebben. Ze raakte zwanger en later, toen ze inmiddels doorhad dat hij de munten nooit zou verkopen, besefte ze dat ze vastzat aan een man die weinig belangstelling toonde voor wat ze deed. Wie weet kon ze op een bepaald moment niet meer tegen de eenzaamheid of was ze gewoon egoïstisch – hoe dan ook, ze wilde weg en nadat de baby was geboren, ging ze ervandoor zodra ze daar de kans toe kreeg.

Maar het kon ook anders zijn gegaan, bedacht ik.

Ik betwijfelde of ik ooit de waarheid zou weten, maar dat kon me niet schelen. Mijn vader was echter wel belangrijk voor me en als er ergens in zijn hersenen iets mis was, snapte ik opeens waarom hij volgens vaste regels leefde, regels die hem hielpen om in de wereld te passen. Die regels waren wellicht niet volkomen normaal, maar toch had hij een manier gevonden om mij te helpen de man te worden die ik nu was. En voor mij was dat meer dan genoeg.

Hij was mijn vader en hij had zijn best gedaan. Dat wist ik nu. En toen ik het boek eindelijk dichtsloeg en weglegde, staarde ik uit het raam en bedacht hoe trots ik op hem was terwijl ik de brok in mijn keel probeerde weg te slikken.

Toen hij uit zijn werk kwam, kleedde mijn vader zich om en ging naar de keuken om spaghetti te maken. Ik volgde zijn handelingen en besefte dat ik hetzelfde deed als wat ik Savannah had verweten. Raar hoe kennis perceptie kleurt.

Het viel me op hoe precies hij te werk ging, zoals hij de bus met spaghetti netjes openmaakte, waarna hij die wegzette en hoe hij de spatel in zorgvuldige rechte lijnen bewoog terwijl hij gehakt braadde. Ik wist dat hij peper en zout ging toevoegen en even later deed hij dat ook. Ik wist dat hij vervolgens het blikje tomatenpuree open zou maken en opnieuw kreeg ik gelijk. Zoals gewoonlijk vroeg hij niet hoe mijn dag was geweest. Hij werkte liever in stilte. Gisteren had ik dat toegeschreven aan het feit dat we vreemden voor elkaar waren, vandaag snapte ik dat de kans bestond dat dat altijd zo zou blijven, maar voor het eerst in mijn leven zat ik daar niet mee.

Tijdens het avondeten vroeg ik niet hoe zijn dag was geweest, want ik wist dat hij toch geen echt antwoord zou geven. In plaats daarvan vertelde ik hem over Savannah en wat we samen hadden gedaan. Na afloop hielp ik met de afwas, terwijl ik mijn monoloog vervolgde. Nadat de vaat was gedaan, pakte hij de doek weer. Hij veegde het aanrechtblad een tweede keer schoon en draaide het peper-en-zoutstel, zodat het weer precies hetzelfde stond als toen hij thuiskwam. Ik had het idee dat hij wilde meepraten maar niet wist hoe dat moest, maar dat kan ook verbeelding geweest zijn om mezelf een beter gevoel te geven. Het deed er niet toe. Ik wist dat hij nu naar zijn studeerkamer zou gaan.

'Zeg, pap,' zei ik. 'Wil je me de munten laten zien die je de laatste tijd hebt gekocht? Ik wil er alles over weten.'

Hij keek me even aan om te controleren of hij me goed had verstaan en richtte zijn blik weer op de vloer. Hij raakte zijn dunner wordende haar aan en ik zag de steeds groter wordende kale plek boven op zijn hoofd. Toen hij me weer aankeek, leek hij bijna bang.

'Oké,' zei hij uiteindelijk.

We liepen samen naar de studeerkamer en toen hij zacht zijn hand op mijn rug legde, kon ik alleen maar denken dat het jaren geleden was dat ik me zo met hem verbonden had gevoeld.

11

Toen ik de volgende avond op de pier het zilveren schijnsel van de maan op de oceaan stond te bewonderen, vroeg ik me af of Savannah zou komen. De avond daarvoor was ik, nadat ik uren met mijn vader munten had bekeken en genoten had van de opwinding in zijn stem toen hij ze beschreef, naar het strand gereden. Op de passagiersstoel lag een briefje voor Savannah, waarin ik haar vroeg hiernaartoe te komen. Ik had het briefje in een envelop gedaan en op Tims auto gelegd. Ik wist dat hij de envelop ongeopend aan haar zou geven, ook al zou hij dat liever niet doen. In de korte tijd dat ik hem had leren kennen, was ik tot de conclusie gekomen dat Tim, net als mijn vader, een veel betere man was dan ik ooit zou zijn.

Dat was het enige wat ik had kunnen bedenken om te doen. Als gevolg van de onenigheid wist ik dat ik niet meer welkom was in het strandhuis en ik wilde Randy of Susan of de anderen ook liever niet tegenkomen, en dus was het onmogelijk om contact op te nemen met Savannah. Ze had geen mobiele telefoon en ik had het telefoonnummer van het huis niet, en dus was het briefje mijn enige optie.

Ik zat fout. Mijn reactie was overdreven, dat wist ik. Niet alleen hoe ik op haar had gereageerd, maar ook op de anderen op het strand. Ik had gewoon moeten weglopen. Randy en zijn vrienden mochten dan aan gewichtheffen doen en zichzelf sportief vinden, ze maakten geen schijn van kans tegen iemand die getraind was om mensen vlug en efficiënt uit te schakelen. Als het in Duitsland was gebeurd, was ik voor straf wellicht opgesloten. De overheid moest niets hebben van mensen die op staatskosten verworven vaardigheden toepasten op een manier waar de overheid niet achter stond.

En dus had ik het briefje achtergelaten. Ik had vandaag de hele dag op de klok gekeken terwijl ik me afvroeg of ze zou komen. Toen het voorgestelde tijdstip verstreek, betrapte ik mezelf erop dat ik doorlopend dwangmatig over mijn schouder keek en ik slaakte een zucht van verlichting toen ik in de verte een figuur zag naderen. Uit de manier van lopen maakte ik op dat het Savannah was. Ik leunde tegen het hek terwijl ik op haar wachtte.

Toen ze me zag vertraagde ze haar pas en ze bleef staan. Geen omhelzing, geen zoen. Het maakte me verdrietig dat ze opeens zo formeel deed.

'Ik heb je briefje gekregen,' zei ze.

'Fijn dat je gekomen bent.'

'Ik moest stiekem wegglippen, zodat niemand zou weten dat je hier was,' zei ze. 'Ik had een paar mensen horen praten over wat ze zouden doen als je nog eens kwam.'

'Het spijt me,' zei ik plompverloren. 'Ik weet dat je me alleen maar probeerde te helpen en dat heb ik verkeerd opgevat.'

'En?'

'En het spijt me wat ik Tim heb aangedaan. Hij is een geweldige vent en ik had voorzichtiger moeten zijn.'

Ze keek me strak aan. 'En?'

Ik schuifelde wat heen en weer, wist dat het huichelachtig was wat ik ging zeggen, maar ik wist ook dat ze het wilde horen. Ik slaakte een diepe zucht. 'En wat ik Randy en die andere jongen heb aangedaan.'

Ze keek me nog steeds strak aan. 'En?'

Ik stond voor een raadsel. Ik dacht diep na voor ik haar aankeek. 'En...' Ik maakte de zin niet af.

'En wat?'

'En...' Ik kon echt niets bedenken. 'Ik weet het niet,' gaf ik toe. 'Maar wat het ook is, ook daar heb ik spijt van.'

Er lag een merkwaardige uitdrukking op haar gezicht. 'Is dat alles?'

Ik dacht na. 'Ik weet niet wat ik verder nog moet zeggen,' bekende ik.

Toen pas zag ik een zweem van een glimlach. Ze liep op me af. 'Is dat alles?' vroeg ze ditmaal zachter. Ik zweeg. Ze kwam dichterbij en tot mijn verbazing sloeg ze haar armen om mijn nek.

'Je hoeft je niet te verontschuldigen,' fluisterde ze. 'Je hoeft geen spijt te hebben. Ik zou waarschijnlijk hetzelfde gereageerd hebben.'

'Waarom dan dat kruisverhoor?'

'Omdat ik nu weet dat ik je goed had ingeschat,' zei ze. 'Ik wist dat je een goed hart hebt.'

'Waar heb je het over?'

'Wat ik al zei,' antwoordde ze. 'Later – na die avond bedoel ik – heeft Tim me duidelijk gemaakt dat ik het recht niet had dat tegen je te zeggen. Je had gelijk. Ik ben niet bevoegd om een professioneel oordeel te geven, maar ik was arrogant genoeg om te denken van wel. En wat betreft wat er op het strand is gebeurd, ik heb alles gezien. Het was niet jouw schuld. Ook niet wat er met Tim is gebeurd, maar het was fijn dat je je verontschuldigingen aanbood. Al was het maar omdat ik nu weet dat je dat in de toekomst ook zult kunnen.'

Ze boog zich naar me toe en toen ik mijn ogen sloot, wist ik dat ik haar het liefst voorgoed zo zou vasthouden.

Later, nadat we een groot deel van de avond op het strand gezoend en gepraat hadden, liet ik mijn vinger over haar kaaklijn glijden en ik fluisterde: 'Dank je wel.'

'Waarvoor?'

'Voor het boek. Ik denk dat ik mijn vader nu beter begrijp. We hebben gisteren een fijne avond gehad.'

'Daar ben ik blij om.'

'En bedankt om wie je bent.'

Toen ze vragend haar wenkbrauwen optrok, drukte ik een kus op haar voorhoofd. 'Zonder jou had ik dat over mijn vader niet kunnen zeggen,' voegde ik eraan toe. 'Je moest eens weten hoeveel dat voor me betekent.'

Hoewel ze de volgende dag eigenlijk op de bouwplaats moest zijn, had Tim er begrip voor toen ze uitlegde dat het onze laatste kans was om elkaar te zien voordat ik terug naar Duitsland moest. Toen ik haar kwam ophalen, kwam hij de trap van het huis af en hurkte bij de auto neer, zodat we op gelijke hoogte waren. De blauwe plekken waren donkerpaars geworden. Hij stak zijn hand de auto in.

'Ik ben blij dat ik je heb leren kennen, John.'

'Ik ook,' zei ik, en dat meende ik.

'Zorg ervoor dat je heel blijft!'

'Ik zal het proberen,' antwoordde ik, en toen we elkaar een hand gaven, voelde het alsof we een band hadden.

Savannah en ik gingen 's ochtends naar het Fort Fisher Aquarium, waar we gefascineerd naar de vreemde wezens keken. We zagen gepen met lange neuzen en piepkleine zeepaardjes, en in de grootste bak zwommen verpleegsterhaaien en roodbaarzen. We lachten toen we de heremietkreeften vasthielden en Savannah kocht in het winkeltje een sleutelhanger voor me als aandenken. Om een of andere bizarre reden hing er een pinguïn aan, en dat vond ze heel grappig.

Daarna nam ik haar mee naar een zonovergoten restaurant bij het water en we verstrengelden onze handen boven tafel, terwijl we keken hoe de zeilboten bij hun aanlegplaats dobberden. We gingen zo in elkaar op dat we de ober amper zagen. Hij moest drie keer naar ons tafeltje komen voordat we onze menukaarten opensloegen.

Het verbaasde me dat Savannah zo gemakkelijk haar emoties toonde en dat ze me met een tedere blik aankeek toen ik haar over mijn vader vertelde. Toen ze me na afloop kuste, proefde ik de zoetheid van haar adem. Ik pakte haar hand.

'Ik ga later met je trouwen.'

'Is dat een belofte?'

'Als je dat wilt.'

'Dan moet je beloven dat je bij me terugkomt als je diensttijd erop zit. Ik kan niet met je trouwen als je er niet bent.'

'Afgesproken.'

Later slenterden we over het terrein van de Oswald Plantation, een prachtig gerestaureerd huis van voor de burgeroorlog met een van de mooiste tuinen in de hele staat. We liepen over de grindpaden, langs massa's wilde bloemen die in de lome zuidelijke hitte in duizenden kleuren bloeiden.

'Hoe laat vlieg je morgen?' vroeg ze. De zon begon al langzaam onder te gaan in de wolkeloze lucht.

'Vroeg,' zei ik. 'Waarschijnlijk ben ik al op de luchthaven voor jij wakker wordt.'

Ze knikte. 'En vanavond ben je bij je vader?'

'Dat was ik wel van plan. Ik heb minder tijd met hem doorgebracht dan ik van plan was, maar hij zal het vast wel snappen...'

Ze schudde haar hoofd om me de mond te snoeren. 'Nee, je moet je plannen niet omgooien. Ik wil dat je tijd met je vader doorbrengt. Dat hoopte ik al. Daarom ben ik vandaag overdag bij je.'

We liepen over een lang pad met een heg erlangs. 'Hoe wil je het gaan doen?' vroeg ik. 'Met ons, bedoel ik.'

'Het zal niet gemakkelijk worden,' zei ze.

'Dat weet ik,' zei ik. 'Maar ik wil niet dat dit ophoudt.' Ik bleef staan, in de wetenschap dat woorden niet voldoende zouden zijn. Ik sloeg mijn armen vanachter om haar heen en trok haar tegen me aan. Ik kuste haar nek en oor, genoot van haar fluweelzachte huid. 'Ik zal je zo vaak mogelijk bellen. Als dat niet kan, zal ik je schrijven en volgend jaar heb ik weer verlof. Dan kom ik naar je toe, waar je ook bent.'

Ze leunde naar achteren en probeerde een glimp van mijn gezicht op te vangen. 'Zul je dat doen?'

Ik gaf haar een kneepje. 'Natuurlijk. Ik vind het vervelend dat ik bij je weg moet en ik zou willen dat ik dichterbij gestationeerd was, maar meer kan ik op dit moment niet beloven. Ik kan overplaatsing aanvragen zodra ik terug ben, en dat ga ik ook doen, maar je weet nooit hoe het zal lopen.'

'Dat weet ik,' mompelde ze. Om een of andere reden werd ik zenuwachtig van haar ernstige blik.

'Zul je me schrijven?' vroeg ik.

'Duh,' zei ze plagerig, en mijn nervositeit verdween. 'Natuurlijk zal ik je schrijven,' zei ze glimlachend. 'Dat hoef je niet eens te vragen. Ik zal je vaak schrijven, en ik ben trouwens heel goed in brieven schrijven.'

'Ongetwijfeld.'

'Ik meen het,' zei ze. 'In ons gezin schrijven we altijd brieven als we op vakantie zijn. We schrijven aan mensen die ons na aan het hart liggen. Dan schrijven we hoeveel ze voor ons betekenen en dat we ernaar uitkijken hen weer te zien.'

Ik kuste haar weer in de nek. 'Wat beteken ik voor je? En hoezeer kijk je ernaar uit me weer te zien?'

Ze leunde naar achteren. 'Als je dat wilt weten, zul je mijn brieven moeten lezen.'

Ik lachte, maar mijn hart brak. 'Ik zal je missen,' zei ik.
'Ik jou ook.'
'Zo te horen zit je er niet al te erg mee.'
'Dat komt doordat ik er al om gehuild heb, weet je nog? En het is niet alsof ik je nooit meer zal zien. Dat besef is eindelijk tot me doorgedrongen. Ja, het zal zwaar zijn, maar de tijd gaat snel en we zullen herenigd worden. Dat weet ik. Ik voel het. Net zoals ik voel hoeveel je om me geeft en hoeveel ik van je hou. Mijn hart weet dat het niet voorbij is en dat we het zullen redden. Veel stellen redden het. Ja, er zijn ook stellen die het niet redden, maar die hebben niet wat wij hebben.'
Ik wilde haar dolgraag geloven, maar vroeg me af of het werkelijk zo eenvoudig was.
Toen de zon onder de horizon was gezakt, liepen we naar de auto en ik reed haar terug naar het strandhuis. Ik stopte al wat eerder in de straat, zodat niemand in het huis ons kon zien, en nadat we uit de auto waren gestapt, sloeg ik mijn armen om haar heen. We zoenden en ik hield haar stevig vast, en ik wist zeker dat het komende jaar het langste jaar van mijn leven zou worden. Ik wenste vurig dat ik nooit in het leger was gegaan, dat ik een vrij man was. Maar dat was ik niet.
'Dan ga ik maar.'
Ze knikte en begon te huilen. Ik voelde een knoop in mijn maag.
'Ik zal je schrijven,' beloofde ik.
'Oké,' zei ze. Ze veegde haar tranen weg en haalde een pen en een papiertje uit haar handtas. Ze schreef iets op. 'Dit zijn mijn adres, mijn telefoonnummer en mijn e-mailadres.'
Ik knikte.
'Volgend jaar zit ik in een ander studentenhuis. Zodra ik meer weet, zal ik mijn nieuwe adres doorgeven, maar je kunt me altijd bereiken via mijn ouders. Die zullen al je brieven doorsturen.'

'Dat weet ik,' zei ik. 'Heb je mijn gegevens nog? Zelfs als ik op een missie ben, komt er post bij me aan. En e-mail ook. Daar zijn ze goed in bij het leger, in computers aansluiten, zelfs in de rimboe.'

Als een radeloos kind sloeg ze haar armen om zich heen. 'Het maakt me bang,' zei ze, 'dat je soldaat bent.'

'Het komt goed,' verzekerde ik haar.

Ik maakte het portier open en pakte mijn portemonnee. Ik stak haar briefje erin en hield mijn armen weer voor haar open. Ze vleide zich tegen me aan en ik hield haar lange tijd vast, prentte in mijn geheugen hoe het was om haar lichaam tegen me aan te voelen.

Ditmaal was zij degene die de omhelzing verbrak. Ze stak haar hand weer in haar handtas en haalde er een envelop uit.

'Deze brief heb ik gisteravond voor je geschreven. Dan heb je iets te lezen in het vliegtuig. Niet voor die tijd al lezen, afgesproken?'

Ik knikte en kuste haar een laatste keer. Toen stapte ik in de auto. Ik startte de motor en toen ik wilde wegrijden riep ze: 'Doe de groeten aan je vader. Zeg maar tegen hem dat ik in de komende weken nog een keer langskom, oké?'

Ze deed een stap naar achteren toen de auto in beweging kwam. Ik kon haar nog zien in de achteruitkijkspiegel. Ik overwoog de auto langs de kant te zetten. Mijn vader zou het snappen. Hij wist hoe belangrijk Savannah voor me was en hij zou ons een laatste avond samen gunnen.

Maar ik reed door, zag haar gestalte steeds kleiner worden in de spiegel en ik voelde mijn droom wegglippen.

Het avondeten met mijn vader verliep nog rustiger dan anders. Ik had geen puf om een gesprek te beginnen en zelfs mijn vader voelde dat aan. Ik zat aan tafel terwijl hij kookte, maar in plaats van zich op het koken te concentreren, wierp hij af en toe een bezorgde blik op mij. Ik was verbijsterd toen hij het gas uitdraaide en naar me toe kwam.

Toen hij vlak bij me was, legde hij een hand op mijn rug. Hij zei niets, maar dat hoefde ook niet. Ik wist dat hij doorhad dat ik verdrietig was en hij stond daar roerloos, alsof hij probeerde mijn pijn van me over te nemen.

De volgende ochtend reed mijn vader me naar de luchthaven en hij stond naast me bij de gate terwijl ik wachtte tot mijn vlucht werd omgeroepen. Toen het tijd was, stond ik op. Mijn vader stak zijn hand uit. Ik gaf hem geen hand maar omhelsde hem. Zijn lichaam was stijf, maar dat gaf niet. 'Ik hou van je, pap.'

'Ik ook van jou, John.'

'Vind wat goede munten, afgesproken?' voegde ik eraan toe, toen ik me losmaakte. 'Ik wil er alles over horen.'

Hij keek naar de vloer. 'Ik vind Savannah aardig,' zei hij. 'Ze is een leuke meid.'

Dat kwam uit de lucht vallen, maar ergens was het precies wat ik wilde horen.

In het vliegtuig lag de brief die Savannah me had geschreven in mijn schoot. Hoewel ik hem direct open wilde maken, wachtte ik tot we in de lucht waren. Door het raampje kon ik de kustlijn zien en ik zocht eerst de pier en daarna het strandhuis. Ik vroeg me af of ze nog sliep, maar ik wilde denken dat ze op het strand was en naar het vliegtuig keek.

Toen ik er klaar voor was, maakte ik de envelop open. Ze had er een foto van zichzelf in gedaan en opeens wilde ik dat ik haar een foto van mij had gegeven. Ik keek lang naar haar gezicht en legde de foto toen weg. Ik haalde diep adem en begon te lezen.

Lieve John,

Ik wil je zo veel zeggen, maar ik weet niet goed waar ik moet beginnen. Moet ik als eerste schrijven dat ik van je hou? Of dat de dagen die ik samen met jou heb doorgebracht de mooiste dagen van mijn leven waren? Of dat ik in de korte tijd dat ik je ken ervan overtuigd ben geraakt dat we voor elkaar bestemd zijn? Dat zou ik allemaal kunnen schrijven en het is allemaal waar, maar als ik die woorden herlees, kan ik alleen maar denken dat ik zou willen dat ik nu bij je was, dat ik je hand kon vasthouden en je ondoorgrondelijke glimlach kon zien.

In de toekomst zal ik onze tijd samen duizenden malen herbeleven. Ik zal je lach horen en je gezicht zien en je armen om me heen voelen. Dat zal ik allemaal missen, meer dan jij je kunt voorstellen. Je bent een echte heer, John, en dat waardeer ik zeer. Alle keren dat we samen zijn geweest, heb je me nooit onder druk gezet om seks met je te hebben en ik kan je niet uitleggen hoeveel dat voor me betekende. Daardoor leek dat wat we hadden nog bijzonderder en zo zal ik altijd terugkijken op mijn tijd met jou. Als een puur wit licht, adembenemend mooi.

Ik zal elke dag aan je denken. Iets in me is bang dat er een tijd zal komen dat je er anders tegen aan zult kijken, dat je zult vergeten wat we hebben gedeeld, en daarom heb ik een plan bedacht. Waar je ook bent en hoe je leven er ook uit zal zien, als het de eerste nacht van de vollemaan is – zoals toen we elkaar voor het eerst zagen – wil ik dat je 's nachts naar de lucht kijkt en dat je dan aan me denkt en aan onze week samen, want waar ik ook ben en hoe mijn leven er ook uit zal zien, dat zal ik doen. Al kunnen we niet bij elkaar zijn, dat kunnen we in elk geval delen, en misschien kunnen we er zo samen voor zorgen dat dit voorgoed standhoudt.

Ik hou van je, John Tyree, en ik ga je aan je belofte houden. Als je terugkomt, trouw ik met je. Als je je belofte verbreekt, zul je mijn hart breken.

Liefs,

Savannah

Uit het raam en door mijn tranen heen zag ik onder me hoe een wolkendek zich uitspreidde. Ik had geen idee waar we waren. Ik wist alleen dat ik wilde omkeren en terug naar huis wilde, om daar te zijn waar ik hoorde te zijn.

DEEL II

12

Uren later, tijdens die eerste eenzame avond terug in Duitsland, las ik de brief opnieuw en ik herbeleefde onze tijd samen. Dat ging moeiteloos, want die herinneringen spookten toch al door mijn hoofd en soms waren ze echter dan mijn soldatenleven. Ik voelde Savannahs hand in de mijne en keek toe hoe ze oceaanwater uit haar haar schudde. Ik lachte hardop toen ik terugdacht aan mijn verbazing toen ze voor het eerst naar de kust surfte. Ik was veranderd door mijn tijd met Savannah en de mannen in mijn sectie maakten daar opmerkingen over. De daaropvolgende weken plaagde mijn vriend Tony me onophoudelijk, zelfvoldaan in de overtuiging dat hij toch gelijk had gehad over het belang van vrouwelijk gezelschap. Het was mijn eigen schuld, had ik hem maar niet over Savannah moeten vertellen. Tony wilde echter meer weten dan ik kwijt wilde. Als ik zat te lezen, zat hij tegenover me als een gek te grijnzen.

'Vertel nog eens over je wilde vakantieliefde,' zei hij.

Ik dwong mezelf naar de pagina te blijven kijken en deed mijn best hem te negeren.

'Savannah heet ze toch? Sa-van-nah. Mooie naam. Heel... gracieus, maar ik durf te wedden dat ze in bed een tijger was. Nou?'

'Tony, hou je kop.'

'Nee, heb ik niet al die tijd voor je proberen te zorgen? Ik heb toch tegen je gezegd dat je er eens uit moest? Nu heb je eindelijk geluisterd en nu wil ik horen wat het heeft opgeleverd ook. Ik wil details.'

'Dat gaat je niets aan.'

'Maar je hebt tequila gedronken. Nou? Ik zei toch dat dat altijd werkt.'

Ik zweeg. Tony stak zijn handen in de lucht. 'Kom op, dat kun je toch wel zeggen?'

'Ik wil er niet over praten.'

'Omdat je verliefd bent? Ja, dat heb je wel gezegd, maar ik begin te denken dat je alles verzonnen hebt.'

'Klopt. Ik heb het verzonnen. Zijn we nu klaar?'

Hij schudde zijn hoofd en stond op. 'Je bent tot over je oren verliefd.'

Ik zweeg, maar toen hij wegliep, wist ik dat hij gelijk had. Ik was helemaal hoteldebotel van Savannah. Ik zou alles doen om bij haar te kunnen zijn en ik had al overplaatsing aangevraagd naar de Verenigde Staten. Mijn meedogenloze commandant leek er serieus over na te denken. Toen hij naar de reden vroeg, vertelde ik hem over mijn vader in plaats van over Savannah. Hij luisterde een tijdje, leunde achterover in zijn stoel en zei: 'Je maakt weinig kans, tenzij je vader gezondheidsproblemen heeft.' Toen ik het kantoor uit liep, wist ik dat ik die overplaatsing de komende zestien maanden wel kon vergeten. Ik deed geen moeite mijn teleurstelling te verbergen en de eerstvolgende keer dat het vollemaan was, verliet ik de barak en ging naar een weiland waar we wel eens voetbalden. Ik ging op mijn rug liggen en keek naar de maan. Alles kwam weer boven en ik vond het vreselijk dat ik zo ver weg was.

Vanaf het begin belden en schreven we elkaar regelmatig. We e-mailden ook, maar ik kwam er algauw achter dat Savannah liever brieven schreef en dat ze wilde dat ik dat ook deed. 'Ik weet dat het minder snel gaat dan e-mail, maar dat vind ik er juist zo leuk aan,' schreef ze me. 'Ik hou van de verrassing van een brief in de brievenbus vinden en de nerveuze spanning die ik voel als ik de envelop openmaak. Ik vind het fijn dat ik de brief kan meenemen en op mijn gemak kan lezen. Ik kan tegen een boom leunen en het briesje op mijn gezicht voelen als ik je woorden op papier zie staan. Dan stel ik me voor hoe jij eruitzag toen je ze schreef: wat je aanhad, waar je zat, hoe je de pen vasthield. Ik weet dat het een cliché is en dat het waarschijnlijk niet klopt, maar ik stel me zo voor dat je in een tent zit, aan een geïmproviseerde tafel met daarop een brandende olielamp, en dat het buiten flink waait. Dat is veel romantischer dan iets lezen op het apparaat dat je ook gebruikt om muziek te downloaden of onderzoek te doen voor een essay.'

Ik moest erom glimlachen. Ze zat er helemaal naast met die tent, de geïmproviseerde tafel en die olielamp, maar ik moest toegeven dat het een veel interessanter beeld was dan de werkelijkheid van in mijn houten barak onder een tl-balk aan een door de overheid verstrekt bureau zitten.

Naarmate de dagen en weken verstreken, leek mijn liefde voor Savannah alleen maar sterker te worden. Soms glipte ik bij de jongens weg om alleen te zijn. Dan nam ik de foto van Savannah mee en bestudeerde elke gelaatstrek. Het was raar, want hoeveel ik ook van haar hield en hoe sterk mijn herinneringen aan onze tijd samen ook waren, toen de zomer overging in de herfst en het daarna winter werd, was ik steeds dankbaarder dat ik die foto had. Ik overtuigde mezelf ervan dat ik nog precies wist hoe ze eruitzag, maar eerlijk gezegd wist ik niet meer alle details. Of misschien waren er dingen die me nooit waren opgevallen. Zo zag ik op de foto dat Savannah onder haar linkeroog een moedervlekje had, iets wat me nooit was opgevallen. Als ik heel goed keek, zag ik dat haar glimlach ietsje scheef was. Het waren onvolkomenheden die haar in mijn ogen volmaakt maakten, maar ik vond het vervelend dat ik die foto nodig had om die bijzonderheden te ontdekken.

Op een of andere manier ging ik door met mijn leven. Ook al dacht ik vaak aan Savannah en miste ik haar, ik had van alles te doen. Begin september – als gevolg van omstandigheden die het leger zelf ook niet goed kon uitleggen – werd mijn sectie voor de tweede keer naar Kosovo uitgezonden om de First Armored Division te versterken bij een volgende vredesmissie, terwijl vrijwel alle andere infanterie-eenheden naar Duitsland werden teruggestuurd. Het was er relatief rustig en ik heb niet geschoten, maar dat betekende niet dat ik mijn dagen kon vullen met bloemen plukken en naar Savannah verlangen. Ik maakte mijn geweer schoon, had wachtdiensten waarbij ik moest uitkijken naar gekken, en als je urenlang alert moet blijven, ben je tegen het vallen van de avond behoorlijk moe. Het kon gebeuren dat ik me twee of drie dagen niet afvroeg wat Savannah aan het doen was, dat ik niet eens aan haar dacht. Werd mijn liefde daardoor minder echt? Die vraag stelde ik mezelf tientallen keren tijdens die missie, maar de conclusie was altijd dat dit niet het geval was om de eenvoudige reden dat ik haar gezicht soms volkomen onverwacht voor me zag en dan werd ik overspoeld door hetzelfde verdriet als op de dag van mijn vertrek. De aanleiding kon van alles zijn: een vriend die het over zijn vrouw had, een stel dat hand in hand liep, of zelfs dorpelingen die naar ons lachten als we langskwamen.

Pakweg eens per week kwam er een brief van Savannah en tegen de tijd dat ik terugkeerde naar Duitsland was het een flinke stapel. Geen enkele brief was als de brief die ik in het vliegtuig had gelezen. Ze schreef op informele toon over alledaagse onderwerpen en pas helemaal aan het eind schreef ze over haar gevoelens. Ik was van alles te weten gekomen over haar dagelijks leven: dat het eerste huis iets later klaar was dan gepland, waardoor ze het zwaarder hadden bij de bouw van het tweede huis. Bij dat huis moesten ze langere dagen maken, ook al werkte iedereen die bij de bouw betrokken was inmiddels efficiënter. Toen het eerste huis klaar was, hadden ze een groot feest gegeven voor de hele buurt en er was de hele middag op hen geproost. Ze schreef dat de werkploeg het gevierd had door bij de Shrimp Shack te gaan eten en dat Tim had gezegd dat hij nog nooit in een restaurant was geweest waar zo'n goede sfeer hing. En ze schreef dat ze in het eerste semester bij alle docenten was ingeroosterd die ze had aangevraagd en dat ze het geweldig vond om jeugdpsychologie van dr. Barnes te krijgen, die pasgeleden een belangwekkend artikel in een esoterisch psychologisch tijdschrift had gepubliceerd. Ik hoefde niet te geloven dat Savannah aan me dacht bij elke spijker die ze sloeg of als ze hielp om een raam op zijn plek te schuiven of dat ze, als ze met Tim in gesprek was, altijd wenste dat ik het was. Ik dacht graag dat wat wij hadden veel dieper ging en na verloop van tijd zorgde die overtuiging ervoor dat mijn liefde voor haar nog sterker werd.

Natuurlijk wilde ik weten dat ze nog om me gaf en wat dat betreft stelde Savannah me nooit teleur. Waarschijnlijk was dat de reden dat ik alle brieven die ze stuurde bewaarde. Aan het eind van elke brief stonden een paar zinnen, soms zelfs een hele alinea, waarin ze iets schreef wat me aan het denken zette, woorden die herinneringen opriepen, en dan herlas ik bepaalde zinnen en probeerde ik daarbij haar stem in mijn hoofd te horen. Dit gedeelte bijvoorbeeld, uit de tweede brief die ik kreeg:

Als ik aan jou en mij denk en aan wat we hebben gedeeld, weet ik dat anderen onze tijd samen al snel zullen afdoen als een bijproduct van de dagen en nachten die we aan zee hebben doorgebracht, een 'zomerliefde' die op de lange termijn niets voorstelt. Om die reden vertel ik mensen niet over ons. Ze zouden het niet begrijpen en ik voel me niet geroepen om het uit te leggen, omdat ik in mijn hart weet dat het echt was. Als ik aan je denk, ga ik automatisch glimlachen, omdat ik weet dat jij me compleet hebt gemaakt. Ik hou van je, niet alleen nu maar voor altijd, en ik droom van de dag dat je me weer in je armen zult nemen.

Of dit gedeelte, uit de brief nadat ik haar een foto van mezelf had gestuurd:

Tot slot wil ik je bedanken voor de foto. Ik heb hem al in mijn portemonnee gestopt. Je ziet er gezond en vrolijk uit, al moet ik zeggen dat ik gehuild heb toen ik de foto zag. Niet van verdriet – al maakte het me verdrietig omdat ik weet dat ik je niet kan zien – maar van blijdschap. Die foto herinnerde me eraan dat jij het beste bent wat me ooit is overkomen.

En dit gedeelte, uit een brief die ze schreef toen ik in Kosovo zat:

Ik moet zeggen dat je laatste brief me zorgen baart. Ik wil en moet meer weten, maar ik merk dat ik mijn adem inhoud en om je in angst zit als je schrijft hoe je leven er werkelijk uitziet. Ik zit hier, ben spullen aan het inpakken omdat ik met Thanksgiving naar mijn ouders ga en maak me druk om mijn tentamens, en jij zit ergens op een gevaarlijke plek, omringd door mensen die je willen verwonden. Kenden die mensen je maar zoals ik je ken, dan zou je veilig zijn, net zoals ik me veilig voel in jouw armen.

Kerst dat jaar was een troosteloze bedoening, maar dat is het altijd als je ver van huis bent. Het was niet mijn eerste kerst alleen sinds ik in het leger was gegaan. Ik had elke kerst in Duitsland doorgebracht en een paar jongens uit onze barak hadden een soort kerstboom in elkaar geflanst: een groen zeil dat met een stok omhoog werd gehouden en met lichtjes versierd was. Meer dan de helft van mijn dienstmaten was naar huis gegaan – ik behoorde tot de pechvogels die moesten blijven voor het geval onze vrienden, de Russen, het in hun hoofd zouden halen dat we nog steeds aartsvijanden waren – en het merendeel van de achterblijvers was de stad in gegaan om kerstavond te vieren door zich vol te laten lopen met Duits kwaliteitsbier. Ik had het pakje al opengemaakt dat Savannah me had gestuurd – een trui die eerder iets voor Tim was en zelfgebakken koekjes – en ik wist dat ze mijn cadeau, een flesje parfum, al had gekregen. Maar ik was alleen en als cadeautje voor mezelf besloot ik geld te spenderen aan een telefoontje naar Savannah. Ze had niet verwacht dat ik zou bellen en nog weken daarna hoorde ik in gedachten de opwinding in haar stem. Uiteindelijk hadden we elkaar meer dan een uur aan de lijn. Ik had haar stem gemist. Ik was haar zangerige accent vergeten en de nasale klank die toenam naarmate ze sneller ging praten. Ik leunde achterover in mijn stoel, stelde me voor dat ze bij me was en luisterde terwijl ze de vallende sneeuw beschreef. Tegelijkertijd besefte ik dat het bij mij ook sneeuwde en daardoor had ik even het gevoel dat we samen waren.

In januari 2001 begon ik de dagen af te tellen tot ik haar weer zou zien. In juni zou ik zomerverlof krijgen en binnen een jaar zou mijn diensttijd erop zitten. Bij het ontwaken hield ik mezelf letterlijk voor dat het nog 360, 359 en daarna 358 dagen zou duren voor ik uit het leger kon en dat ik Savannah over 178, 177 en daarna 176 dagen enzovoorts zou zien. Het was tastbaar en echt, dichtbij genoeg om me te doen dromen over terugkeren naar North Carolina, maar helaas leek de tijd daardoor ook trager te gaan. Zo gaat het toch altijd als je ergens heel erg naar uitkijkt? Het deed me denken aan hoe ik als kind het lengen van de dagen volgde terwijl ik op de zomervakantie wachtte. Zonder Savannahs brieven zou het wachten ongetwijfeld nog veel langer hebben geleken.

Mijn vader schreef me ook. Niet zo vaak als Savannah, maar eens per maand. Tot mijn verbazing waren zijn brieven twee tot drie keer zo lang als vroeger. De extra pagina's gingen uitsluitend over munten. In mijn vrije tijd ging ik naar het computercentrum om dingen op te zoeken op internet. Ik zocht naar bepaalde munten, verzamelde informatie over hun geschiedenis en beschreef dat in brieven aan mijn vader. De eerste keer nadat ik dat had gedaan, meende ik tranen te zien op de volgende brief die hij me stuurde. Nee, niet echt – het was mijn verbeelding die met me op de loop ging, want hij reageerde niet eens op de informatie die ik had verstrekt – maar ik wilde geloven dat hij mijn relaas net zo aandachtig had gelezen als wanneer hij de *Greysheet* doornam.

In februari moest ik samen met andere NAVO-troepen op manoeuvre: het was zo'n oefening in het kader van 'we doen alsof het 1944 is en we in een veldslag zitten' en we kregen zogenaamd te maken met een grootschalige tankaanval op het Duitse platteland. Nogal zinloos, als je het mij vraagt. Zo werden oorlogen al lang niet meer gevoerd. Je had geen Spaanse galjoenen meer die van dichtbij met kanonnen schoten en voorbij was de tijd dat de cavalerie van de Verenigde Staten te paard te hulp schoot. Tegenwoordig krijg je niet meer te horen wie de vijand is, hoewel iedereen weet dat het de Russen zijn, wat de hele oefening nog zinlozer maakt omdat de Russen onze bondgenoten horen te zijn. Maar zelfs als ze dat niet waren, dan nog hebben ze niet meer zo veel werkende tanks. Zelfs als ze er in het geheim duizenden aan het bouwen zouden zijn in een fabriek in Siberië met de bedoeling Europa onder de voet te lopen, naderende tanks zouden waarschijnlijk vanuit de lucht worden aangevallen door onze eigen pantserbataljons in plaats van door de infanterie. Maar wat wist ik er nou van? Het was ook nog eens rotweer. Er trok een koufront vanaf de poolcirkel over, net op het moment dat de manoeuvre begon. Het was legendarisch, met sneeuw en natte sneeuw en hagel en windsnelheden van wel tachtig kilometer per uur, en het deed me denken aan toen de troepen van Napoleon zich terugtrokken uit Moskou. Het was zo koud dat mijn wenkbrauwen bevroren, ademhalen deed pijn en mijn vingers vroren vast aan de loop van mijn geweer als ik die per ongeluk aanraakte. Het deed ontzettend veel pijn om ze weer los te krijgen, en ik verloor daarbij ook stukken huid. Daarna hield ik mijn gezicht bedekt en hield ik mijn hand op de kolf, en we marcheerden door de bevroren modder die door eindeloze sneeuwbuien ontstaan was. Ik deed mijn best om niet in een ijsbeeld te veranderen terwijl we zogenaamd tegen de vijand streden.

De manoeuvre duurde tien dagen. De helft van mijn mannen had last van bevriezing, de andere helft van onderkoeling. Tegen de tijd dat we klaar waren, bestond mijn sectie nog maar uit drie of vier man, die zodra we terug waren op de basis naar de ziekenboeg moesten. Dat gold ook voor mij. Het was zo'n beetje het belachelijkste en idiootste wat het leger me ooit heeft laten doen. En dat wil wat zeggen, want ik had al veel idiote dingen voor het Amerikaanse leger en de Big Red One gedaan. Na afloop liep onze commandant door de ziekenzaal en hij feliciteerde mijn sectie dat we het er goed vanaf hadden gebracht. Ik wilde tegen hem zeggen dat we onze tijd beter hadden kunnen besteden aan het aanleren van moderne oorlogstactieken en dat we in elk geval hadden moeten kijken wat voor weer het werd. In plaats daarvan salueerde ik en ik gaf een knikje, want ik ben nu eenmaal een brave soldaat.

Daarna volgden enkele saaie maanden op de basis. We kregen af en toe les in met wapens omgaan en navigeren. Soms ging ik met de jongens mee de stad in voor een biertje, maar het grootste deel van mijn tijd bracht ik door met gewichtheffen, vele kilometers rennen en Tony ervan langs geven als we in de boksring stonden.

Het voorjaar in Duitsland was lang niet zo erg als ik had verwacht na die rampzalige situatie op manoeuvre. De sneeuw smolt, bloemen bloeiden en het werd warmer. Niet echt warm, maar de temperatuur kwam boven het vriespunt en dat was voor de meesten van mijn dienstmaten en voor mij voldoende reden om een korte broek aan te trekken en buiten te gaan frisbeeën of softballen. Toen het eindelijk juni werd, merkte ik dat ik zenuwachtig was over mijn terugkeer naar North Carolina. Savannah was afgestudeerd en volgde zomercolleges voor haar postdoctorale onderzoek, en dus was ik van plan om naar Chapel Hill te reizen. We zouden twee heerlijke weken samen hebben – ook als ik naar Wilmington ging om mijn vader te bezoeken, want ze was van plan om mee te gaan – en ik merkte dat het idee me nu eens zenuwachtig, dan weer opgewonden en dan weer bang maakte.

Ja, we hadden elkaar gemaild en aan de telefoon gehad. Ja, de eerste nacht dat het vollemaan was had ik naar de maan gekeken en in haar brieven schreef ze dat zij dat ook had gedaan. Maar ik had haar bijna een jaar niet gezien en ik had geen idee hoe ze zou reageren als we elkaar weer zagen. Zou ze op me afrennen en me omhelzen als ik uit het vliegtuig stapte of zou ze afstandelijker reageren en zou ze me een lichte kus op de wang geven? Zouden we meteen weer honderduit praten of zouden we opmerkingen over het weer maken en ons slecht op ons gemak voelen? Ik wist het niet en ik lag er 's nachts wakker van, stelde me allerlei scenario's voor.

Tony wist wat ik doormaakte, al maakte hij er verder geen woorden aan vuil. Toen de datum naderde gaf hij me alleen een klap op mijn rug.

'Binnenkort zie je haar weer,' zei hij. 'Ben je er klaar voor?'

'Ja.'

Hij gniffelde. 'Vergeet niet om onderweg naar huis ergens een fles tequila te kopen.'

Ik trok een gezicht en Tony lachte.

'Het komt goed,' zei hij. 'Ze houdt van je, man. Dat moet ook wel als je bedenkt hoeveel jij van haar houdt.'

13

In juni 2001 kreeg ik verlof en ik ging direct naar huis, vloog vanaf Frankfurt naar New York, en daarvandaan door naar Raleigh. Het was een vrijdagavond en Savannah had beloofd me van de luchthaven op te halen, waarna we naar haar ouders in Lenoir zouden gaan. Daar was ze opeens, de dag voor mijn vertrek, mee gekomen. Ik vond het prima om kennis te maken met haar ouders, het waren vast fantastische mensen, maar ik had Savannah liever eerst een paar dagen voor mezelf gehad. Het is lastig om verloren tijd in te halen als er ouders boven op je lip zitten. Zelfs als we geen seks zouden hebben – en Savannah kennende was ik er vrij zeker van dat we niet intiem zouden worden, al hoopte ik van wel – dan nog vroeg ik me af hoe haar ouders me zouden behandelen als ik tot in de kleine uurtjes met hun dochter op stap ging, ook al lagen we alleen maar naar de sterren te kijken. Ja, ze was volwassen, maar ouders zijn raar als het om hun kinderen gaat en ik had niet de illusie dat ze begrip zouden hebben voor de situatie. Het zou altijd hun kleine meid blijven, als je snapt wat ik bedoel.

Savannah had echter wel een punt toen ze het aan me uitlegde. Er vielen twee weekenden in mijn verlof en als ik het tweede weekend naar mijn vader ging, moest ik het eerste weekend naar haar ouders. Bovendien vond ze het kennelijk allemaal heel spannend, dus er zat voor mij niets anders op dan zeggen dat ik ernaar uitkeek hen te zien. Toch vroeg ik me af of ik haar hand wel zou kunnen vasthouden en ik overwoog haar over te halen een kleine omweg naar Lenoir te maken.

Zodra het vliegtuig geland was, steeg de spanning en ik voelde mijn hart bonzen. Ik wist niet wat ik moest doen. Moest ik op haar afrennen zodra ik haar zag of moest ik zelfverzekerd en nonchalant op haar aflopen? Ik was er nog niet uit, maar voor ik een besluit kon nemen, stond ik in het middenpad en werd ik met de stroom meegevoerd. Ik slingerde mijn sporttas over mijn schouder toen ik van de vliegtuigtrap naar de terminal liep. Aanvankelijk zag ik haar niet doordat er zo veel mensen rondliepen. Toen ik de menigte een tweede keer afspeurde, zag ik haar helemaal links staan en ik wist meteen dat ik me nergens zorgen over had hoeven maken, want zodra ze me zag, rende ze in volle vaart op me af. Ik had amper tijd om mijn sporttas neer te zetten voordat ze zich in mijn armen stortte en de kus die daarop volgde, was als een magisch koninkrijk, compleet met een eigen taal en geografie, fantastische mythes en eeuwenoude wonderen. Toen ze zich losmaakte en fluisterde dat ze me vreselijk had gemist, voelde het alsof ik weer heel was nadat ik een jaar half was geweest.

Ik weet niet hoe lang we daar zo hebben gestaan, maar toen we eindelijk naar de bagageband liepen en ik haar hand vastpakte, wist ik dat ik niet alleen meer van haar hield dan de laatste keer dat ik haar had gezien, maar ook meer dan ik ooit van wie dan ook zou houden.

In de auto ging het gesprek vanzelf en we maakten inderdaad een kleine omweg. Nadat we op een parkeerplaats waren gaan staan, zoenden we elkaar als tieners. Het was geweldig – daar zullen we het maar op houden – en een paar uur later kwamen we bij haar huis aan. Haar ouders zaten op de veranda van een keurig, twee verdiepingen tellend victoriaans huis te wachten. Tot mijn verbazing omhelsde haar moeder me zodra ik dichtbij genoeg was, waarna ze me een biertje aanbood. Ik bedankte omdat ik wist dat ik dan als enige alcohol zou drinken, maar ik waardeerde het gebaar. Savannahs moeder, Jill, leek veel op Savannah: vriendelijk, open en veel scherper van geest dan je op het eerste gezicht zou denken. Hetzelfde gold voor haar vader. Ik heb een fijne tijd bij hen gehad. Het hielp dat Savannah continu mijn hand vasthield en zich daar volledig bij op haar gemak leek te voelen. Aan het eind van de avond maakten we een lange wandeling in het maanlicht. Tegen de tijd dat we bij het huis terugkwamen, was het bijna alsof we nooit van elkaar gescheiden waren geweest.

Uiteraard sliep ik in de logeerkamer. Ik had niet anders verwacht. De kamer was veel luxer dan de meeste logeerkamers waarin ik had geslapen, met klassieke meubels en een comfortabel matras. Het was er echter wel benauwd en dus zette ik het raam open, in de hoop dat de berglucht welkome verkoeling zou bieden. Het was een lange dag geweest – mijn lichaam was nog op Duitse tijd ingesteld – en ik viel direct in slaap. Een uur later werd ik wakker doordat mijn deur piepend openging. Savannah sloop op haar tenen, in een ruimvallende katoenen pyjama en op sokken, over de vloer.

Ze legde een vinger tegen haar lippen om ervoor te zorgen dat ik niets zei. 'Mijn ouders zouden me vermoorden als ze dit wisten,' fluisterde ze. Ze kroop bij me in bed, legde de deken recht en trok die tot haar hals op, alsof we in het noordpoolgebied kampeerden. Ik sloeg mijn armen om haar heen en genoot van het gevoel van haar lichaam tegen het mijne.

We zoenden en giechelden het grootste gedeelte van de nacht en toen sloop ze terug naar haar eigen kamer. Ik viel weer in slaap, waarschijnlijk al voordat ze bij haar kamer was, en werd wakker van zonlicht dat door het raam naar binnen stroomde. Ik rook dat het ontbijt werd klaargemaakt, trok een T-shirt en een spijkerbroek aan, en ging naar de keuken. Savannah zat aan tafel met haar moeder te praten terwijl haar vader de krant las en ik voelde het gewicht van hun aanwezigheid toen ik binnenkwam. Ik ging aan tafel zitten. Savannahs moeder schonk koffie voor me in, waarna ze een bord met gebakken eieren met spek voor me neerzette. Savannah, die gedoucht en aangekleed tegenover me zat, zag er vrolijk en ongelooflijk fris uit in het zachte ochtendlicht.

'Heb je goed geslapen?' vroeg ze met pretoogjes.

Ik knikte. 'Ik had zo'n mooie droom,' zei ik.

'O?' zei haar moeder. 'Waarover?'

Savannah gaf me onder tafel een trap en schudde bijna onmerkbaar haar hoofd. Ik moet bekennen dat ik het leuk vond Savannah te zien kronkelen, maar ik zou het niet erger maken. Ik deed of ik diep nadacht. 'Ik weet het niet meer,' zei ik.

'Ik vind het altijd zo vervelend als dat gebeurt,' zei haar moeder. 'Is het ontbijt goed zo?'

'Het ruikt heerlijk,' zei ik. 'Dank u wel.' Ik keek Savannah aan. 'Wat staat er vandaag op het programma?'

Ze boog zich over de tafel heen. 'We kunnen gaan paardrijden. Lijkt je dat wat?'

Toen ik aarzelde, lachte ze. 'Het komt goed,' voegde ze eraan toe. 'Heus.'

'Jij hebt gemakkelijk praten.'

Zij reed op Midas. Voor mij had ze een renpaard in gedachten dat Pepper heette en waar haar vader gewoonlijk op reed. Het grootste deel van de dag trokken we over paden, galoppeerden over open velden en verkenden dit deel van haar wereld. Ze had picknickspullen bij zich en we aten op een plek met uitzicht op Lenoir. Ze wees de scholen aan waar ze op had gezeten en de huizen waar bekenden woonden. Op dat moment besefte ik dat ze het hier niet alleen geweldig vond, maar dat ze nooit ergens anders zou willen wonen.

We hebben pakweg zeven uur paardgereden en ik deed mijn best om Savannah bij te houden, maar dat was vrijwel onmogelijk. Ik belandde niet met mijn gezicht in de modder, maar er waren enkele hachelijke momenten waarop Pepper nukkig was en ik de grootste moeite had om in het zadel te blijven. Pas toen Savannah en ik ons omkleedden voor het avondeten, besefte ik wat ik me op de hals had gehaald. Het werd steeds duidelijker dat lopen eerder waggelen was. De binnenkant van mijn benen voelde alsof Tony er urenlang tegenaan had geslagen.

Op zaterdagavond gingen Savannah en ik uit eten in een gezellig Italiaans restaurantje. Na afloop stelde ze voor ergens te gaan dansen, maar tegen die tijd kon ik amper meer bewegen. Toen ik naar de auto strompelde, kwam er een bezorgde uitdrukking op haar gezicht te liggen en ze stak haar hand uit om me tegen te houden.

Ze boog zich naar me toe en greep mijn been vast. 'Doet het zeer als ik hier knijp?'

Ik schrok en schreeuwde het uit. Om een of andere reden vond ze dat grappig.

'Waarom deed je dat? Dat doet pijn!'

Ze glimlachte. 'Gewoon even controleren.'

'Wat wil je controleren? Ik had al gezegd dat ik spierpijn heb.'

'Ik wilde kijken of zo'n ukkie als ik een grote, stoere soldaat als jij kon laten kermen.'

Ik wreef over mijn been. 'Dat doe je niet meer, hoor. Begrepen?'

'Oké,' zei ze. 'Het spijt me.'

'Zo klinkt het anders niet.'

'Het spijt me echt,' zei ze. 'Maar het is toch grappig? Ik heb even lang gereden als jij en ik heb nergens last van.'

'Jij rijdt heel vaak.'

'Ik had al ruim een maand niet gereden.'
'Hm-hm.'
'Kom op. Geef het nou maar toe. Het was toch grappig?'
'Helemaal niet.'

Op zondag gingen we met haar ouders naar de kerk. Ik had te veel spierpijn om de rest van de dag nog veel te doen en dus plofte ik op de bank neer en keek samen met haar vader naar een honkbalwedstrijd op tv. Savannahs moeder bracht sandwiches en de hele middag vertrok ik van pijn als ik comfortabeler probeerde te gaan zitten en toen werd de wedstrijd ook nog eens verlengd. Met haar vader was het gemakkelijk praten en het gesprek ging van het legerleven naar lesgeven aan enkele van de kinderen die hij coachte en hoe hij hoopte dat hun toekomst eruit zou zien. Ik mocht hem. Vanaf de bank hoorde ik Savannah en haar moeder in de keuken kletsen en nu en dan kwam Savannah de woonkamer binnen met een mand wasgoed om op te vouwen, terwijl haar moeder een volgende lading was in de wasmachine deed. Ze was student en officieel volwassen, maar toch ging ze met haar vuile was nog steeds naar haar moeder.

'S Avonds reden we terug naar Chapel Hill en liet Savannah me haar appartement zien. Het was schaars gemeubileerd, maar het was redelijk nieuw en had een gashaard en een klein balkon met uitzicht over de campus. Ondanks het warme weer deed ze de kachel aan en we aten kaas en crackers, wat, afgezien van ontbijtgranen, ongeveer het enige was wat ze in huis had. Ik vond het heel romantisch, al had ik inmiddels door dat ik alles romantisch vond als ik met Savannah alleen was. We kletsten tot bijna middernacht, maar Savannah was stiller dan anders. Na een tijdje liep ze naar de slaapkamer. Toen ze niet terugkwam, ging ik naar haar toe. Ze zat op het bed en ik bleef in de deuropening staan.

Ze sloeg haar handen ineen en haalde diep adem. 'Dus...' begon ze.

'Dus...' zei ik toen ze niet verder sprak.

Ze haalde nog eens diep adem. 'Het is al laat en ik heb morgenochtend vroeg college.'

Ik knikte. 'Dan kun je beter gaan slapen.'

'Ja,' zei ze. Ze knikte alsof ze dat zelf nog niet had bedacht en keek naar het raam. Door de smalle openingen van de luxaflex zag ik licht vanaf het parkeerterrein binnenstromen. Ze was schattig als ze zenuwachtig was.

'Dus...' zei ze weer, alsof ze het tegen de muur had.

Ik stak mijn handen op. 'Zal ik op de bank slapen?'

'Vind je dat niet erg?'

'Welnee,' zei ik. Niet dat dit mijn voorkeur had, maar ik snapte het.

Ze keek nog steeds naar het raam en maakte geen aanstalten om van het bed af te komen. 'Ik ben er nog niet aan toe,' zei ze zacht. 'Ik dacht van wel en ergens wil ik het ook. Ik heb er de afgelopen weken over nagedacht en ik had een besluit genomen en dat leek de juiste beslissing, snap je? Ik hou van jou en jij houdt van mij en dat doen mensen die verliefd zijn. Het was gemakkelijk om mezelf dat voor te houden toen je er niet was, maar nu...' Ze maakte de zin niet af.

'Het geeft niet,' zei ik.

Uiteindelijk keek ze me aan. 'Was jij bang? De eerste keer?'

Ik vroeg me af wat ik het best kon antwoorden. 'Ik denk dat het voor mannen anders is dan voor vrouwen,' zei ik.

'Ja, waarschijnlijk wel.' Ze deed alsof ze de dekens rechttrok. 'Ben je boos?'

'Welnee.'

'Maar je bent teleurgesteld.'

'Eh...' zei ik, en ze lachte.

'Sorry,' zei ze.

'Je hoeft je niet te verontschuldigen.'

Ze dacht erover na. 'Waarom voelt het dan wel zo?'

'Tja, ik ben een eenzame soldaat,' zei ik, en ze lachte opnieuw. Ik hoorde dat ze nog steeds zenuwachtig was.

'De bank ligt niet echt lekker,' zei ze bezorgd. 'En hij is klein. Je zult niet languit kunnen liggen. En ik heb geen extra dekens. Ik had er een paar van thuis moeten meenemen, maar dat heb ik vergeten.'

'Dat is wel een probleem.'

'Ja,' zei ze. Ik wachtte.

'Je kunt wel bij mij slapen,' opperde ze.

Ik wachtte terwijl ze haar innerlijke strijd voortzette. Uiteindelijk haalde ze haar schouders op. 'Wil je het proberen? Alleen slapen, meer niet.'

'Wat jij wilt.'

Voor het eerst ontspanden haar schouders. 'Goed dan. Geregeld. Geef me even de tijd, dan kan ik me omkleden.'

Ze stond op van het bed, liep door de kamer en trok een lade open. De pyjama die ze eruit pakte, leek op de pyjama die ze bij haar ouders had gedragen. Ik liep terug naar de woonkamer en trok een sportbroek en een T-shirt aan. Tegen de tijd dat ik de slaapkamer weer binnenstapte, lag ze al onder de dekens. Ik liep naar de andere kant van het bed en ging naast haar liggen. Ze verschoof de dekens, waarna ze het licht uitdeed en op haar rug naar het plafond lag te staren. Ik lag op mijn zij naar haar te kijken.

'Welterusten,' fluisterde ze.

'Slaap lekker.'

Ik wist dat ik voorlopig niet kon slapen. Daar was ik... veel te gespannen voor. Maar ik wilde niet gaan liggen woelen voor het geval zij wel zou slapen.

'Hé,' fluisterde ze na een tijdje.

'Ja?'

Ze rolde op haar zij en keek me aan. 'Je moet weten dat dit de eerste keer is dat ik met een man slaap. De hele nacht bedoel ik. Dat is toch al een stap verder?'

'Ja,' zei ik. 'Dat is een stap verder.'

Ze streelde mijn arm. 'En als iemand ernaar vraagt, kun je zeggen dat we het bed hebben gedeeld.'

'Dat klopt,' zei ik.

'Maar je mag het tegen niemand zeggen, hoor. Ik wil geen slechte reputatie krijgen, snap je?'

Ik smoorde een lach. 'Het is ons geheim.'

De dagen daarna ontstond er een ontspannen patroon. Savannah had 's ochtends colleges en was meestal net na de lunch klaar. In theorie kon ik uitslapen – iets waar alle militairen van dromen als ze het over verlof hebben – maar het lukte me niet de gewoonte van jarenlang voor het ochtendgloren opstaan te doorbreken. Ik werd dan ook eerder wakker dan Savannah. Dan ging ik koffiezetten en liep naar de hoek van de straat om een krant te kopen. Soms nam ik bagels of croissantjes mee, maar meestal aten we ontbijtgranen. Ik stelde me zo voor dat dit een voorproefje was van onze eerste jaren samen, eenvoudige gelukzaligheid, bijna te mooi om waar te zijn.

Dat probeerde ik mezelf in elk geval wijs te maken. Bij haar ouders was Savannah precies zoals ik me haar herinnerde. Dat gold ook voor onze eerste avond samen. Maar daarna... zag ik steeds meer verschillen. Ik had het eerder niet doorgehad, maar haar leven leek compleet en bevredigend, ook zonder mij. Op de kalender op de koelkast stond bij vrijwel elke dag wel iets: concerten, lezingen, feesten van vrienden. Ik zag dat ze soms met Tim ging lunchen. Ze volgde vier vakken en gaf als postdoc ook zelf les. Op donderdagmiddag werkte ze samen met een professor aan een casestudy en ze was ervan overtuigd dat die gepubliceerd zou worden. Haar leven was precies zoals ze in haar brieven had beschreven en bij thuiskomst vertelde ze me over haar dag terwijl ze in de keuken voor zichzelf iets te eten klaarmaakte. Ze hield van wat ze deed en in haar stem klonk trots door. Ze vertelde vol enthousiasme en ik luisterde, stelde net genoeg vragen om het gesprek gaande te houden.

Daar was niets ongebruikelijks aan, moest ik toegeven. Het zou een groter probleem zijn als ze niet over haar dag vertelde. Maar bij elk nieuw verhaal kreeg ik een akelig gevoel, want hoe intensief we ook contact hadden gehouden en hoeveel we ook van elkaar hielden, we waren verschillende kanten op gegaan. Sinds de vorige keer dat ik haar zag, had ze haar master behaald, had bij haar afstuderen haar *cap* in de lucht gegooid, was als promovenda aangesteld en had een eigen appartement gevonden en ingericht. Haar leven was een nieuwe fase in gegaan en hoewel je van mij hetzelfde kon zeggen, was mijn leven niet veel veranderd, afgezien van het feit dat ik nu acht in plaats van zes typen wapens uit elkaar kon halen en weer in elkaar kon zetten, en dat ik bij bankdrukken veertien kilo meer omhoog kreeg. En uiteraard had ik eraan bijgedragen dat de Russen wel twee keer zouden nadenken voordat ze met tientallen pantserbataljons Duitsland binnenvielen.

Even voor alle duidelijkheid, ik was nog altijd gek op Savannah, en er waren momenten dat ik merkte hoe sterk haar gevoelens voor mij waren. Dat gebeurde zelfs vaak. Voor het grootste gedeelte was het een fantastische week. Als ze weg was, wandelde ik over de campus of ik rende over het hemelsblauwe parcours bij de sporthal voor de nodige ontspanning. Binnen een dag had ik een sportschool gevonden waar ik kon sporten zolang ik in Chapel Hill logeerde en omdat ik in het leger zat, hoefde ik niet eens te betalen. Meestal was ik klaar met sporten en had ik gedoucht tegen de tijd dat Savannah thuiskwam en brachten we de rest van de middag samen door.

Op dinsdagavond gingen we met een groep medestudenten van haar in het centrum van Chapel Hill uit eten. Dat bleek leuker te zijn dan ik had verwacht, zeker als je bedenkt dat ik daar met allemaal studiebollen van de zomercolleges zat en dat het gesprek vooral over de psychologie van adolescenten ging. Op woensdagmiddag gaf Savannah me een rondleiding over de campus en stelde ze me voor aan haar docenten. Later die middag hadden we afgesproken met wat mensen die we de avond daarvoor ook hadden gezien. 's Avonds haalden we Chinees en dat aten we op aan de tafel in haar appartement. Ze droeg een topje met smalle schouderbandjes waardoor je goed zag hoe bruin ze was en ik kon alleen maar denken dat ze de sexyste vrouw was die ik ooit had gezien.

Tegen de tijd dat het donderdag was, wilde ik tijd met haar alleen doorbrengen en ik besloot haar te verrassen met een bijzonder avondje uit. Terwijl ze college had en aan haar casestudy werkte, ging ik naar het winkelcentrum, waar ik een klein fortuin uitgaf aan een nieuw pak met bijpassende stropdas plus schoenen. Ik wilde haar opgedoft zien en ik reserveerde voor die avond bij wat volgens de schoenverkoper het beste restaurant van de hele stad was. Vijf sterren, exotisch menu, stijlvol geklede obers, alles erop en eraan. Toegegeven, ik had niets tegen Savannah gezegd – het moest immers een verrassing zijn – maar zodra ze thuiskwam, kwam ik erachter dat ze plannen had om weer een avond door te brengen met diezelfde vrienden die we de afgelopen dagen ook al hadden gezien. Ze klonk zo enthousiast dat ik niet eens tegen haar gezegd heb dat ik andere plannen had.

Ik was niet alleen teleurgesteld maar ook boos. Ik vond het prima om een avond met haar vrienden door te brengen, zelfs een extra middag. Maar bijna elke dag? Nadat we elkaar een jaar niet hadden gezien en maar zo weinig tijd samen hadden? Het zat me dwars dat zij dat niet ook leek te willen. De afgelopen maanden had ik me voorgesteld dat we zo veel mogelijk tijd samen zouden doorbrengen om in te halen dat we elkaar een jaar niet hadden gezien. Maar ik kwam tot de conclusie dat ik me misschien had vergist. En dat betekende... Tja, wat betekende dat? Dat ik minder belangrijk voor haar was dan zij voor mij? Ik wist het niet. Gezien mijn humeur had ik beter thuis kunnen blijven en haar alleen kunnen laten gaan. Maar ik ging wel mee en hield me afzijdig, weigerde deel te nemen aan het gesprek en ik keek iedereen die mijn kant op keek kwaad aan. Door de jaren heen ben ik goed geworden in intimideren en ik was die avond in topvorm. Savannah zag dat ik boos was, maar telkens als ze vroeg wat er was, ontkende ik passief agressief dat er iets mis was.

'Ik ben gewoon moe,' zei ik in plaats daarvan.

Ze probeerde me op te beuren, dat moet ik haar nageven. Ze pakte soms mijn hand, glimlachte even naar me als ze dacht dat ik het zou zien en voorzag me voortdurend van frisdrank en chips. Na een tijdje werd ze mijn nukken echter zat en gaf ze het min of meer op. Niet dat ik haar dat kwalijk nam. Ik had mijn standpunt duidelijk gemaakt en dat ze haar geduld met mij verloor, gaf me het gevoel dat ik het haar betaald had gezet. We wisselden amper een woord op weg naar huis, en toen we naar bed gingen, gingen we helemaal bij de rand van het bed liggen. De volgende ochtend was mijn boosheid voorbij en wilde ik de draad weer oppakken. Zij helaas niet. Ik ging een krant kopen en bij thuiskomst bleek ze zonder ontbijt te zijn vertrokken en dus dronk ik in mijn eentje koffie.

Ik wist dat ik te ver was gegaan en wilde het goedmaken zodra ze thuiskwam. Ik wilde mijn zorgen uitspreken, wilde haar vertellen over het diner dat ik gepland had en ik wilde mijn verontschuldigingen aanbieden voor mijn gedrag. Ik ging ervan uit dat ze het zou snappen. We zouden het allemaal achter ons laten tijdens een romantisch diner in een restaurant. Dat was volgens mij precies wat we nodig hadden, want de volgende dag zouden we naar Wilmington gaan om het weekend bij mijn vader te logeren.

Geloof het of niet, ik wilde hem zien en ik dacht dat hij op zijn manier ook uitkeek naar mijn bezoek. In tegenstelling tot Savannah had mijn vader een vrijbrief wat verwachtingen betreft. Dat was wellicht niet eerlijk, maar Savannah speelde toen een andere rol in mijn leven.

Ik schudde mijn hoofd. Savannah. Altijd weer Savannah. Alles tijdens deze reis, alles in mijn leven, zo besefte ik, draaide uiteindelijk om haar.

Om één uur was ik klaar met sporten. Ik had opgeruimd, had de meeste van mijn spullen ingepakt en ik had het restaurant gebeld op opnieuw te reserveren. Ik kende Savannahs rooster inmiddels en ging ervan uit dat ze elk moment kon thuiskomen. Omdat ik niets anders te doen had, ging ik op de bank zitten en zette de tv aan. Spelprogramma's, soaps, lange reclameblokken en praatprogramma's die onderbroken werden door reclamespotjes voor letselschadeadvocaten. Het wachten duurde lang. Ik liep telkens naar de patio om te kijken of haar auto al op het parkeerterrein stond en controleerde mijn kleding drie of vier keer. Savannah was vast en zeker op weg naar huis, dacht ik, en ik ging de vaatwasser uitruimen. Een paar minuten later poetste ik voor de tweede maal mijn tanden en keek ik weer uit het raam. Nog steeds geen Savannah. Ik zette de radio aan, luisterde een paar nummers en veranderde een keer of zeven van zender, waarna ik de radio uitzette. Ik liep weer naar de patio. Niets. Het was inmiddels bijna twee uur. Ik vroeg me af waar ze was en voelde de restanten van mijn boosheid weer opkomen, maar die duwde ik weg. Ik hield mezelf voor dat er waarschijnlijk een legitieme verklaring voor was en herhaalde dat nog eens toen ik dat moeilijk te geloven vond. Ik pakte de nieuwste roman van Stephen King uit mijn tas, schonk een glas ijswater in en ging op de bank zitten. Toen ik merkte dat ik steeds weer dezelfde zin las, legde ik het boek weg.

Er verstreek een kwartier, een half uur. Tegen de tijd dat ik Savannahs auto de parkeerplaats op hoorde draaien, zat ik verbeten te knarsetanden. Om kwart over drie duwde ze de deur open. Ze glimlachte breeduit, alsof er niets aan de hand was.

'Hé, John,' riep ze. Ze liep naar de tafel en pakte haar rugzak uit. 'Sorry dat ik zo laat ben, maar na de les kwam er een studente naar me toe die vertelde dat ze mijn lessen heel fijn vond en dat ze door mij besloten had om op speciaal onderwijs af te studeren. Ongelooflijk toch? Ze wilde advies wat ze moest doen, welke vakken ze moest volgen, wat de beste docenten waren... Ze hing aan mijn lippen...' Savannah schudde haar hoofd. 'Het gaf... zo veel voldoening. Zoals ze alles van me aannam... Ik had echt het idee dat ik iets voor haar kon betekenen. Professoren vertellen wel eens over zulke ervaringen, maar ik had nooit gedacht dat het mij zou overkomen.'

Ik dwong mezelf te glimlachen, wat ze opvatte als aanmoediging om door te gaan.

'Maar goed, ze vroeg of ik tijd had om er wat uitvoeriger met haar over te praten en ook al zei ik dat ik maar een paar minuten had, van het een kwam het ander en uiteindelijk zijn we samen wezen lunchen. Ze is echt bijzonder. Ze is pas zeventien, heeft een jaar korter over de middelbare school gedaan. Ze heeft al een aantal toelatingsexamens gehaald, dus in feite is ze tweedejaars, en ze gaat naar de zomerschool, zodat ze haar voorsprong verder kan vergroten. Je kunt niet anders dan bewondering voor haar hebben.'

Ze wilde dat ik haar enthousiasme zou delen, maar ik kon het niet opbrengen.

'Klinkt goed,' zei ik in plaats daarvan.

Toen ik dat zei, leek Savannah me pas voor het eerst echt te zien en ik deed geen moeite mijn gevoelens te verbergen.

'Wat is er?' vroeg ze.

'Niets,' loog ik.

Met een zucht vol afkeer zette ze haar rugzak weg. 'Je wilt er niet over praten? Prima. Maar ik word het eerlijk gezegd behoorlijk zat.'

'Wat bedoel je daarmee?'

Ze draaide zich vliegensvlug naar me om. 'Dit! Zoals jij je gedraagt,' zei ze. 'Zo moeilijk ben je nu ook weer niet te peilen, John. Je bent boos, maar weigert te zeggen waarom.'

Ik aarzelde, voelde me in het nauw gedreven. Toen ik eindelijk iets zei, dwong ik mezelf om kalm te klinken. 'Oké,' zei ik. 'Ik had je uren geleden al thuis verwacht...'

Ze stak haar handen in de lucht. 'Gaat het daarover? Dat heb ik uitgelegd. Geloof het of niet, maar ik heb tegenwoordig verantwoordelijkheden. En als ik me niet vergis, heb ik zodra ik binnenkwam mijn excuses aangeboden voor het feit dat ik laat was.'

'Ja, maar...'

'Maar wat? Mijn excuses waren niet goed genoeg?'

'Dat heb ik niet gezegd.'

'Nou, wat dan?'

Toen ik niet uit mijn woorden kwam, zette ze haar handen in haar zij. 'Weet je wat ik denk? Dat je nog steeds boos bent over gisteravond. Maar, laat me raden, daar wil je zeker ook niet over praten?'

Ik sloot mijn ogen. 'Gisteravond heb je...'

'Ik?' viel ze me in de rede, en ze schudde haar hoofd. 'Nee, je gaat mij hier niet de schuld van geven! Ik heb niets verkeerd gedaan. Ik ben niet begonnen! Het had gisteravond gezellig kunnen zijn, en dat zou het ook geweest zijn als jij er niet bij had gezeten alsof je zin had om iemand neer te schieten.'

Ze overdreef, of toch niet? Hoe dan ook, ik zweeg.

Ze ging verder. 'Weet je dat ik vandaag excuses voor je heb moeten verzinnen? Hoe denk je dat dat voelde? Ik roep het hele jaar dat je geweldig bent, zeg tegen mijn vrienden dat je zo'n aardige jongen bent, dat je zo volwassen bent, dat ik trots ben op het werk dat je doet. En dan krijgen ze een kant van je te zien die ik niet eens ken. Je was gewoon... ongemanierd.'

'Is het ooit in je opgekomen dat ik misschien zo deed omdat ik daar niet wilde zijn?'

Daar was ze even stil van. Ze sloeg haar armen over elkaar. 'Wie weet is jouw gedrag van gisteravond wel de reden dat ik vandaag laat thuis was.'

Die opmerking overviel me. Dat was niet bij me opgekomen, maar daar ging het niet om.

'Het spijt me van gisteravond...'

'En terecht!' riep ze. Weer liet ze me niet uitpraten. 'Het zijn mijn vrienden!'

'Ik weet dat het je vrienden zijn!' beet ik haar toe, en ik hees mezelf omhoog van de bank. 'We zien ze al de hele week!'

'Wat wil je daarmee zeggen?'

'Wat ik al zei. Het zou kunnen dat ik alleen met je wilde zijn. Heb je daarbij stilgestaan?'

'Wil je alleen met me zijn?' vroeg ze. 'Nou, daar gedraag je je anders niet naar. Vanochtend waren we alleen. We waren alleen toen ik daarstraks binnenkwam. We waren alleen toen ik aardig probeerde te doen en dit achter ons wilde laten, maar jij was alleen maar uit op ruzie.'

'Ik wil geen ruzie!' zei ik. Ik deed mijn best om me in te houden, maar ik schreeuwde toch. Ik keek van haar weg, probeerde mijn boosheid te temperen, maar toen ik verder sprak, hoorde ik de onheilspellende ondertoon in mijn stem. 'Ik wil gewoon dat het is zoals eerst. Zoals vorige zomer.'

'Hoe was het dan vorige zomer?'

O, wat vond ik dit vreselijk. Ik wilde niet tegen haar zeggen dat ik het gevoel had dat ik niet meer belangrijk voor haar was. Dat is net zoiets als iemand vragen om van je te houden, en dat werkt niet. In plaats daarvan draaide ik eromheen.

'Ik heb het idee dat we vorige zomer vaker samen waren.'

'Nee, dat is niet zo,' antwoordde ze. 'Ik werkte de hele dag aan huizen, weet je nog?'

Ze had uiteraard gelijk. Deels althans. Ik probeerde het nog eens. 'Je hoort mij niet zeggen dat het zo is, maar vorig jaar leken we meer tijd te hebben om te praten.'

'Is dat het probleem? Dat ik het druk heb? Dat ik een eigen leven heb? Wat wil je dan dat ik doe? Dat ik de hele week niet naar college ga? Dat ik me ziek meld als ik les moet geven? Dat ik mijn huiswerk niet maak?'

'Nee...'

'Wat wil je dan?'

'Dat weet ik niet.'

'Maar je vindt het wel nodig om me in het bijzijn van mijn vrienden te vernederen?'

'Ik heb je niet vernederd,' protesteerde ik.

'O nee? Waarom nam Tricia me vandaag dan apart? Waarom vond ze het nodig om tegen me te zeggen dat we niets gemeen hebben en dat ik wel beter kan krijgen?'

Dat stak, maar ik weet niet of ze doorhad hoe het overkwam. Boosheid maakt dat soms onmogelijk, zoals ik maar al te goed wist.

'Ik wilde gisteravond gewoon met jou alleen zijn. Dat is het enige wat ik probeer te zeggen.'

Mijn woorden hadden geen effect op haar.

'Waarom zei je dat dan niet?' vroeg ze. 'Had dan iets gezegd als: "Kunnen we iets anders gaan doen? Ik heb geen zin in al die andere mensen." Meer had je niet hoeven zeggen. Ik kan geen gedachten lezen, John.'

Ik deed mijn mond open om te antwoorden, maar zei niets. In plaats daarvan draaide ik me om en ik liep naar de andere kant van de kamer. Ik keek door het raam van de patiodeur, niet zozeer boos over wat ze had gezegd, maar... verdrietig. Ik had het idee dat ik haar kwijtraakte, en ik wist niet of dat kwam doordat ik van een mug een olifant had gemaakt of doordat ik maar al te goed wist wat er werkelijk tussen ons speelde.

Ik wilde er niet meer over praten. Ik was nooit een prater geweest en wat ik eigenlijk wilde was dat ze naar me toe zou komen, haar armen om me heen zou slaan, zou zeggen dat ze het snapte en dat ik me nergens zorgen over hoefde te maken.

Maar dat gebeurde allemaal niet. In plaats daarvan stond ik tegen het raam te praten en ik voelde me vreemd alleen. 'Je hebt gelijk,' zei ik. 'Ik had het tegen je moeten zeggen. Dat spijt me. En het spijt me hoe ik me gisteravond heb gedragen en het spijt me dat ik boos was omdat je laat was. Het punt is dat ik zo vaak mogelijk bij je wilde zijn tijdens mijn verlof.'

'Je zegt het alsof je denkt dat ik dat niet ook wil.'

Ik draaide me om. 'Eerlijk gezegd betwijfel ik dat,' zei ik.

Daarna liep ik naar de deur.

Ik bleef weg tot het donker werd.

Ik wist niet waar ik naartoe moest of waarom ik was weggegaan, behalve dan dat ik er behoefte aan had om alleen te zijn. In het verzengende zonlicht liep ik naar de campus en ik ging van de schaduw van de ene boom naar die van de andere zonder te kijken of ze me volgde. Ik wist dat ze dat niet zou doen.

Na een tijdje stopte ik bij het studiecentrum en kocht een flesje ijswater. Hoewel het daar niet druk en heerlijk koel was, bleef ik er niet. Ik moest de boosheid, het verdriet en de teleurstelling die ik maar niet van me af kon zetten eruit zweten.

Eén ding stond vast: toen Savannah thuiskwam, was ze op ruzie uit. Haar antwoorden waren te snel gekomen en ik besefte dat ze haar tekst geoefend had, dat ze dit niet in een opwelling had gezegd. Het was alsof haar boosheid al een groot deel van de dag had gesmeuld. Ze had precies geweten hoe ik zou reageren en hoewel ze terecht boos was over mijn gedrag van de avond daarvoor, knaagde het bijna de hele middag aan me dat ze voorbijging aan haar eigen aandeel daarin en aan mijn gevoelens.

Toen de zon onderging, werden de schaduwen langer, maar ik was er nog niet klaar voor om terug te gaan. Ik kocht wat stukken pizza en een blikje bier bij zo'n winkeltje dat het van studenten moet hebben. Toen ik alles ophad, liep ik nog wat rond en uiteindelijk ging ik terug naar haar appartement. Het was inmiddels bijna negen uur en doordat ik in een emotionele achtbaan had gezeten, was ik uitgeput. Toen ik de straat in liep, zag ik Savannahs auto nog op dezelfde plek staan. Er brandde licht in de slaapkamer. In de rest van het appartement was het donker.

Ik vroeg me af of de deur op slot zou zijn, maar de deurknop gaf mee toen ik die open probeerde te draaien. De slaapkamerdeur stond op een kier, zodat er licht in de gang viel, en ik dubde of ik naar haar toe zou gaan of in de woonkamer zou blijven. Ik had geen zin in haar boosheid, maar ik haalde diep adem en liep de korte gang door. Ik stak mijn hoofd om de deur. Ze zat op het bed in een ruimvallend T-shirt dat tot halverwege haar dij kwam. Ze keek op van een tijdschrift en ik schonk haar een aarzelende glimlach.

'Hoi,' zei ik.

'Hoi.'

Ik liep door de kamer en ging op de rand van het bed zitten.

'Sorry,' zei ik. 'Voor alles. Je had gelijk. Ik deed lullig gisteravond en ik had je niet voor schut moeten zetten tegenover je vrienden. En ik had niet zo kwaad moeten worden toen je laat was. Het zal niet meer gebeuren.'

Tot mijn verbazing klopte ze op het matras. 'Kom hier,' fluisterde ze.

Ik schoof een eindje op, leunde tegen de ombouw van het bed en sloeg een arm om haar heen. Ze hing tegen me aan en ik voelde haar borst gestaag op en neer gaan.

'Ik wil geen ruzie meer,' zei ze.

'Ik ook niet.'

Toen ik haar arm streelde, slaakte ze een zucht. 'Waar ben je geweest?'

'Overal en nergens,' zei ik. 'Ik heb wat rondgelopen over de campus, heb een paar stukken pizza gegeten en ik heb veel nagedacht.'

'Over mij?'

'Over jou. Over mij. Over ons.'

Ze knikte. 'Ik ook,' zei ze. 'Ben je nog boos?'

'Nee,' zei ik. 'Eerst wel, maar daar ben ik nu te moe voor.'

'Ik ook,' zei ze weer. Ze bracht haar gezicht omhoog en keek me aan. 'Ik wil je vertellen wat ik heb zitten denken toen je weg was. Mag dat?'

'Natuurlijk,' zei ik.

'Ik realiseerde me dat ik degene ben die zich moet verontschuldigen, omdat ik zo veel tijd bij mijn vrienden zit, bedoel ik. Waarschijnlijk werd ik daarom zo boos. Ik wist wat je probeerde te zeggen, maar ik wilde het niet horen omdat ik wist dat je, voor een deel althans, gelijk had. Maar je redenering was fout.'

Ik keek haar niet-begrijpend aan.

Ze ging verder: 'Jij denkt dat je zo veel tijd bij mijn vrienden moest zijn omdat je niet meer zo belangrijk voor me bent als eerst. Zo is het toch?' Ze wachtte niet op een antwoord. 'Maar dat is niet de reden. Eerder het tegenovergestelde. Ik deed het omdat je heel belangrijk voor me bent. Het was niet omdat ik wilde dat je mijn vrienden zou leren kennen of dat ik wilde dat ze jou leerden kennen, het was vanwege mij.'

Ze zweeg even uit onzekerheid.

'Ik snap niet wat je bedoelt.'

'Weet je nog dat ik tegen je zei dat ik kracht put uit bij jou zijn?'

Toen ik knikte, liet ze haar vingers over mijn borst glijden. 'Dat meende ik. Vorige zomer betekende zo veel voor me. Meer dan jij je ooit kunt voorstellen, en na je vertrek was ik een wrak. Vraag het maar aan Tim. Ik heb amper nog iets aan de huizen gedaan. Ja, ik heb je brieven gestuurd waarin het leek of alles goed ging, maar dat was niet zo. Ik huilde elke nacht en overdag zat ik bij het huis en fantaseerde en hoopte dat je over het strand aan zou komen lopen. Telkens als ik iemand met een crew cut zag, ging mijn hart sneller slaan, ook al wist ik dat jij het niet kon zijn. Maar dat was nou net het hele punt. Ik wilde dat jij het was. Telkens weer. Ik weet dat je belangrijk werk doet, en ik snap dat je overzee gestationeerd bent, maar ik had niet goed door hoe zwaar het zou zijn als je er niet was. Ik ging er bijna aan onderdoor en het heeft lang geduurd voor ik me weer normaal voelde. En ook al wilde ik je nog zo graag zien en hou ik ontzettend veel van je, tijdens dit verlof is iets in mij bang dat ik opnieuw zal instorten als onze tijd samen straks voorbij is. Ik word twee kanten op getrokken en als reactie daarop doe ik er alles aan om te voorkomen dat ik hetzelfde als vorig jaar moet doormaken. En dus heb ik mijn best gedaan om ons bezig te houden. Snap je? Om te voorkomen dat mijn hart opnieuw gebroken wordt.'

Het voelde alsof mijn keel werd dichtgeknepen, maar ik zei niets. Na een tijdje ging ze verder.

'Vandaag besefte ik dat ik jou daarmee pijn doe. Dat is niet eerlijk ten opzichte van jou, maar ik probeer ook eerlijk tegenover mezelf te zijn. Over een week ben je weer weg en moet ik maar zien hoe ik functioneer. Sommige mensen kunnen dat. Jij bijvoorbeeld, maar ik...'

Ze keek naar haar handen en lange tijd was het stil.

'Ik weet niet wat ik moet zeggen,' bekende ik uiteindelijk.

Ze moest onwillekeurig lachen. 'Ik verwacht geen oplossing van je,' zei ze, 'want ik denk dat die er niet is. Ik wil je geen pijn doen. Ik hoop alleen dat ik deze zomer een manier vind om sterker te zijn.'

'We kunnen altijd samen gaan sporten,' zei ik min of meer voor de grap, en ik was blij toen ik haar hoorde lachen.

'Ja, dat helpt vast. Tien keer optrekken en ik kan er weer tegen, niet dan? Was het maar zo gemakkelijk. Maar ik red het wel. Het zal niet gemakkelijk zijn, maar ditmaal duurt het in elk geval geen heel jaar voor ik je weer zie. Dat heb ik mezelf vandaag steeds voorgehouden. Dat je voor kerst voorgoed thuis zult zijn. Nog een paar maanden en dan is dit allemaal voorbij.'

Ik hield haar vast en voelde de warmte van haar lichaam tegen me aan. Ik voelde haar vingers door de dunne stof van mijn T-shirt heen en merkte hoe ze er zachtjes aan trok, zodat ik een blote buik kreeg. Het was alsof er elektriciteit door me heen ging. Ik genoot van haar aanraking en boog me naar haar toe om haar te kussen.

Er lag een ander soort hartstocht in haar kus, met meer dynamiek en levendigheid. Ik voelde haar tong tegen de mijne en was me bewust van hoe haar lichaam reageerde, en ik hapte naar adem toen haar vingers naar de knoop van mijn spijkerbroek gleden. Toen ik mijn handen liet zakken, kreeg ik door dat ze niets onder haar T-shirt droeg. Ze maakte de knoop los en ik wilde niets liever dan dat ze door zou gaan, maar ik dwong mezelf me los te maken, op te houden voordat dit te ver ging, om te voorkomen dat er iets zou gebeuren waarvan ik betwijfelde of ze er al klaar voor was.

Ik bemerkte mijn eigen aarzeling, maar voordat ik daarbij kon stilstaan, ging ze opeens rechtop zitten en trok haar T-shirt uit. Mijn ademhaling versnelde terwijl ik naar haar keek. Opeens boog ze zich naar voren en ze schoof mijn T-shirt omhoog. Ze kuste mijn navel en mijn ribben, daarna mijn borst en ik voelde haar handen aan mijn spijkerbroek trekken.

Ik stond op van het bed en trok mijn T-shirt uit. Daarna liet ik mijn spijkerbroek op de grond vallen. Ik kuste haar hals en schouders, en voelde de warmte van haar adem in mijn oor. Toen ik haar huid tegen de mijne voelde, was het of we in brand stonden en we begonnen te vrijen.

Het was precies zoals in mijn dromen. Na afloop sloeg ik mijn armen om Savannah heen en ik probeerde al die gevoelens in mijn geheugen te prenten. In het donker fluisterde ik hoeveel ik van haar hield.

We vrijden nog een keer en toen Savannah eindelijk in slaap viel, betrapte ik mezelf erop dat ik naar haar lag te kijken. Alles aan haar straalde vreedzaamheid uit en om een of andere reden kon ik niet ontsnappen aan een knagend gevoel van onrust. Al was het nog zo teder en opwindend geweest, ik vroeg me toch af of er een vleugje van wanhoop in onze handelingen had gezeten, alsof we ons beiden vastklampten aan de hoop dat dit voldoende zou zijn om onze relatie in stand te houden, wat de toekomst ook zou brengen.

14

Mijn resterende verloftijd verliep zoals ik oorspronkelijk had gehoopt. Afgezien van het weekend bij mijn vader – waarin hij voor ons kookte en eindeloos over munten sprak – waren we zo veel mogelijk alleen met z'n tweeën. Terug in Chapel Hill brachten we, als Savannah klaar was met haar colleges voor die dag, de middagen en avonden samen door. We liepen door de winkels in Franklin Street, bezochten het North Carolina Museum of History in Raleigh en liepen zelfs een paar uur door de North Carolina Zoo. Op mijn een-na-laatste avond in de stad gingen we uit eten in het chique restaurant dat de schoenverkoper me had aanbevolen. Ik mocht niet kijken terwijl ze zich klaarmaakte, maar toen ze eindelijk uit de badkamer kwam, zag ze er werkelijk beeldschoon uit. Ik keek naar haar tussen de happen door en bedacht wat een geluksvogel ik was dat ik een relatie met haar had.

We vrijden niet meer. Toen ik na onze nacht samen de volgende ochtend wakker werd, lag Savannah naar me te kijken terwijl er tranen over haar wangen rolden. Voor ik kon vragen wat er was, legde ze een vinger tegen mijn lippen en schudde haar hoofd om aan te geven dat ik niets moest zeggen.

'Vannacht was geweldig,' zei ze, 'maar ik wil er niet over praten.' In plaats daarvan wikkelde ze zich om me heen en ik hield haar lange tijd vast en luisterde naar het geluid van haar ademhaling. Op dat moment wist ik dat er iets tussen ons was veranderd, maar ik had toen niet de moed om uit te zoeken wat dat was.

De ochtend van mijn vertrek bracht Savannah me naar de luchthaven. We zaten samen bij de gate te wachten tot mijn vlucht werd omgeroepen en haar duim draaide rondjes op de rug van mijn hand. Toen het tijd was om aan boord te gaan, stortte ze zich in mijn armen en begon te huilen. Bij het zien van mijn gelaatsuitdrukking dwong ze zichzelf om te lachen, maar ik hoorde het verdriet erin door.

'Ik had beloofd dat ik niet zou huilen,' zei ze, 'maar ik kan er niets aan doen.'

'Het komt goed,' zei ik. 'Het is maar voor een half jaar. Je hebt zo'n druk leven. Je zult zien hoe snel dat gaat.'

'Jij hebt gemakkelijk praten,' zei ze snotterend. 'Maar je hebt gelijk. Ditmaal zal ik sterker zijn. Ik red het wel.'

Ik keek aandachtig naar haar gezicht of ik sporen van ontkenning zag, maar die waren er niet.

'Heus,' zei ze, 'ik red het wel.'

Ik knikte en even keken we elkaar alleen maar aan.

'Zul je eraan denken om naar de vollemaan te kijken?' vroeg ze.

'Alle keren,' beloofde ik.

We gaven elkaar een laatste kus. Ik hield haar stevig vast en fluisterde dat ik van haar hield. Daarna dwong ik mezelf haar los te laten. Ik slingerde mijn uitrusting over mijn schouder en ging de vliegtuigtrap op. Toen ik over mijn schouder gluurde, bleek Savannah al weg te zijn, opgeslokt in de menigte.

In het vliegtuig leunde ik achterover in de stoel en ik hoopte maar dat Savannah de waarheid had gesproken. Hoewel ik wist dat ze van me hield en om me gaf, snapte ik opeens dat zelfs liefde en veel om elkaar geven niet altijd genoeg waren. Dat waren de bouwstenen van onze relatie, maar het was een instabiel bouwwerk zonder de mortel van tijd samen doorbrengen, zonder de dreiging van een naderende scheiding. En al weigerde ik het te erkennen, er waren ook veel dingen die ik niet van haar wist. Ik had niet meegekregen hoe erg mijn vertrek er vorig jaar bij haar had in gehakt en hoewel ik er uren over gepiekerd had, wist ik niet wat voor effect mijn vertrek ditmaal op haar zou hebben. De angst sloeg me om het hart, want onze relatie voelde steeds meer als een draaiende tol. Als we bij elkaar waren, konden we de tol laten draaien, met schoonheid, magie en een bijna kinderlijke verwondering als resultaat. Als we niet bij elkaar waren, ging het draaien onherroepelijk trager. Onze relatie werd instabiel en ik wist dat ik iets moest bedenken om te voorkomen dat we zouden omvallen.

Het jaar ervoor had ik mijn lesje geleerd. In juli en augustus schreef ik niet alleen meer brieven vanuit Duitsland, ik belde Savannah ook vaker. Ik luisterde aandachtig tijdens die telefoongesprekken, zocht naar tekenen van neerslachtigheid en spitste mijn oren of er woorden waren die op genegenheid of verlangen duidden. Aanvankelijk was ik zenuwachtig voor ik ging bellen. Tegen het eind van de zomer keek ik ernaar uit. Haar colleges gingen goed. Ze ging een paar weken naar haar ouders en toen begon het herfstsemester. In de eerste week van september begonnen we de dagen af te tellen tot ik met groot verlof ging. Het waren er honderd. Het was gemakkelijker om in dagen dan in weken of maanden te rekenen. Op een of andere manier verkleinde dit de afstand tussen ons, waardoor het iets werd wat we aankonden. We hadden het zwaarste achter de rug, zeiden we tegen elkaar, en naarmate ik dagen afstreepte op de kalender, namen de zorgen af die ik over onze relatie had gehad. Ik was ervan overtuigd dat niets ter wereld ons nog uit elkaar kon houden.

Toen werd het 11 september.

15

Dit weet ik zeker: de beelden van 11 september zullen me altijd bijblijven. Ik heb de rook uit de Twin Towers en het Pentagon zien golven en ik heb de sombere gezichten van de mannen om me heen gezien toen ze mensen naar hun dood zagen springen. Ik zag het gebouw instorten, waarna er een enorme wolk stof en puin voor in de plaats kwam. Ik voelde de woede toen het Witte Huis werd ontruimd.

Binnen een paar uur wist ik dat de Verenigde Staten op de aanval zouden reageren en dat het leger daarbij het voortouw zou nemen. Op de basis gold nu de hoogste staat van paraatheid en ik betwijfelde of ik ooit trotser op mijn mannen was geweest. In de dagen daarna was het of alle persoonlijke verschillen en politieke voorkeuren wegvielen. Even waren we alleen Amerikanen.

Overal in het land meldden mannen zich aan bij rekruteringskantoren omdat ze in het leger wilden. Bij degenen die al in dienst waren, was het verlangen om het land te dienen sterker dan ooit. Tony was de eerste uit mijn sectie die twee jaar bijtekende en een voor een volgden de anderen zijn voorbeeld. Zelfs ik, die in december eervol ontslag zou krijgen en de dagen aftelde tot ik weer bij Savannah kon zijn, raakte met het virus besmet en tekende bij.

Het zou gemakkelijk zijn om te zeggen dat ik beïnvloed werd door wat er om me heen gebeurde en dat dat de reden was dat ik tot dat besluit kwam. Maar dat is slechts een smoes. Ja, ik ging op in diezelfde patriottische golf, maar meer dan dat voelde ik vriendschap en verantwoordelijkheidsgevoel aan me trekken. Ik kende mijn mannen, gaf om ze, en het leek me ontzettend laf om ze in de huidige situatie in de steek te laten. We hadden samen te veel meegemaakt om zelfs maar te overwegen uit het leger te gaan in die laatste dagen van 2001.

Ik belde Savannah om het haar te vertellen. Aanvankelijk steunde ze me. Net als iedereen vond ze het afgrijselijk wat er was gebeurd en ze snapte dat mijn plichtsgevoel op me drukte, al voordat ik haar dat probeerde uit te leggen. Ze zei dat ze trots op me was.

Maar algauw drong de werkelijkheid door. Door ervoor te kiezen mijn land te dienen, had ik een offer gebracht. Hoewel het onderzoek naar de daders vlug was afgerond, kende 2001 een saai einde voor ons. Onze infanteriedivisie speelde geen rol bij het omverwerpen van de talibanregering in Afghanistan, een teleurstelling voor iedereen in mijn sectie. In plaats daarvan waren we het grootste deel van de winter en het voorjaar aan het oefenen en ons aan het voorbereiden op, dat wist iedereen, de toekomstige invasie van Irak.

Rond die tijd veranderden Savannahs brieven. Eerst kwamen ze wekelijks, nu om de tien dagen en toen de dagen gingen lengen, kwamen ze nog maar om de andere week. Ik probeerde mezelf te troosten met het feit dat de toon van de brieven niet was veranderd, maar ook dat gebeurde na verloop van tijd. Geen lange alinea's meer waarin ze beschreef hoe ze ons leven samen voor zich zag, stukken die ik altijd vol verwachting had gelezen. We wisten beiden dat die droom twee jaar was opgeschoven. Schrijven over een toekomst die zo ver in het verschiet lag, herinnerde haar eraan hoe lang we nog te gaan hadden, en dat was voor ons beiden pijnlijk om bij stil te staan.

Toen het mei werd, troostte ik mezelf met de gedachte dat

we elkaar in elk geval tijdens mijn volgende verlof zouden zien. Een paar dagen voordat ik naar huis zou gaan, gooide het lot echter opnieuw roet in het eten. Mijn commandant wilde me spreken en toen ik me in zijn kantoor meldde, zei hij dat ik moest gaan zitten. Mijn vader had een ernstige hartaanval gehad, vertelde hij me. Hij had al buitengewoon verlof voor me aangevraagd en dat was toegekend. In plaats van naar Chapel Hill te gaan voor twee heerlijke weken met Savannah, ging ik naar Wilmington om aan mijn vaders bed te zitten en de antiseptische geur op te snuiven die me altijd eerder aan de dood dan aan genezing deed denken. Toen ik aankwam, lag mijn vader op de intensive care. Daar lag hij het grootste deel van mijn verlof. Zijn huid zag grauw en zijn ademhaling ging snel en was zwak. De eerste week was hij nu eens bij bewustzijn en dan weer niet, maar als hij wakker was, zag ik emoties bij hem die ik zelden had gezien en nooit in die combinatie: radeloze angst, kortstondige verwarring en hartverscheurende dankbaarheid dat ik er was. Herhaaldelijk pakte ik zijn hand, ook dat was nieuw. Omdat er een buisje in zijn keel was aangebracht, kon hij niet praten en dus deed ik dat voor ons. Ik vertelde in het kort hoe het op de basis was, maar ik had het vooral over munten. Ik las hem de *Greysheet* voor en toen ik die uit had, ging ik naar zijn huis om oude exemplaren op te halen die hij in zijn lade bewaarde, en die las ik hem ook voor. Op internet zocht ik naar munten – ik bezocht websites als David Hall Rare Coins en Legend Numismatics – en ik vertelde hem wat er werd aangeboden en wat de recentste prijzen waren. Van die prijzen stond ik echt te kijken en ik vermoedde dat mijn vaders verzameling, hoewel munten minder waard waren geworden sinds de goudprijs was gedaald, waarschijnlijk tien keer zo veel waard was als het huis dat hij al jaren bezat. Mijn vader, die niet in staat was zelfs maar een eenvoudig gesprek te voeren, was rijker dan iedereen die ik kende.

Mijn vader was niet geïnteresseerd in de waarde. Zijn blik dwaalde af als ik over prijzen begon, en algauw wist ik weer wat ik gek genoeg was vergeten: dat hij het zoeken naar munten veel interessanter vond dan de munten op zich, en dat in zijn beleving elke munt voor een verhaal stond dat goed afliep. Met dat in mijn achterhoofd pijnigde ik mijn hersens om me te herinneren welke munten we samen hadden gevonden. Omdat mijn vader alles had opgeschreven, las ik zijn aantekeningen door voordat ik ging slapen, en geleidelijk kwamen die herinneringen terug. De dag erna vertelde ik hem dan over onze uitstapjes naar Raleigh of Charlotte of Savannah. Hoewel zelfs de artsen niet konden zeggen of hij het zou halen, glimlachte mijn vader in die weken vaker dan ooit. De dag voordat ik terug moest, werd hij uit het ziekenhuis ontslagen. Het ziekenhuis regelde dat er iemand bij hem zou komen kijken terwijl hij verder thuis herstelde.

Terwijl mijn aanwezigheid in het ziekenhuis de band met mijn vader versterkte, gold dat niet voor mijn relatie met Savannah. Begrijp me goed, ze was zo vaak mogelijk bij me, ze steunde me en leefde mee, maar doordat ik zo veel uur in het ziekenhuis zat, konden de scheurtjes die in onze relatie waren ontstaan niet genezen. Eerlijk gezegd wist ik niet wat ik van haar verlangde: als ze er was wilde ik met mijn vader alleen zijn, als ze er niet was wilde ik dat ze bij me was. Op een of andere manier wist Savannah door dit mijnenveld te laveren zonder te reageren op de stress die ik haar kant op zond. Ze leek mijn gedachten te kunnen lezen en anticipeerde zelfs beter op mijn wensen dan ik.

Maar wat we nodig hadden was tijd samen. Tijd voor ons twee. Als onze relatie een accu was, dan liep die continu leeg als ik overzee was en we hadden tijd nodig om weer op te laden. Op een keer, toen ik bij mijn vader zat en naar de gestage piepjes van de hartmonitor luisterde, drong het tot me door dat Savannah en ik slechts vier van de afgelopen honderdvier weken bij elkaar waren geweest. Nog geen vijf procent. Hoewel we elkaar schreven en belden, betrapte ik mezelf er soms op dat ik me afvroeg hoe we het al zo lang volhielden.

Af en toe gingen we wandelen en we gingen twee keer uit eten. Maar doordat Savannah lesgaf en zelf ook colleges volgde, kon ze niet blijven. Ik probeerde haar dat niet kwalijk te nemen, en die ene keer dat ik haar dat wel verweet, kregen we ruzie. Dat vond ik vervelend, en zij ook, maar we konden beiden niet ophouden. En hoewel ze niets zei, het zelfs ontkende toen ik erover begon, wist ik dat het onderliggende probleem was dat ik voorgoed thuis had moeten zijn en dat niet was. Dat was de eerste en enige keer dat Savannah tegen me gelogen heeft.

We probeerden de ruzie te vergeten en namen huilend afscheid, hoewel het minder heftig was dan de keer daarvoor. Als dat kwam doordat we eraan gewend raakten of doordat we volwassener waren geworden, had ik dat nog niet zo erg gevonden, maar toen ik in het vliegtuig zat, wist ik dat er iets tussen ons was veranderd wat niet meer terug te draaien viel. Er waren minder tranen geweest omdat de intensiteit van onze gevoelens was afgenomen.

Dat besef was pijnlijk en de volgende keer dat het vollemaan was, liep ik naar het verlaten voetbalveld. Zoals beloofd dacht ik aan de dagen met Savannah tijdens mijn eerste verlof. Ik dacht ook aan mijn tweede verlof, maar gek genoeg wilde ik niet aan mijn derde verlof denken, want ook toen al wist ik waar dat een voorteken van was.

Naarmate de zomer verstreek, ging het steeds beter met mijn vader, al ging zijn herstel langzaam. Hij schreef dat hij drie keer per dag een rondje door de buurt liep, waarbij elke wandeling precies twintig minuten duurde, maar zelfs dat viel hem zwaar. Het positieve was dat hij daardoor iets had wat zijn dagen structuur gaf nu hij met pensioen was, afgezien van zijn munten dan. Ik stuurde hem nog vaker brieven en maakte er een gewoonte van om hem op dinsdag en vrijdag exact om één uur zijn tijd te bellen om te controleren of het goed met hem ging. Ik luisterde of ik iets van vermoeidheid in zijn stem hoorde en herinnerde hem er telkens aan dat hij goed moest eten, voldoende moest slapen en zijn medicijnen moest innemen. Het praten kwam vooral op mij neer. Mijn vader vond telefoongesprekken nog lastiger dan met iemand praten die bij hem was en hij klonk altijd alsof hij het liefst zo vlug mogelijk zou ophangen. Na een tijdje plaagde ik hem daar soms mee, al weet ik niet of hij doorhad dat ik hem in de maling nam. Dat vond ik amusant en ik lachte soms. Hij lachte niet, maar sloeg dan direct een luchtigere toon aan, al was dat maar tijdelijk, waarna hij er weer het zwijgen toe deed. Dat gaf niet. Ik wist dat hij uitkeek naar de telefoongesprekken. Hij nam altijd op nadat de telefoon pas één keer was overgegaan en ik zag voor me hoe hij naar de klok keek in afwachting van het telefoontje.

Augustus ging over in september en daarna werd het oktober. Savannah voltooide haar postdoctorale onderzoek, ging weer bij haar ouders wonen en ging een baan zoeken. In de kranten las ik dat de Verenigde Naties en landen in Europa een manier zochten om een oorlog met Irak te voorkomen. De spanning liep hoog op in de hoofdsteden van onze NAVO-bondgenoten. Op het nieuws was te zien dat burgers demonstreerden en in krachtige verklaringen lieten hun leiders weten dat de Verenigde Staten een vreselijke fout zouden maken als ze zouden doorzetten. Onze leiders probeerden hen op andere gedachten te brengen. Iedereen in mijn sectie ging gewoon door met waar we mee bezig waren: met onwrikbare vastberadenheid oefenen voor het onvermijdelijke. In november ging mijn sectie weer naar Kosovo. Daar bleven we niet lang, maar het was meer dan genoeg. Ik was de Balkan inmiddels goed zat en dat gold ook voor vredesmissies. Belangrijker nog, iedereen in het leger wist dat er een oorlog in het Midden-Oosten aan zat te komen, of Europa dat nu wilde of niet.

In die tijd stuurde Savannah me nog steeds met enige regelmaat brieven en ik belde haar ook zo nu en dan. Meestal belde ik haar voor zonsopgang, zoals ik altijd had gedaan – het was bij haar dan middernacht – en hoewel ik haar in het verleden altijd had kunnen bereiken, nam ze herhaaldelijk niet op. Ik hield mezelf voor dat ze bij vrienden of bij haar ouders was, maar ik moest ervoor waken dat mijn gedachten niet met me op de loop gingen. Als ik dan had opgehangen, stelde ik me soms voor dat ze een andere man had ontmoet en verliefd op hem was geworden. Soms belde ik in datzelfde uur nog twee of drie keer en werd ik steeds kwader dat er niet werd opgenomen.

Als ze dan eindelijk opnam, had ik kunnen vragen waar ze was geweest, maar dat heb ik nooit gedaan. Ook vertelde ze dat niet altijd uit zichzelf. Ik weet dat ik het had moeten vragen, zeker omdat het me niet lukte de vraag uit mijn hoofd te zetten, ook al deed ik nog zo mijn best om me op het gesprek te concentreren. Vaak was ik nerveus aan de telefoon en ook in haar antwoorden klonk spanning door. Maar al te vaak waren onze gesprekken geen opgewekte uitwisseling van genegenheid, maar een primitieve uitwisseling van informatie. Na afloop had ik altijd een hekel aan mezelf om mijn jaloezie. De dagen daarna keurde ik mijn gedrag af en nam ik me voor dat het niet meer zou gebeuren.

Soms reageerde Savannah echter precies zoals ik me haar herinnerde en dan wist ik dat ze nog veel van me hield. Ik hield nog evenveel van haar als eerst en verlangde naar de tijd dat het allemaal eenvoudiger was. Uiteraard wist ik wat er speelde. Terwijl we uit elkaar groeiden, klampte ik me nog meer vast aan wat we ooit hadden gedeeld. Het was een vicieuze cirkel, want door mijn wanhoop werd de kloof steeds groter.

We kregen soms ruzie. Net zoals bij die ruzie in haar appartement tijdens mijn tweede verlof, vond ik het moeilijk om mijn gevoelens onder woorden te brengen en wat ze ook zei, ik kon de gedachte niet uit mijn hoofd bannen dat ze me provoceerde en niet eens moeite deed om mijn bezorgdheid weg te nemen. Ik vond deze gesprekken nog vervelender dan mijn jaloezie, ook al wist ik dat er een verband tussen die twee was.

Ondanks onze problemen heb ik er nooit aan getwijfeld dat we het zouden redden. Het liefst wilde ik mijn leven met Savannah delen. In december begon ik haar vaker te bellen en ik deed mijn best om mijn jaloezie in toom te houden. Ik dwong mezelf om vrolijk te zijn aan de telefoon, in de hoop dat ze dan meer naar mijn telefoontjes zou uitkijken. Ik dacht dat het beter ging, en oppervlakkig gezien was dat ook zo, maar vier dagen voor kerst herinnerde ik haar eraan dat ik binnen een jaar voorgoed thuis zou zijn. Ik had een enthousiaste reactie verwacht, maar in plaats daarvan werd het stil. Ik hoorde alleen haar ademhaling.

'Heb je gehoord wat ik zei?' vroeg ik.

'Ja,' zei ze zacht, 'maar dat heb ik vaker gehoord.'

Dat was zo, dat wisten we allebei, maar ik sliep er bijna een hele week slecht van.

Op nieuwjaarsdag was het vollemaan en hoewel ik naar buiten ging om naar de maan te kijken en terug te denken aan de week dat we verliefd werden, waren de beelden onscherp, alsof een overweldigende droefheid in mijn binnenste ze vervaagde. Toen ik terugliep, stonden er tientallen mannen in groepjes bij elkaar of tegen gebouwen geleund te roken, alsof ze zich nergens druk over maakten. Ik vroeg me af wat ze dachten toen ze me langs zagen lopen. Voelden ze aan dat ik alles verloor wat belangrijk voor me was? Of dat ik opnieuw wenste dat ik het verleden kon veranderen?

Ik weet het niet en ze stelden geen vragen. De wereld veranderde in rap tempo. De bevelen waarop we hadden gewacht, werden de volgende ochtend gegeven. Een paar dagen later was mijn sectie in Turkije en begonnen we ons voor te bereiden om Irak vanuit het noorden binnen te vallen. We werden bijeengeroepen en kregen onze opdrachten te horen, bestudeerden de topografie en bespraken strijdplannen. Er was weinig vrije tijd, maar als we buiten het kamp kwamen, was het lastig om de vijandige blikken van de bevolking te negeren. We hoorden geruchten dat Turkije van plan was onze troepen de toegang voor de invasie te ontzeggen en dat er besprekingen gevoerd zouden worden om ervoor te zorgen dat we er wel doorheen mochten. We hadden al lang geleerd dat we die geruchten met een korrel zout moesten nemen, maar ditmaal klopten ze, en mijn sectie en andere secties werden naar Koeweit gestuurd om helemaal opnieuw te beginnen.

We landden halverwege de middag onder een wolkeloze lucht en werden aan alle kanten door zand omringd. We stapten vrijwel direct in een bus, reden urenlang en kwamen in wat beslist het grootste tentenkamp was dat ik ooit had gezien. Het leger deed zijn best om het comfortabel te maken. Het eten was goed en in de winkel op de basis kon je werkelijk van alles krijgen, maar het was saai. De postbezorging was gebrekkig – ik kreeg geen enkele brief – en er stonden altijd enorme rijen bij de telefoons. Tussen oefeningen door zaten mijn mannen en ik bij elkaar en probeerden te raden wanneer de invasie zou beginnen of we oefenden om zo snel mogelijk onze gaspakken aan te trekken. Het plan was dat mijn sectie zich bij andere eenheden uit andere divisies zou aansluiten voor een grootscheepse aanval op Bagdad. Tegen de tijd dat het februari werd, en we voor ons gevoel al tig jaar in de woestijn zaten, waren mijn sectie en ik er helemaal klaar voor.

Veel soldaten waren al sinds half november in Koeweit en de geruchtenmolen draaide op volle toeren. Niemand wist wat er ging gebeuren. Er werd gesproken over biologische en chemische wapens. Ik hoorde dat Saddam tijdens Operatie Desert Storm zijn lesje had geleerd en dat hij de Republikeinse Garde rondom Bagdad liet terugtrekken om een laatste verdedigingsstelling in te nemen. Op 17 maart wist ik dat het oorlog zou worden. Op mijn laatste avond in Koeweit schreef ik brieven aan degenen van wie ik hield voor het geval ik het niet zou overleven: aan mijn vader en aan Savannah. Die avond maakte ik deel uit van een konvooi dat Irak honderdzestig kilometer binnendrong.

Er werd sporadisch gevochten, aanvankelijk dan. Omdat onze luchtmacht het luchtruim domineerde, hoefden we niet bang te zijn vanuit de lucht te worden aangevallen terwijl we over voornamelijk verlaten hoofdwegen reden. Het Iraakse leger liet zich zelden zien, waardoor bij mij de spanning alleen maar toenam terwijl ik me probeerde voor te bereiden op wat mijn sectie later in de campagne te wachten zou staan. Af en toe hoorden we over vijandelijk mortiervuur en dan trokken we onze gaspakken aan om er vervolgens achter te komen dat het loos alarm was. De soldaten waren gespannen. Ik sliep drie dagen achter elkaar niet.

Dieper in Irak braken schermutselingen uit en dat was het moment dat ik de eerste wet leerde die bij Operatie Iraqi Freedom hoorde: burgers en vijanden zien er vaak precies hetzelfde uit. Er werd geschoten, we vielen aan en soms wisten we niet eens op wie we schoten. Toen we bij de soennitische driehoek kwamen, verhevigde de strijd. We hoorden over gevechten in Fallujah, Ramadi en Tikrit, waar andere eenheden van andere divisies bij betrokken waren. Mijn sectie sloot zich aan bij de tweeëntachtigste Airborne-divisie voor een aanval op As-Samawah, en daar kwamen mijn sectie en ik voor het eerst in een echt gevecht terecht.

De luchtmacht had het pad geëffend. Sinds de dag ervoor

waren er bommen, raketten en mortieren ontploft, en toen we over de brug de stad in trokken, verbaasde ik me over de stilte. Mijn sectie kreeg een buitenwijk toegewezen, waar we alle huizen moesten uitkammen om te helpen de vijand daar weg te krijgen. Terwijl we rondliepen kwamen de beelden vlug: de verkoolde resten van een vrachtwagen, daarnaast het levenloze lichaam van de chauffeur, een deels ingestort gebouw, nu en dan nog smeulende resten van auto's. Doordat er af en toe werd geschoten, waren we gespannen. Tijdens patrouilles kwamen er soms burgers met hun armen in de lucht op ons afgerend en we deden ons best om de gewonden te redden.

Aan het begin van de middag, toen we ons klaarmaakten om terug te gaan, werden we flink onder vuur genomen vanaf een gebouw aan de overkant van de straat. We werden tegen de muur gedrukt en het was een hachelijke toestand. Twee mannen dekten ons terwijl ik de rest van mijn sectie tussen de schoten door naar een veiligere plek aan de overkant van de straat loodste. Het was een wonder dat er niemand van ons sneuvelde. Daarvandaan vuurden we talloze kogels af op de plek waar de vijand zich bevond, waardoor die volledig werd uitgeschakeld. Toen ik meende dat de kust veilig was, naderden we voorzichtig het gebouw. Met een granaat blies ik de voordeur op. Ik leidde mijn mannen naar de deur en stak mijn hoofd naar binnen. Er hing dichte rook en het rook er naar zwavel. Van het interieur was weinig meer over, maar minstens één Iraakse soldaat had het overleefd en zodra we in zijn buurt kwamen, schoot hij vanuit een kruipruimte op ons. Tony werd in zijn hand geraakt en de rest van ons vuurde honderden kogels af. Het geluid was zo hard dat ik mezelf niet eens kon horen schreeuwen, maar ik hield mijn vinger op de trekker en richtte op alles vanaf de vloer tot aan het plafond. Stukken pleisterkalk, bakstenen en hout vlogen in het rond terwijl het interieur aan gort werd geschoten. Toen we eindelijk ophielden met schieten, gooide ik voor de zekerheid een granaat in een opening naar de kruipruimte en we renden naar buiten voordat die ontplofte.

Na twintig van de heftigste minuten van mijn leven was het stil op straat, behalve dan dat mijn oren suisden en ik mijn mannen hoorde overgeven of vloeken of over het gebeuren hoorde praten. Ik verbond Tony's hand en toen ik dacht dat iedereen zover was, gingen we terug via dezelfde route als we gekomen waren. Na verloop van tijd kwamen we bij een station dat onze troepen veilig hadden gesteld en we zakten ineen. Die avond kregen we voor het eerst in bijna zes weken post.

Er zaten zes brieven van mijn vader tussen en slechts een van Savannah. In het schemerlicht begon ik te lezen.

Lieve John,

Ik zit deze brief aan de keukentafel te schrijven en het is een worsteling, want ik weet niet hoe ik moet verwoorden wat ik je ga vertellen. Iets in me zou willen dat je hier was, zodat ik het persoonlijk tegen je zou kunnen zeggen, maar we weten allebei dat dat onmogelijk is. En dus zoek ik naar woorden terwijl de tranen over mijn wangen biggelen. Ik hoop dat je me op een of andere manier kunt vergeven wat ik ga schrijven.

Ik weet dat dit een vreselijke tijd voor je is. Ik probeer niet aan de oorlog te denken, maar ik kan niet aan de beelden ontsnappen en ik ben doorlopend bang. Ik kijk naar het nieuws en spit de kranten door, in de wetenschap dat jij er middenin zit, en ik probeer erachter te komen waar je bent en wat je doormaakt. Ik bid elke avond dat je veilig thuis zult komen en dat zal ik altijd blijven doen. Wat wij met elkaar hadden was geweldig, dat mag je nooit vergeten. Ook moet je niet denken dat je niet evenveel voor mij betekende als ik voor jou. Je bent een heel bijzonder en mooi mens, John. Ik werd verliefd op je, maar belangrijker nog, door jou weet ik wat ware liefde is. De afgelopen tweeënhalf jaar heb ik telkens als het vollemaan was naar de lucht gekeken en dan herinnerde ik me al onze momenten samen, zoals die eerste avond dat we met elkaar praatten en het voor mij voelde als thuiskomen. En ik herinner me de nacht dat we de liefde bedreven. Ik zal altijd blij zijn dat we onszelf aan elkaar hebben gegeven. Voor mij betekent het dat onze zielen voorgoed met elkaar verbonden zijn.

En er is nog zo veel meer. Als ik mijn ogen sluit, zie ik je gezicht en als ik wandel is het bijna alsof ik je hand in de mijne voel. Die dingen zijn nog steeds echt voor me, maar waar ze ooit troost boden, zijn ze nu pijnlijk. Ik snapte waarom je in het leger wilde blijven en ik respecteerde je besluit. Dat doe ik nog steeds, maar we weten beiden dat onze relatie daardoor veranderde. Wij veranderden, en diep in je hart weet jij dat ook. Misschien duurde de scheiding te lang of komt het doordat we in verschillende werelden leven. Ik weet het niet. Telkens als we ruzie hadden, had ik een hekel aan mezelf. Hoewel we nog steeds van elkaar hielden, verdween de magische band die ons bijeenhield.

Ik weet dat dit als een smoesje klinkt, maar je moet me geloven als ik zeg dat het nooit mijn bedoeling is geweest om verliefd op een ander te worden. Als ik al niet snap hoe dat heeft kunnen gebeuren, hoe kun jij het dan snappen? Dat verwacht ik ook niet van je, maar door alles wat we samen hebben beleefd, kan ik niet tegen je blijven liegen. Door te liegen zou alles wat we hebben gedeeld zijn waarde verliezen en dat wil ik niet, ook al weet ik dat jij je verraden zult voelen.

Ik begrijp het als je nooit meer met me wilt praten, net zoals ik er begrip voor heb als je me zult haten. Tot op ze-

kere hoogte haat ik mezelf ook. Het schrijven van deze brief dwingt me om dat te erkennen en als ik in de spiegel kijk, weet ik dat ik naar iemand kijk die niet weet of ze het wel verdient dat er van haar wordt gehouden. Dat meen ik.

Ook al wil je het misschien niet horen, je moet weten dat je altijd een deel van me zult zijn. In onze tijd samen heb je een speciaal plekje in mijn hart gekregen. Dat zal altijd zo blijven, niemand kan jouw plek ooit innemen. Je bent een held en een echte heer, je bent aardig en eerlijk, maar belangrijker nog, je bent de eerste man van wie ik echt heb gehouden. Wat de toekomst ook mag brengen, dat zul je altijd blijven en ik weet dat mijn leven daardoor beter is geworden.

Het spijt me ontzettend.

Savannah

DEEL III

16

Ze was verliefd op een ander.

Dat wist ik al voordat ik de brief helemaal had gelezen en opeens leek de aarde trager te draaien. Mijn eerste ingeving was mijn vuist tegen een muur te rammen, maar in plaats daarvan verfrommelde ik de brief en smeet hem weg. Ik was ongelooflijk kwaad. Wat nog sterker was dan het gevoel van verraad, was dat ze alles in de wereld wat betekenis voor me had, had vernietigd. Ik haatte haar en de naamloze, gezichtloze man die haar van me had afgepakt. Ik fantaseerde over wat ik met hem zou doen mocht ik hem ooit tegenkomen, en dat was niet fraai.

Tegelijkertijd wilde ik haar dolgraag spreken. Ik zou het liefst direct naar huis vliegen of haar minstens bellen, want ik wilde en kon het niet geloven. Niet nu, na alles wat we hadden doorstaan. We hoefden het nog maar negen maanden vol te houden, na bijna drie jaar, dat moest toch wel lukken?

Maar ik ging niet naar huis en ik belde haar niet. Ik schreef niet terug en hoorde niets meer van haar. Het enige wat ik deed, was de verfrommelde brief oprapen. Ik streek hem glad voor zover dat lukte, stopte hem terug in de envelop en besloot die met me mee te dragen alsof het een oorlogswond was. In de daaropvolgende weken werd ik de volmaakte soldaat en ik ontsnapte naar de enige wereld die me nog echt leek. Ik meldde me vrijwillig aan voor elke missie die als gevaarlijk werd aangemerkt, ik sprak zelden met de anderen in mijn eenheid en een tijdje heb ik me echt moeten inhouden om niet al te snel de trekker over te halen als we op patrouille waren. Ik vertrouwde niemand in de steden, en hoewel er geen betreurenswaardige 'incidenten' plaatsvonden – zoals het leger dat noemt als er burgerdoden vallen – zou ik liegen als ik beweerde dat ik geduld en begrip had getoond als ik met Irakezen te maken kreeg. Hoewel ik nauwelijks sliep, was ik zeer alert terwijl we onze opmars naar Bagdad voortzetten. Ironisch genoeg kon ik het beeld van Savannah en het besef dat onze relatie voorbij was alleen van me afzetten als ik mijn leven in de waagschaal stelde.

Mijn leven volgde de wisselende lotgevallen van de oorlog. Nog geen maand nadat ik de brief had gekregen viel Bagdad en hoewel het er even veelbelovend uitzag, werd de situatie slechter en ingewikkelder naarmate de weken en maanden verstreken. Ik denk dat deze oorlog in feite weinig verschilde van andere oorlogen. Ze draaien uiteindelijk allemaal om het verlangen naar macht te midden van concurrerende belangen, al maakte dat het leven op de grond er niet gemakkelijker op. In de nasleep van de val van Bagdad kreeg iedere soldaat in mijn sectie de rol van politieagent en rechter toebedeeld. Als militairen waren we daar niet voor opgeleid.

Voor een buitenstaander is het gemakkelijk om achteraf kritiek te hebben op onze activiteiten, maar het viel gewoon niet mee om in een oogwenk beslissingen te nemen. Herhaaldelijk kwamen er Iraakse burgers op me af met het verhaal dat iemand iets had gestolen of misdaan en dan vroegen ze aan mij om daar iets aan te doen. Dat was onze taak niet. We waren daar om de orde te handhaven – wat erop neerkwam dat we opstandelingen ombrachten die ons of andere burgers probeerden te doden – tot de lokale bevolking dat weer zelf kon afhandelen. Dat proces verliep traag en moeizaam, zelfs op plaatsen waar het betrekkelijk rustig was. Ondertussen brak er chaos uit in andere steden en werden we daarnaartoe gestuurd om de orde te herstellen. Dan ontdeden we de stad van rebellen, maar omdat er onvoldoende troepen waren om de stad te verdedigen en de veiligheid daar te bewaren, werd de stad weer door rebellen ingenomen zodra we onze hielen hadden gelicht. Er waren dagen dat al mijn mannen zich verbaasden over de nutteloosheid van die opdracht, ook al stelden ze daar niet openlijk vragen over.

Het komt erop neer dat ik niet weet hoe ik de stress en verveling en verwarring van die volgende negen maanden moet beschrijven, behalve dan dat er veel zand was. Ja, ik weet dat het een woestijn is en ja, ik heb veel tijd aan het strand doorgebracht en ik had er dus aan gewend moeten zijn, maar het zand daar was anders. Het ging in je kleren, in je geweer, in afgesloten dozen, in je eten, in je oren, in je neus en tussen je tanden zitten, en als ik spuugde, proefde ik altijd zandkorrels in mijn mond. Daar kunnen mensen zich in elk geval iets bij voorstellen en ik heb geleerd dat ze de harde waarheid niet willen weten, namelijk dat het meestal zo slecht nog niet was in Irak, maar dat het er soms ook erger was dan in de hel. Wilden mensen echt horen dat ik gezien heb hoe een man uit mijn eenheid per ongeluk een klein kind doodschoot dat net op het verkeerde moment op de verkeerde plaats was? Of dat ik gezien heb hoe soldaten uit elkaar gereten werden als ze op de wegen rondom Bagdad op een bermbom stapten? Of dat ik gezien heb hoe het bloed plassen vormde op straat alsof het regenwater was en dat ik lichaamsdelen heb zien langsdrijven? Nee, mensen hoorden liever over het zand, omdat de oorlog dan op veilige afstand bleef.

Ik vervulde mijn plicht zo goed mogelijk, tekende bij en bleef tot februari 2004 in Irak, waarna ik eindelijk naar Duitsland werd teruggestuurd. Zodra ik daar was, kocht ik een Harley-

Davidson en ik deed net of ik niets aan de oorlog had overgehouden, maar de nachtmerries gingen maar door. De meeste ochtenden werd ik badend in het zweet wakker. Overdag was ik vaak gespannen en ik kon boos worden om de kleinste dingen. Als ik in Duitsland over straat liep, lette ik automatisch op groepen mensen die zich bij gebouwen ophielden en ik merkte dat ik ramen in het zakendistrict afspeurde op zoek naar scherpschutters. De psycholoog – iedereen moest verplicht naar een psycholoog – zei dat dit normaal was en dat het voorbij zou gaan, maar ik vroeg me soms af of dat ooit zou gebeuren.

Na Irak leek mijn tijd in Duitsland nogal zinloos. Ik ging 's ochtends sporten en ik volgde lessen over wapens en navigatie, dat wel, maar er waren dingen veranderd. Vanwege de verwonding aan zijn hand kreeg Tony eervol ontslag en hij ontving een Purple Heart, een hartvormige medaille aan een paars lintje. Direct na de val van Bagdad werd hij naar Brooklyn teruggestuurd. Eind 2003 kregen nog vier mannen uit mijn sectie eervol ontslag toen hun tijd erop zat. In hun – en mijn – ogen hadden ze hun taak volbracht en was het tijd dat ze hun gewone leven weer oppakten. Ik tekende echter opnieuw bij. Ik wist niet of dit de juiste beslissing was, maar ik wist niet wat ik anders moest doen.

Als ik naar mijn sectie keek, had ik het idee dat ik er niet bij hoorde. Er zaten veel nieuwelingen tussen en ook al waren het geweldige jongens, het was niet hetzelfde. Dit waren niet de vrienden met wie ik op bootcamp en naar de Balkan was geweest, ik was niet met hen de oorlog in gegaan en diep vanbinnen wist ik dat ik me met hen nooit zo verbonden zou voelen als met mijn vorige sectie. Meestal bemoeide ik me niet met hen en dat liet ik zo. Ik ging in mijn eentje sporten en meed persoonlijk contact zo veel mogelijk. Ik wist wat mijn sectie dacht als ik langsliep: ik was die humeurige oude sergeant die beweerde dat hij er alles voor overhad om ervoor te zorgen dat ze heelhuids naar hun moeder terugkeerden. Dat hield ik mijn sectie elke keer weer voor als we trainden, en dat meende ik. Hun veiligheid was me alles waard. Maar zoals ik al zei, het was niet hetzelfde.

Nu mijn vrienden weg waren, deed ik mijn best om mijn vader zo veel mogelijk aandacht te schenken. Na mijn gevechtsmissie kreeg ik in het voorjaar van 2004 extra lang verlof en ook later dat jaar in de zomer logeerde ik tijdens mijn verlof bij hem. In die vier weken waren we vaker samen dan in de voorgaande tien jaren bij elkaar. Doordat hij met pensioen was, konden we de dag doorbrengen zoals we wilden. Ik schikte me gemakkelijk naar zijn vaste gewoontes. We ontbeten, maakten drie keer per dag een wandeling en aten 's avonds samen. Tussendoor hadden we het over munten en ik kocht er zelfs een paar terwijl ik bij hem logeerde. Dankzij internet was dat veel eenvoudiger dan vroeger, en hoewel het zoeken minder spannend was, weet ik niet of dat voor mijn vader verschil maakte. Ik had contact met muntenhandelaren die ik in geen vijftien jaar gesproken had, maar ze waren nog even vriendelijk en behulpzaam als vroeger en dachten met plezier aan me terug. Ik besefte dat de muntenwereld klein was en als onze bestelling was bezorgd – dat gebeurde altijd al de dag erna – bestudeerden mijn vader en ik de munten om beurten en dan wezen we elkaar op eventuele gebreken. Meestal waren we het eens met de graad die er door de Professional Coin Grading Service, een bedrijf dat de kwaliteit van te koop aangeboden munten evalueert, aan was toegekend. Hoewel mijn gedachten uiteindelijk altijd naar andere zaken afdwaalden, kon mijn vader urenlang naar een en dezelfde munt kijken alsof die het geheim des levens bevatte.

We spraken amper over andere onderwerpen, maar dat hoefde ook niet. Hij had geen zin om over Irak te praten en ik ook niet. We hadden geen van beiden een noemenswaardig sociaal leven – daar was bij mij door Irak weinig van overgebleven – en mijn vader... tja, hij was mijn vader en ik vroeg er niet eens naar.

Toch maakte ik me zorgen over hem. Tijdens het wandelen kreeg hij moeilijk lucht. Toen ik zei dat twintig minuten misschien te lang was, zelfs met zijn trage tempo, zei hij dat de arts had gezegd dat twintig minuten precies goed was, en ik wist dat ik het hem niet uit zijn hoofd zou kunnen praten. Na het wandelen was hij veel vermoeider dan hij hoorde te zijn en vaak duurde het een uur voor de donkere kleur uit zijn gezicht was weggetrokken. Ik besprak dit met zijn arts en die had helaas slecht nieuws. Mijn vaders hart, zo zei hij, had ernstige schade opgelopen en volgens de arts was het in feite een wonder dat hij nog zo goed uit de voeten kon. Gebrek aan lichaamsbeweging zou nog slechter voor hem zijn.

Wie weet kwam het door het gesprek met de arts of misschien wilde ik gewoon een betere band met mijn vader, maar tijdens die twee logeerpartijen konden we beter met elkaar overweg dan ooit. In plaats van hem continu onder druk te zetten om te praten, ging ik bij hem in zijn studeerkamer zitten en dan las ik een boek of maakte ik een kruiswoordpuzzel terwijl hij zijn munten bestudeerde. Dat ik mijn verwachtingen overboord had gegooid, had iets vredigs en eerlijks, en ik denk dat mijn vader langzaam wende aan die nieuwe verstandhouding tussen ons. Af en toe zag ik hem met een vreemde blik naar me kijken. We zaten uren bij elkaar en dikwijls zeiden we dan niets en op deze stille, pretentieloze manier werden we eindelijk vrienden. Vaak wenste ik dat mijn vader die foto van ons niet had weggegooid en toen ik terug moest naar Duitsland, wist ik dat ik hem meer zou missen dan ooit.

De herfst van 2004 ging langzaam en dat gold ook voor de winter en het voorjaar van 2005. Er gebeurde niets bijzonders. Nu en dan werd de eentonigheid van mijn dagen doorbroken door geruchten over een eventuele terugkeer naar Irak, maar aangezien ik daar al eens was geweest, deed het me weinig. Ik vond het prima om in Duitsland te blijven, maar als ik weer naar Irak moest, was dat ook goed. Net als de anderen volgde ik wat er in het Midden-Oosten gebeurde, maar zodra ik de krant neerlegde of de televisie uitzette, dwaalden mijn gedachten af naar andere zaken.

Ik was achtentwintig en had het gevoel dat mijn leven, hoewel ik meer had meegemaakt dan de meeste anderen van mijn leeftijd, nog steeds in de wacht stond. Ik was het leger in gegaan om volwassen te worden en hoewel je kon aanvoeren dat dat was gebeurd, vroeg ik me soms af of dat waar was. Ik bezat geen huis of auto en afgezien van mijn vader was ik alleen op de wereld. Leeftijdgenoten hadden foto's van hun kinderen en hun vrouw in hun portemonnee, ik had alleen één verbleekte foto van een vrouw die ik had liefgehad en die ik was kwijtgeraakt. Ik hoorde soldaten over hun toekomstplannen praten, maar zelf maakte ik geen plannen. Soms vroeg ik me af wat mijn mannen van mijn leven vonden, want ik zag ze wel eens nieuwsgierig mijn kant op kijken. Ik heb ze nooit iets over mijn verleden of andere persoonlijke zaken verteld. Ze wisten niets over Savannah of over mijn vader of over mijn vriendschap met Tony. Die herinneringen hield ik voor me, want ik had geleerd dat sommige dingen beter geheim konden blijven.

In maart 2005 kreeg mijn vader een tweede hartaanval, wat resulteerde in een longontsteking en opnieuw een verblijf op de intensive care. Toen hij uit het ziekenhuis werd ontslagen, mocht hij vanwege zijn medicijnen niet autorijden, maar de maatschappelijk werker van het ziekenhuis hielp me om iemand te vinden die boodschappen voor hem kon doen. In april lag hij weer in het ziekenhuis en kreeg hij te horen dat hij ook zijn dagelijkse wandelingen moest opgeven. Tegen de tijd dat het mei was, slikte hij een stuk of tien verschillende pillen per dag en ik wist dat hij het grootste deel van de tijd in bed lag. De brieven die hij schreef waren bijna onleesbaar. Dat kwam niet alleen doordat hij verzwakt was, maar ook doordat zijn handen trilden. Ik belde een van de buren van mijn vader – een verpleegkundige die in het plaatselijke ziekenhuis werkte – en na wat aansporingen en smeekbedes beloofde ze dat ze regelmatig een kijkje bij hem zou nemen. Ik slaakte een zucht van verlichting terwijl ik de dagen aftelde tot mijn verlof in juni.

In de weken daarna verslechterde mijn vaders toestand echter en telkens als ik hem aan de telefoon had, klonk hij vermoeider dan de keer daarvoor. Voor de tweede keer in mijn leven vroeg ik overplaatsing aan. Mijn commandant reageerde welwillender dan de vorige keer. We bekeken de mogelijkheden – we vulden zelfs formulieren in waardoor ik op Fort Bragg gestationeerd kon worden om omgeschoold te worden tot de luchtlandingstroepen – maar toen ik de arts opnieuw sprak, vertelde hij me dat mijn nabijheid weinig zou uithalen en dat ik er eens over na moest denken hem in een verpleeghuis te laten opnemen. Mijn vader had meer zorg nodig dan thuis gegeven kon worden, zo verzekerde hij me. Hij probeerde mijn vader daar al een tijdje van te overtuigen – hij at inmiddels alleen nog maar soep – maar mijn vader weigerde dat in overweging te nemen, dat zou hij wel doen als ik verlof had en terug was. De arts vertelde dat mijn vader het in zijn hoofd had dat ik nog een laatste keer bij hem thuis op bezoek moest komen.

Die boodschap kwam hard aan en in de taxi vanaf de luchthaven probeerde ik mezelf wijs te maken dat de arts overdreef. Maar hij overdreef niet. Mijn vader kon niet van de bank komen toen ik de deur openduwde. Ik was een jaar weggeweest, maar hij leek in die tijd wel dertig jaar ouder te zijn geworden. Zijn huid zag grauw en ik schrok ervan hoeveel hij was afgevallen. Met een brok in mijn keel zette ik mijn tas bij de deur.

'Hallo, pap,' zei ik.

Aanvankelijk betwijfelde ik of hij me herkende, maar uiteindelijk fluisterde hij schor: 'Hallo, John.'

Ik liep naar de bank en ging naast hem zitten. 'Gaat het?'

'Ja.' Meer kwam er niet uit en lange tijd zaten we daar zonder iets te zeggen.

Uiteindelijk stond ik op om naar de keuken te gaan. Ik knipperde met mijn ogen toen ik daar binnenstapte. Overal stonden lege soepblikken. Het fornuis was vies. De vuilnisbak zat overvol en in de gootsteen stonden beschimmelde borden. Op de keukentafel lag een stapel ongeopende post. Er was duidelijk al dagen niet schoongemaakt. Mijn eerste ingeving was op hoge poten naar de buurvrouw stappen, want die had beloofd op hem te letten. Maar dat zou moeten wachten.

Ik vond een blik kippensoep met noedels en warmde de soep op op het vieze fornuis. Nadat ik de soep in een kom had gedaan, zette ik de kom op een dienblad en bracht die naar mijn vader. Hij glimlachte flauwtjes en ik zag dat hij dankbaar was. Hij at de kom leeg, schraapte langs de zijkanten om ook alle restjes op te eten en ik vulde de kom nog een keer. Ik werd steeds bozer en vroeg me af hoe lang het geleden was dat hij had gegeten. Nadat hij ook die kom had leeggeschraapt, hielp ik hem om op de bank te gaan liggen. Een paar minuten later sliep hij.

De buurvrouw was niet thuis en dus maakte ik een groot deel van de middag en avond het huis schoon. Ik begon met de keuken en deed daarna de badkamer. Toen ik zijn bed wilde verschonen, zag ik dat hij de lakens bevuild had. Ik sloot mijn ogen en weerstond de neiging de buurvrouw haar nek om te draaien.

Toen het huis redelijk schoon was, ging ik in de woonkamer zitten en ik keek naar mijn slapende vader. Hij leek heel klein onder de deken en toen ik mijn hand uitstak om over zijn hoofd te aaien, piepten er een paar haren tussenuit. Ik begon te huilen, was ervan overtuigd dat hij op sterven lag. Het was jaren geleden dat ik voor het laatst had gehuild en het was de enige keer in mijn leven dat ik ooit om mijn vader huilde, maar het duurde lang voor mijn tranen opdroogden.

Ik wist dat mijn vader een goed man was, een aardige man, en hoewel hij door het leven getekend was, had hij zijn uiterste best gedaan om mij groot te brengen. Hij had nooit uit boosheid zijn hand tegen me opgeheven en ik kwelde mezelf met herinneringen aan al die jaren die ik verspild had doordat ik hem van alles kwalijk nam. Ik dacht aan de laatste twee keer dat ik thuis had gelogeerd en het maakte me verdrietig dat we zulke eenvoudige dingen nooit meer samen zouden kunnen doen.

Later droeg ik mijn vader naar bed. Hij was licht in mijn armen, woog veel te weinig. Ik stopte hem in en maakte voor mezelf een slaapplaats op de vloer naast hem, luisterde naar zijn piepende, raspende ademhaling. Midden in de nacht werd hij wakker van zijn eigen gekuch en hij kon niet meer ophouden met hoesten. Ik wilde hem al bijna naar het ziekenhuis brengen toen het hoesten eindelijk ophield.

Hij werd angstig toen hij doorhad waar ik hem naartoe wilde brengen. 'Hier blijven,' smeekte hij met zwakke stem. 'Wil niet.'

Ik stond in tweestrijd, maar uiteindelijk bleven we toch maar thuis. Voor een man met vaste gewoontes was het ziekenhuis niet alleen onbekend terrein, het was ook een gevaarlijke plek. Het zou meer energie kosten om zich daar aan te passen dan hij kon opbrengen. Op dat moment kreeg ik door dat hij zichzelf en de lakens opnieuw had bevuild.

Toen de buurvrouw de volgende dag langskwam, bood ze direct haar excuses aan. Ze had de keuken al een paar dagen niet schoongemaakt omdat een van haar dochters ziek was, maar ze had het beddengoed dagelijks verschoond en had ervoor gezorgd dat hij voldoende blikken eten in huis had. Toen ze voor me op de veranda stond, zag ik de uitputting op haar gezicht en de verwijten die ik haar had willen maken en die ik in gedachten geoefend had, vervlogen. Ik zei tegen haar dat ze nooit zou beseffen hoezeer ik het waardeerde wat ze allemaal had gedaan.

'Ik was blij dat ik wat terug kon doen,' zei ze. 'Hij is al die jaren zo aardig geweest. Nooit heeft hij geklaagd dat mijn kinderen te veel herrie maakten toen ze tieners waren, en hij kocht altijd iets als ze langs de deur moesten om geld in te zamelen voor schoolreisjes of zo. Hij houdt de tuin goed bij en alle keren dat ik hem gevraagd heb of hij op mijn huis kon passen, heeft hij dat gedaan. Kortom, hij was de ideale buurman.'

Ik glimlachte. Dat gaf haar de moed om door te gaan.

'Je moet echter weten dat hij me niet altijd meer binnenlaat. Hij heeft tegen me gezegd dat het hem niet bevalt waar ik dingen neerzet, hoe ik zijn huis schoonmaak, wil niet hebben dat ik de stapels papieren op zijn bureau verplaats. Meestal trek ik me daar niets van aan, maar als hij zich goed voelt, houdt hij me buiten de deur en hij heeft gedreigd de politie te bellen als ik toch probeer binnen te komen. Ik weet gewoon niet...'

Ze maakte de zin niet af en dus deed ik dat voor haar.

'Je weet gewoon niet wat je moet doen.'

Aan haar gezicht was duidelijk te zien dat ze zich schuldig voelde.

'Het is in orde,' zei ik. 'Ik zou niet weten wat hij zonder jou had gemoeten.'

Ze knikte opgelucht en keek toen een andere kant op. 'Ik ben blij dat je thuis bent,' zei ze aarzelend, 'want ik wilde zijn situatie al langer met je bespreken.' Ze veegde een onzichtbaar pluisje van haar kleding. 'Ik weet een heel goed verpleeghuis waar hij naartoe zou kunnen en waar hij verzorgd wordt. Het personeel daar is geweldig. Er is bijna nooit plek, maar ik ken de directeur en die kent je vaders arts. Ik weet dat je dit liever niet wilt horen, maar ik denk dat dat het beste voor hem is en ik zou willen...'

Toen ze de zin niet afmaakte, wist ik dat haar bezorgdheid om mijn vader oprecht was en ik deed mijn mond open om te reageren. Maar ik zei niets. Dit besluit was minder eenvoudig dan het klonk. Zijn huis was de enige plek die mijn vader kende, de enige plek waar hij zich veilig voelde. De enige plek waar zijn vaste gewoontes logisch waren. Tijdelijk in het ziekenhuis liggen maakte hem al bang, een verhuizing zou zijn dood worden. De vraag was niet alleen waar maar ook hoe hij zou sterven. Alleen in zijn eigen huis waar hij in een bevuild bed sliep en wellicht verhongerde? Of bij mensen die hem zouden voeren en wassen op een plek die hem angst aanjoeg?

Met een trilling in mijn stem die ik niet kon tegengaan vroeg ik: 'Waar is dat verpleeghuis?'

De daaropvolgende twee weken verzorgde ik mijn vader. Ik voerde hem zo goed en zo kwaad als dat ging, als hij wakker was las ik hem voor uit de *Greysheet* en ik sliep naast zijn bed op de vloer. Hij bevuilde zich elke nacht, zodat ik me gedwongen zag luiers voor volwassenen voor hem te kopen, wat hij heel gênant vond. Hij sliep het grootste deel van de middag.

Terwijl hij op de bank lag te rusten, bezocht ik een aantal verpleeghuizen, niet alleen het verpleeghuis dat de buurvrouw had aangeraden, maar ook alle andere verpleeghuizen binnen een straal van minder dan twee uur rijden. De buurvrouw bleek gelijk te hebben. Het door haar genoemde verpleeghuis was schoon en het personeel kwam professioneel over, maar belangrijker nog, de directeur leek persoonlijk belang te stellen in de verzorging van mijn vader. Ik ben er nooit achter gekomen of dat door mijn buurvrouw of door mijn vaders arts kwam.

Geld speelde geen rol. Het verpleeghuis was prijzig, maar omdat mijn vader niet alleen een overheidspensioen maar ook een socialezekerheidsuitkering, een ziektekostenverzekering en een privéverzekering had (ik zag voor me hoe hij jaren geleden op de stippellijn op het formulier dat de verzekeringsagent hem voorhield zijn handtekening had gezet zonder goed te snappen waar hij voor tekende), werd me bezworen dat er alleen emotionele kosten mee gemoeid waren. De directeur – een man van in de veertig met bruin haar en een vriendelijke houding die me aan Tim deed denken – snapte mijn probleem en drong er niet op aan dat ik direct een beslissing zou nemen. In plaats daarvan overhandigde hij me een stapel brochures en formulieren en wenste mijn vader het allerbeste.

Die avond begon ik tegen mijn vader over verhuizen. Ik ging over een paar dagen weg en had geen keuze, ook al zou ik het er liever niet over hebben.

Hij onderbrak me niet terwijl ik aan het woord was. Ik vertelde waarom ik het nodig vond, dat ik me zorgen maakte, dat ik hoopte dat hij het zou snappen. Hij stelde geen vragen, maar zijn ogen waren groot van schrik, alsof zojuist zijn doodvonnis was geveld.

Nadat ik mijn verhaal gedaan had, had ik er sterk behoefte aan even alleen te zijn. Ik gaf hem een klopje op zijn been en ging naar de keuken om een glas water te halen. Toen ik weer in de woonkamer kwam, zat mijn vader voorovergebogen op de bank. Hij was terneergeslagen en beefde. Het was de eerste keer dat ik hem zag huilen.

De volgende ochtend pakte ik mijn vaders spullen in. Ik maakte zijn ladekasten, archiefkasten, linnenkasten en andere kasten open. In zijn sokkenlade lagen sokken, in zijn overhemdenlade lagen alleen overhemden. In zijn archiefkasten was alles geordend en van tabs voorzien. Dat had me niet moeten verbazen, maar ik stond er toch van te kijken. Mijn vader had, in tegenstelling tot de rest van de mensheid, werkelijk geen geheimen. Geen verborgen slechte gewoonten, geen dagboeken, geen pijnlijke interesses, geen doos met spullen die hij voor zichzelf had gehouden. Ik vond niets wat meer licht wierp op zijn gevoelsleven, niets wat me zou kunnen helpen hem te begrijpen als hij er niet meer was. Mijn vader, zo wist ik op dat moment, was precies zoals hij altijd op mij was overgekomen, en opeens realiseerde ik me hoezeer ik hem daarom bewonderde.

Toen ik klaar was met inpakken, lag mijn vader op de bank. Hij was wakker. Nu hij een paar dagen met enige regelmaat gegeten had, was hij wat aangesterkt. Hij keek helderder uit zijn ogen en ik zag een schep tegen het bijzettafeltje staan. Hij stak me een papiertje toe. Daarop stond een haastig getekende kaart, waarbij in bibberige letters ACHTERTUIN was geschreven.

'Wat moet ik hiermee?'

'Voor jou,' zei hij. Hij wees naar de schep.

Ik pakte de schep en volgde de aanwijzingen op de kaart naar de eik in de achtertuin. Ik telde de stappen en begon te graven. Binnen een paar minuten stuitte de schep op metaal en ik haalde een kistje uit de grond. Daaronder bleek nog een kistje te liggen en daarnaast lag er weer een. Het waren er zestien in totaal. Ik ging op de veranda zitten en veegde het zweet van mijn gezicht, waarna ik het eerste kistje openmaakte.

Ik wist al wat ik zou aantreffen en ik keek naar de reflectie van de gouden munten die lagen te glimmen in het felle zonlicht van een zomer in het zuiden. Op de bodem lag de nikkelen D Buffalo uit 1926 die ik samen met mijn vader had gezocht en gevonden, en ik wist dat dit de enige munt was die echt iets voor me betekende.

De volgende dag, de laatste dag van mijn verlof, regelde ik van alles voor het huis: ik liet het gas, het water en de elektriciteit afsluiten, regelde dat de post werd doorgestuurd en vond iemand die het gras zou komen maaien. Ik legde de opgegraven munten bij de bank in een kluis. Al dat geregel kostte me een groot deel van de dag. Daarna was het tijd voor het avondeten en aten we voor de laatste maal een kom kippensoep met noedels en zachtgekookte groenten, waarna ik hem naar het verpleeghuis bracht. Daar pakte ik zijn spullen uit en ik zette voorwerpen in zijn kamer neer waarvan ik dacht dat hij die bij zich zou willen hebben. Op de vloer onder zijn bureau legde ik tientallen jaargangen van de *Greysheet* neer. Maar het was niet genoeg, en nadat ik de situatie aan de directeur had uitgelegd, ging ik terug naar het huis om nog meer spullen te halen. Doorlopend wenste ik dat ik mijn vader goed genoeg kende om te weten wat werkelijk belangrijk voor hem was.

Hoe ik hem ook geruststelde, hij bleef verlamd van schrik en keek me smekend aan. Herhaaldelijk had ik het idee dat dit zijn dood zou worden. Ik zat naast hem op zijn bed, me ervan bewust dat ik nog maar een paar uur had voordat ik naar de luchthaven moest.

'Het komt goed,' zei ik. 'Ze zullen hier goed voor je zorgen.'

Zijn handen trilden nog steeds. 'Oké,' zei hij nauwelijks verstaanbaar.

Ik voelde tranen branden. 'Ik wil je iets zeggen. Oké?' Ik haalde diep adem en concentreerde me. 'Voor mij ben je de beste vader ooit. Je moet wel geweldig zijn als je het met mij weet uit te houden.'

Mijn vader gaf geen antwoord. In de stilte voelde ik al die dingen die ik ooit tegen hem had willen zeggen naar de oppervlakte komen, woorden waar ik mijn hele leven over had gedaan om ze te vormen.

'Pap, ik meen het. Sorry voor alle rottigheid waar ik je mee geconfronteerd heb en sorry dat ik er niet vaak genoeg voor je was. Ik ken geen beter mens dan jij. Je bent de enige die nooit boos op me is geworden en op een of andere manier heb je me meer over het leven geleerd dan een zoon zich zou kunnen wensen. Het spijt me dat ik er nu niet voor je kan zijn en ik neem het mezelf kwalijk dat ik je dit aandoe, maar ik ben bang, pap. Ik weet niet wat ik anders moet.'

Mijn stem klonk schor en ongelijkmatig, dat hoorde ik zelf ook, en ik wilde niets liever dan dat hij een arm om me heen zou slaan.

'Oké,' zei hij uiteindelijk.

Ik glimlachte om zijn antwoord, ik kon er niets aan doen.

'Pap, ik hou van je.'

Daarop had hij een pasklaar antwoord, want dit had altijd tot zijn routine behoord.

'Ik ook van jou, John.'

Ik omhelsde hem, stond op en gaf hem de nieuwste editie van de *Greysheet*. Bij de deur gekomen bleef ik staan en ik keek om.

Voor het eerst sinds hij hier was, was de angst bijna weg. Hij hield de *Greysheet* vlak bij zijn gezicht en ik zag de pagina een beetje trillen. Zijn lippen bewogen terwijl hij zich op de woorden concentreerde en ik dwong mezelf om aandachtig naar hem te kijken in de hoop dat ik me zijn gezicht voorgoed zou herinneren.

Het was de laatste keer dat ik hem in leven zag.

17

Mijn vader overleed zeven weken later en ik kreeg buitengewoon verlof voor zijn begrafenis.

Van de vlucht terug naar de Verenigde Staten kan ik me weinig herinneren. Ik kon alleen maar uit het raam kijken naar het vormeloze grijs van de oceaan kilometers ver onder me en wenste dat ik in zijn laatste momenten bij hem was geweest. Ik had me niet geschoren of gedoucht, ik had niet eens andere kleren aangetrokken sinds ik het nieuws had gehoord, alsof doorgaan met mijn dagelijks leven betekende dat ik volledig geaccepteerd had dat hij was overleden.

In de aankomsthal en tijdens de rit naar huis merkte ik dat ik boos werd vanwege de alledaagse taferelen om me heen. Ik zag mensen autorijden, wandelen, winkels in en uit lopen, normaal gedrag vertonen, maar voor mij leek niets meer normaal.

Pas toen ik bij het huis kwam, herinnerde ik me dat ik bijna twee maanden daarvoor het gas, het water en de elektriciteit had laten afsluiten. Nu de lampen uit waren, leek het huis op zichzelf te staan in de straat, alsof het niet helemaal bij de rest hoorde. Net als mijn vader, dacht ik. Of ik, besefte ik. Dat maakte het gemakkelijker om naar de deur toe te lopen.

In de deurpost van ons huis was een visitekaartje gestoken van een advocaat die William Benjamin heette. Op de achterkant had hij geschreven dat hij mijn vader vertegenwoordigde. Omdat de telefoon was afgesloten, ging ik bij de buren bellen en tot mijn verbazing stond hij de volgende ochtend al vroeg, met zijn aktetas in de hand, op de stoep.

Ik ging hem voor het schemerige huis in en hij ging op de bank zitten. Zijn pak moest meer hebben gekost dan ik in twee maanden verdiende. Nadat hij zichzelf had voorgesteld en me had gecondoleerd, boog hij zich naar voren.

'Ik ben hier omdat ik je vader graag mocht,' zei hij. 'Hij was een van mijn eerste cliënten. Hier zijn dan ook geen kosten aan verbonden. Vlak na jouw geboorte kwam hij bij me langs omdat hij een testament wilde laten opstellen en elk jaar, op dezelfde datum, ontving ik per post een aangetekende brief van hem waarin alle munten vermeld werden die hij had gekocht. Ik had hem uitgelegd hoe het zat met successierecht, dus die bedragen heeft hij voor je gespaard sinds je heel klein was.'

Ik was met stomheid geslagen.

'Maar goed, zes weken geleden schreef hij me een brief om me te laten weten dat de munten eindelijk in jouw bezit waren. Hij wilde er zeker van zijn dat de rest allemaal in orde was en dus wijzigde ik zijn testament voor de laatste keer. Toen ik het adres zag, concludeerde ik daaruit dat het niet goed met hem ging en dus belde ik hem. Hij zei niet veel, maar gaf me toestemming om met de directeur te gaan praten. Die beloofde dat hij het me zou laten weten als je vader was overleden, zodat ik jou dan persoonlijk kon spreken. En hier ben ik dus.'

Hij zocht in zijn aktetas. 'Ik weet dat je de begrafenis moet regelen en dat het nu slecht uitkomt, maar je vader heeft me verteld dat je misschien niet lang kon blijven en heeft me opgedragen zijn zaken af te handelen. Dat zijn trouwens zijn woorden, niet de mijne. Maar goed, dit is het.' Hij overhandigde me een zware envelop. 'Zijn testament, een lijst van alle munten in zijn verzameling plus vermelding van de kwaliteit en datum van aankoop, en ook alle afspraken die er met betrekking tot zijn begrafenis zijn gemaakt. Hij heeft alle bijbehorende kosten overigens al betaald. Ik heb hem beloofd dat ik zou toezien op het verdelen van de nalatenschap, inclusief de gerechtelijke verificatie van het testament, maar dat zal geen punt zijn, want zijn nalatenschap is klein en jij bent zijn enige kind. Als je dat wilt, kan ik iemand laten komen die alles meeneemt wat je niet wilt houden en ik kan ook de verkoop van het huis voor je regelen. Je vader zei dat je daar wellicht ook geen tijd voor zou hebben.' Hij sloot zijn aktetas. 'Zoals ik al eerder zei, ik mocht je vader graag. Gewoonlijk moet ik mensen ervan overtuigen dat zulke dingen belangrijk zijn, maar bij je vader hoefde dat niet. Hij was iemand die methodisch te werk ging.'

'Ja.' Ik knikte. 'Zo was hij.'

Alles was geregeld, precies zoals de advocaat had gezegd. Mijn vader had zelf de uitvaartdienst bepaald, had zijn kleren laten langsbrengen en had zelfs zijn eigen kist uitgezocht. Hem kennende had ik dat kunnen verwachten, maar het versterkte mijn overtuiging dat ik hem nooit echt had begrepen.

Er kwam slechts een handjevol mensen naar zijn begrafenis, op een regenachtige dag in augustus. Naast mijzelf waren er twee oud-collega's, de directeur van het verpleeghuis en de buurvrouw die geholpen had hem te verzorgen. Het brak mijn hart – ik was er werkelijk kapot van – dat dit de enige mensen ter wereld waren die hadden geweten wat een eerzaam man mijn vader was geweest. Nadat de dominee de gebeden had uitgesproken, vroeg hij op fluistertoon aan me of ik ook nog wat wilde zeggen. Het was alsof mijn keel werd dichtgeknepen en ik kon nog net mijn hoofd schudden om het aanbod af te slaan.

Eenmaal thuis ging ik voorzichtig op de rand van mijn vaders bed zitten. Het regende niet meer en grijzig zonlicht viel schuin door het raam naar binnen. Er hing een bedompte, bijna muffe lucht in huis, maar ik rook mijn vaders geur nog op zijn kussen. Naast me lag de envelop die ik van de advocaat had gekregen. Ik schudde de inhoud eruit. Het testament lag bovenop, met wat andere documenten. Daaronder lag de ingelijste foto die mijn vader lang geleden van zijn bureau had gehaald, de enige foto van ons twee.

Ik bracht de foto naar mijn gezicht en keek ernaar tot ik tranen in mijn ogen kreeg.

Later die middag kwam Lucy langs, mijn ex-vriendin van lang geleden. Toen ik haar op de stoep zag staan, wist ik niet wat ik moest zeggen. Ze was niet meer het gebruinde meisje uit mijn wilde jaren. Dit was een vrouw in een duur donker broekpak en een zijden blouse.

'Gecondoleerd, John,' fluisterde ze, terwijl ze op me afstapte. We omhelsden elkaar, hielden elkaar stevig vast en het gevoel van haar lichaam tegen het mijne was als een glas koel water op een hete zomerdag. Ik rook een vleugje parfum en al kon ik de geur niet thuisbrengen, het deed me denken aan Parijs, hoewel ik daar nooit was geweest.

'Ik las het overlijdensbericht net pas,' zei ze nadat ze zich had losgemaakt. 'Sorry dat ik niet op de begrafenis was.'

'Het geeft niet,' zei ik. Ik wees naar de bank. 'Wil je binnenkomen?'

Ze ging naast me zitten en toen ik zag dat ze geen trouwring omhad, legde ze haar hand onbewust anders neer.

'Het werkte niet,' zei ze. 'Ik ben vorig jaar gescheiden.'

'Het spijt me dat te horen.'

'Ik vind het ook jammer,' zei ze, en ze pakte mijn hand. 'Gaat het een beetje?'

'Ja hoor,' loog ik. 'Het gaat wel.'

We praatten een tijdje over vroeger. Ze reageerde sceptisch toen ik beweerde dat haar laatste telefoontje voor mij de aanleiding was geweest om in het leger te gaan. Ik vertelde haar dat het toen precies was wat ik nodig had. Ze vertelde over haar carrière – ze hielp met het ontwerpen en inrichten van winkelruimtes in warenhuizen – en vroeg hoe het in Irak was geweest. Ik vertelde over het zand. Ze lachte en vroeg niet door. Na een tijdje verliep het gesprek stroever en we beseften hoezeer we waren veranderd. Wie weet kwam het doordat we ooit een hechte band hadden gehad of doordat ze een vrouw was, maar ik voelde hoe ze me opnam en ik wist al wat ze ging vragen.

'Je bent verliefd, niet dan?' fluisterde ze.

Ik sloeg mijn handen ineen in mijn schoot en keek naar het raam. De lucht was donker en bewolkt. Het ging waarschijnlijk zo weer regenen. 'Ja,' bekende ik.

'Hoe heet ze?'

'Savannah,' zei ik.

'Is ze hier?'

Ik aarzelde. 'Nee.'

'Wil je erover praten?'

Nee, wilde ik zeggen, ik wil er niet over praten. In het leger had ik geleerd dat verhalen zoals dat van ons saai en voorspelbaar waren en hoewel iedereen ernaar vroeg, zat niemand op het antwoord te wachten.

Toch vertelde ik het hele verhaal, van begin tot eind, en ik noemde details die ik beter voor me had kunnen houden. Herhaaldelijk pakte ze mijn hand. Ik had niet in de gaten gehad hoe moeilijk het was geweest om erover te zwijgen en nadat ik haar alles had verteld, had ze volgens mij door dat ik alleen wilde zijn. Bij het afscheid gaf ze me een kus op de wang en nadat ze was vertrokken, ijsbeerde ik uren door het huis. Ik ging van de ene naar de andere kamer, dacht aan mijn vader en aan Savannah, voelde me een vreemdeling, en langzamerhand kwam ik tot het besef dat ik ergens naartoe moest.

18

Die nacht sliep ik in mijn vaders bed, de enige keer in mijn leven dat ik dat heb gedaan. De storm was overgetrokken en de temperatuur was tot een ellendig niveau gestegen. Zelfs met de ramen open lukte het me niet om af te koelen en ik lag uren te woelen. Toen ik de volgende ochtend uit bed kroop, zag ik mijn vaders autosleutels in de keuken aan het haakjesbord hangen. Ik gooide mijn spullen in de kofferbak en haalde een paar dingen uit het huis die ik wilde houden. Afgezien van de foto was dat niet veel. Daarna belde ik de advocaat. Ik zei dat ik graag gebruik wilde maken van zijn aanbod om iemand te vinden die de rest van de spullen zou weghalen en het huis zou verkopen. Ik stuurde de huissleutel per post op.

In de garage duurde het even voordat de motor startte. Ik reed achterwaarts over de oprit, deed de garagedeur dicht en sloot af. Vanuit de tuin keek ik naar het huis. Ik dacht aan mijn vader en wist dat ik hier nooit meer terug zou komen.

Ik reed naar het verpleeghuis om mijn vaders spullen op te halen en verliet Wilmington, draaide in westelijke richting de snelweg op en reed op de automatische piloot. Het was jaren geleden dat ik hier had gereden en ik was me slechts vaag bewust van het verkeer, maar toch was er bij vlagen iets van herkenning. Ik reed door de dorpen uit mijn jeugd en ging via Raleigh naar Chapel Hill, waar de herinneringen zich met pijnlijke intensiteit aandienden, en ik merkte dat ik het gaspedaal intrapte in een poging ze achter me te laten.

Ik reed door Burlington, Greensboro en Winston-Salem. Eerder op de dag was ik een keer gestopt om te tanken en ik had toen ook een flesje water gekocht, maar verder reed ik aan één stuk door. Af en toe nam ik een slokje water, maar ik moest er niet aan denken iets te eten. De foto van mijn vader en mij lag op de stoel naast me en af en toe probeerde ik me de jongen op de foto te herinneren. Uiteindelijk verlegde ik mijn koers naar het noorden en volgde een kleinere snelweg tussen bergen met blauwe toppen door, die zich in noordelijke en zuidelijke richting uitstrekten, een lichte zwelling van de aardkorst.

Aan het eind van de middag parkeerde ik bij een aftands motel vlak langs de snelweg. Mijn lichaam was stram en nadat ik me een paar minuten had uitgerekt, ging ik douchen en me scheren. Ik trok een schone spijkerbroek en een schoon T-shirt aan en overwoog wat te eten, maar ik had nog steeds geen honger. Nu de zon laag boven de horizon hing, had de lucht niets van de drukkende, vochtige warmte van de kust, en ik snoof de naaldbomengeur op die van de bergen af zweefde. Dit was de streek waar Savannah was geboren en ergens wist ik dat ze hier nog was.

Ik had naar het huis van haar ouders kunnen rijden om naar haar te vragen, maar dat idee verwierp ik, want ik wist niet hoe ze op mijn aanwezigheid zouden reageren. In plaats daarvan reed ik door Lenoir, kwam door de winkelstraat, waar ook allerlei fastfoodtentjes te vinden waren, en ik minderde pas vaart toen ik in het authentiekere gedeelte van het stadje kwam. In dit deel van Lenoir was niets veranderd. Nieuwkomers en toeristen waren welkom, maar zouden er nooit helemaal bij horen. Ik zette de auto bij een vervallen biljartzaal, een plek die me deed denken aan die holen waar ik vroeger kwam. In de ramen hing neonreclame voor bier en alle parkeerplaatsen aan de voorkant waren bezet. In zo'n tent zou ik het antwoord vinden dat ik nodig had.

Ik ging naar binnen. Hank Williams schalde uit de jukebox en er zweefden slierten sigarettenrook door de lucht. Er stonden vier biljarttafels bij elkaar. Alle spelers droegen een honkbalpet en bij twee van hen zag je zo dat ze een dot pruimtabak in hun wang hadden. Aan de muren hingen vistrofeeën van enorme baarzen, met daaromheen aandenkens aan stockcarraces van de NASCAR. Er hingen foto's die bij Talladega en Martinsville, North Wilkesboro en Rockingham waren genomen en hoewel ik nog steeds hetzelfde over die sport dacht, stelde het me op een of andere manier op mijn gemak. Op de hoek van de bar, onder het lachende gezicht van de overleden Dale Earnhardt, stond een glazen pot met munten. Er werd geld ingezameld voor iemand in het stadje die kanker had. Opeens had ik met die persoon te doen en ik wierp een paar dollar in de pot.

Ik ging aan de bar zitten en raakte aan de praat met de barman. Hij was ongeveer van mijn leeftijd en had net zo'n accent als Savannah. Nadat we twintig minuten over van alles en nog wat hadden gepraat, haalde ik de foto van Savannah uit mijn portemonnee en ik zei dat ik een vriend van de familie was. Ik noemde de voornamen van haar ouders en stelde vragen waaruit bleek dat ik daar eerder was geweest.

Hij was op zijn hoede, en terecht. In stadjes beschermen mensen elkaar, maar hij bleek een paar jaar bij het Korps Mariniers gezeten te hebben en dat hielp. Na een tijdje knikte hij.

'Ja, ik ken haar,' zei hij. 'Ze woont aan Old Mill Road, naast het huis van haar ouders.'

Het was iets over acht en de lucht was grijs nu de schemering inviel. Tien minuten later legde ik een flinke fooi op de bar, waarna ik naar buiten ging.

Mijn hoofd was gek genoeg leeg toen ik het paardenland in reed. Zo had ik het in elk geval in mijn hoofd genoemd, de laatste keer dat ik hier was. De weg die ik volgde bleef maar stijgen en ik herkende steeds vaker oriëntatiepunten in het gebied. Over een paar minuten zou ik langs het huis van Savannahs ouders komen. Toen dat gebeurde, boog ik me over het stuur en speurde de berm af naar een volgende opening in de omheining. Ik draaide het lange grindpad op en zag een met de hand beschilderd bord waarop *Hope and Horses* stond.

Het knarsende geluid van mijn banden over het grind klonk geruststellend. Ik zette de auto onder een wilg, naast een kleine gehavende pick-uptruck. Ik keek naar het huis. Het was rechthoekig en had een puntdak, witte afbladderende verf en een schoorsteen die de lucht in stak, en leek uit de aarde op te rijzen als een honderd jaar oud spookbeeld. Boven de beschadigde voordeur hing een peertje en een kleine potplant hing bij een Amerikaanse vlag. Ze bewogen licht in het briesje. Naast het huis stond een verweerde grote schuur en lag een kleine kraal. Daarachter lag een smaragdgroene wei met daaromheen een keurig wit hek dat helemaal tot aan de rij hoge eiken liep. Bij de grote schuur stond een kleinere schuur en in de invallende duisternis ontdekte ik de contouren van oude landbouwwerktuigen. Opnieuw vroeg ik me af wat ik hier deed.

Het was nog niet te laat om weg te gaan, maar ik kon me er niet toe zetten de auto te keren. De lucht vlamde rood en geel op, waarna de zon onder de horizon zakte en de bergen in sombere duisternis hulde. Ik stapte uit de auto en liep in de richting van het huis. De punten van mijn schoenen werden nat van de dauw op het gras en ook hier rook ik dennengeur. Krekels tsjirpten en ik hoorde een nachtegaal. De geluiden leken me kracht te geven toen ik de veranda op stapte. Ik probeerde te bedenken wat ik zou zeggen als ze de deur opendeed. Of wat ik tegen hem zou zeggen. Terwijl ik een besluit probeerde te nemen, kwam er een kwispelende golden retriever op me af.

Ik stak mijn arm uit en zijn vriendelijke tong likte aan mijn hand, waarna de hond zich omdraaide en de trap weer afging. Hij kwispelde nog steeds toen hij om het huis heen ging. Ik hoorde weer de roep die me naar Lenoir had gebracht, verliet de veranda en ging achter de hond aan. Hij maakte zich plat, kroop onder de laagste sport van het hek door en draafde de grote schuur in.

Zodra de hond uit het zicht verdwenen was, zag ik Savannah uit de schuur komen met rechthoekige balen hooi onder haar armen geklemd. De paarden in de wei kwamen in handgalop op haar af toen ze het hooi in diverse voerbakken gooide. Ik liep nog steeds naar voren. Ze veegde het hooi van haar kleren af en wilde weer naar de schuur lopen toen ze onbewust mijn kant op keek. Ze deed een stap, keek nog eens en bleef als aan de grond genageld staan.

Lange tijd verroerden we ons geen van beiden. Ze keek me recht aan en ik besefte dat ik niet had moeten komen, dat ik niet zonder enige waarschuwing hier kon opduiken. Ik wist dat ik iets moest zeggen, wat dan ook, maar er schoot me niets te binnen. Ik kon haar alleen maar aangapen.

Toen kwamen de herinneringen naar boven, allemaal, en het viel me op hoe weinig ze veranderd was sinds de laatste keer dat ik haar had gezien. Net als ik droeg ze een spijkerbroek en een T-shirt, met vieze vegen erop, en haar cowboylaarzen waren versleten. Op een of andere manier gaf haar sjofele voorkomen haar een aardse uitstraling. Haar haar was langer dan ik me herinnerde, maar ze had nog steeds dat spleetje tussen haar voortanden dat ik altijd zo leuk had gevonden.

'Savannah,' zei ik uiteindelijk.

Pas toen ik dat zei, besefte ik dat ze net zo verlamd was als ik.

Opeens verscheen er een brede glimlach van onschuldig plezier op haar gezicht.

'John?' riep ze.

'Fijn je weer te zien.'

Ze schudde haar hoofd alsof ze het niet kon geloven en keek weer naar me. Toen ze er eindelijk van overtuigd was dat ik geen luchtspiegeling was, rende ze door de opening in het hek. Even later voelde ik haar armen om me heen en werd ik hartelijk verwelkomd. Het was alsof er niets tussen ons was veranderd. Ik wilde haar nooit meer loslaten, maar toen ze zich losmaakte, werd de illusie verbroken en waren we weer vreemden. Op haar gezicht lag de vraag die ik de hele rit hiernaartoe niet had kunnen beantwoorden.

'Wat doe jij hier?'

Ik keek een andere kant op. 'Dat weet ik niet,' zei ik. 'Ik had gewoon het gevoel dat ik hiernaartoe moest.'

Hoewel ze geen vragen stelde, straalde haar gezicht een mengeling van nieuwsgierigheid en aarzeling uit, alsof ze niet wist of ze wel meer uitleg wilde. Ik deed een stapje naar achteren om haar ruimte te geven. Ik zag de vage contouren van de paarden in het donker en voelde de gebeurtenissen van de afgelopen paar dagen terugkeren.

'Mijn vader is overleden,' fluisterde ik. De woorden leken uit het niets te komen. 'Ik kom net van zijn begrafenis.'

Ze zei niets. Haar gelaatsuitdrukking verzachtte tot het spontane medeleven waardoor ik me ooit tot haar aangetrokken voelde.

'O, John... Wat erg voor je,' mompelde ze.

Ze kwam weer op me af en ditmaal lag er iets dringends in haar omhelzing. Toen ze zich losmaakte, was haar gezicht half in de schaduw.

'Hoe is het gebeurd?' vroeg ze, terwijl ze haar hand op die van mij liet liggen.

Ik hoorde oprechte bezorgdheid in haar stem en ik zweeg even, niet in staat de laatste paar jaar in één zin te vangen. 'Het is een lang verhaal,' zei ik. In het licht van de schuurlampen meende ik sporen van herinneringen in haar blik te bespeuren waar ze liever niet aan terugdacht, van een leven van lang geleden. Toen ze mijn hand losliet, zag ik aan haar linkerhand een trouwring glinsteren. Ik werd met mijn neus op de feiten gedrukt.

Ze interpreteerde mijn gelaatsuitdrukking. 'Ja, ik ben getrouwd,' zei ze.

'Sorry,' zei ik hoofdschuddend. 'Ik had niet moeten komen.'

Tot mijn verbazing wuifde ze mijn opmerking weg. 'Het is in orde,' zei ze, waarbij ze haar hoofd scheef hield. 'Hoe heb je me gevonden?'

'Het stadje is niet zo groot.' Ik haalde mijn schouders op. 'Ik heb het aan iemand gevraagd.'

'En die... vertelde dat zomaar aan je?'

'Ik had een overtuigend verhaal.'

Het was een ongemakkelijke situatie en we leken beiden niet te weten wat we moesten zeggen. Ergens verwachtte ik dat we daar zo zouden blijven staan terwijl we als oude vrienden bijpraatten over alles wat er in ons leven was gebeurd sinds we elkaar voor het laatst hadden gezien. Maar ik hield er ook rekening mee dat haar man elk moment uit het huis kon komen en me een hand zou geven of me zou uitdagen voor een gevecht. In de stilte hinnikte een paard en over haar schouder zag ik vier paarden met hun hoofd naar de trog staan, half in het donker, half in het licht dat uit de schuur kwam. Drie andere paarden, waaronder Midas, stonden naar Savannah te kijken alsof ze zich afvroegen of ze hen vergeten was. Savannah wees uiteindelijk over haar schouder.

'Ik moet hun ook eten geven,' zei ze. 'Het is hun voedertijd en ze worden ongedurig.'

Ik knikte. Savannah deed een stap naar achteren en draaide zich om. Toen ze bij het hek was, wenkte ze me. 'Wil je me helpen?'

Ik aarzelde en keek naar het huis. Ze volgde mijn blik.

'Maak je geen zorgen,' zei ze. 'Hij is er niet en ik kan je hulp goed gebruiken.' Haar stem klonk verrassend standvastig.

Hoewel ik niet wist wat ik van haar antwoord moest denken, knikte ik. 'Met alle plezier.'

Ze wachtte op me en deed het hek achter ons dicht. Ze wees naar een hoop mest. 'Kijk uit waar je loopt, anders worden je schoenen vies.'

Ik kreunde. 'Ik zal erop letten.'

In de schuur pakte ze een baal hooi. Daarna pakte ze er nog twee en gaf die aan mij.

'Gooi ze maar gewoon in de voerbakken naast de andere. Ik ga haver pakken.'

Ik deed wat ze me had opgedragen en de paarden kwamen dichterbij. Savannah kwam met een paar volle emmers naar buiten.

'Geef ze de ruimte, anders lopen ze je misschien omver.'

Ik stapte opzij en Savannah hing de emmers aan het hek. De eerste groep paarden draafde ernaartoe. Savannah keek vol trots naar hen.

'Hoe vaak moeten ze gevoerd worden?'

'Twee keer per dag, dag in, dag uit. Maar er komt meer bij kijken. Je zult versteld staan hoe onhandig ze kunnen zijn. Het telefoonnummer van de dierenarts zit onder een sneltoets.'

Ik glimlachte. 'Zo te horen is het veel werk.'

'Dat klopt. Ze zeggen dat een paard hebben net zoiets is als met een anker leven. Tenzij je iemand hebt die het van je kan overnemen, kun je moeilijk weg, zelfs in het weekend.'

'Springen je ouders bij?'

'Soms, als het echt niet anders kan. Mijn vader wordt ouder

en het is nogal een verschil of je een of zeven paarden moet verzorgen.'

'Dat geloof ik graag.'

In de warme omhelzing van de avond luisterde ik naar het gestage hoge gezoem van cicaden en ik ademde de rust van dit toevluchtsoord in, probeerde mijn razende gedachten tot bedaren te brengen.

'Als ik me voorstelde hoe je woonde, had ik zo'n plek in gedachten,' zei ik uiteindelijk.

'Ik ook,' zei ze, 'maar het is veel zwaarder dan ik had gedacht. Er is altijd wel iets kapot. Je kunt je niet voorstellen hoe vaak er al lekkage in de schuur is geweest en afgelopen winter zijn er hele stukken van de omheining ingestort. Die hebben we in het voorjaar gerepareerd.'

Ik hoorde haar het woord 'we' gebruiken en nam aan dat ze daarmee zichzelf en haar man bedoelde, maar ik was er nog niet klaar voor om het over hem te hebben. Zij kennelijk ook niet.

'Het is prachtig hier, ook al is het veel werk. Op dit soort avonden zit ik graag op de veranda naar de wereld te luisteren. Er komt amper verkeer langs en het is hier heel... vreedzaam. Dat helpt om je hoofd leeg te maken, zeker na een lange dag.'

Terwijl ze dat zei, vroeg ik me af wat ze precies bedoelde, en ik voelde aan dat ze ons gesprek oppervlakkig wilde houden.

'Dat geloof ik graag.'

'Ik moet hoeven schoonmaken,' kondigde ze aan. 'Wil je me helpen?'

'Ik heb geen idee hoe dat moet,' bekende ik.

'Het is niet moeilijk,' zei ze. 'Ik zal het je laten zien.' Ze verdween in de schuur en kwam weer naar buiten met iets wat leek op een paar gebogen spijkers. Ze gaf er mij een. Terwijl de paarden stonden te eten, liep ze naar een van hen toe.

'Je hoeft het paard alleen maar vlak bij de hoef vast te pakken terwijl je op de achterkant van zijn been klopt,' zei ze, en ze deed het voor. Het paard, dat hooi stond te eten, tilde gewillig zijn hoef op. Ze klemde de hoef tussen haar benen. 'En dan krab je het vuil ertussenuit. Dat is alles.'

Ik liep naar het paard naast haar en probeerde haar handelingen na te doen, maar er gebeurde niets. Het paard was enorm groot en koppig. Ik trok nogmaals aan de hoef en klopte op de juiste plek. Ik herhaalde de handelingen. Het paard at door, negeerde mijn inspanningen.

'Hij tilt zijn voet niet op,' klaagde ik.

Ze maakte de hoef af waar ze mee bezig was en bukte naast mijn paard. Ze klopte en trok één keer, en toen had ze de hoef tussen haar benen geklemd. 'Dat doet hij wel. Het punt is dat hij doorheeft dat je niet weet wat je doet en dat je je niet op je gemak voelt bij hem. Je moet zelfverzekerd overkomen.' Ze liet de hoef los. Ik nam haar plaats in en deed een nieuwe poging. Het paard negeerde me weer.

'Kijk dan hoe ik het doe,' zei ze.

'Ik heb gekeken,' protesteerde ik.

Ze herhaalde de handelingen. Het paard tilde zijn voet op. Even later deed ik haar precies na en het paard negeerde me. Hoewel ik niet zal beweren dat ik bij paarden gedachten kan lezen, had ik het idee dat dit dier van mijn gezwoeg genoot. Gefrustreerd klopte en trok ik meedogenloos tot het paard eindelijk, als bij toverslag, zijn voet optilde. Hoewel ik in feite niet veel had gedaan, voelde ik een vlaag van trots. Voor het eerst sinds mijn komst lachte Savannah.

'Goed gedaan. Nu krab je de modder ertussenuit en daarna doe je de andere hoef.'

Savannah had de andere zes paarden gedaan tegen de tijd dat ik met dit ene paard klaar was. Daarna maakte ze het hek open en de paarden draafden de donkere wei in. Ik wist niet wat ik moest verwachten, maar Savannah liep naar het schuurtje. Ze had twee scheppen in haar hand.

'Nu is het tijd om op te ruimen,' zei ze, en ze gaf me een schep.

'Opruimen?'

'De poep,' zei ze. 'Anders gaat het hier behoorlijk stinken.'

Ik pakte de schep. 'Doe je dit elke dag?'

'Het leven is geen pretje, of wel soms?' vroeg ze plagend. Ze ging weer weg en kwam terug met een kruiwagen.

Toen we de poep erin schepten, steeg de wassende maan boven de boomtoppen uit. We werkten in stilte, het klikken en schrapen van haar schep was een regelmatig ritme dat de lucht vulde. Tegen de tijd dat we klaar waren, leunde ik op mijn schep en ik keek aandachtig naar haar. In het schemerduister van het erf was ze even mooi en vluchtig als een geestverschijning. Ze zei niets, maar ik had door dat ze me opnam.

'Gaat het?' vroeg ik uiteindelijk.

'John, waarom ben je hier?'

'Dat heb je al gevraagd.'

'Dat weet ik,' zei ze, 'maar je hebt niet echt antwoord gegeven.'

Ik bestudeerde haar. Nee, dat had ik niet gedaan. Ik wist niet eens of ik het aan mezelf kon uitleggen en ik verplaatste mijn gewicht van mijn ene naar mijn andere voet. 'Ik wist niet waar ik anders naartoe moest.'

Tot mijn verbazing knikte ze. 'Hm-hm,' zei ze.

De onvoorwaardelijke acceptatie die in haar stem doorklonk, maakte dat ik verder sprak.

'Ik meen het,' zei ik. 'In sommige opzichten ben je de beste vriend die ik ooit heb gehad.'

Ik zag haar gelaatsuitdrukking verzachten. 'Oké,' zei ze. Haar antwoord deed me aan mijn vader denken, en nadat ze het gezegd had, had ze dat mogelijk ook door. Ik dwong mezelf het terrein te overzien.

'Dit is de ranch waar je van droomde, niet dan?' vroeg ik. 'Hope and Horses is zeker voor autistische kinderen bedoeld?'

Ze haalde haar hand door haar haar en streek een haarlok achter haar oor. Ze leek blij te zijn dat ik me dat herinnerde. 'Ja,' zei ze. 'Dat klopt.'

'Is het zoals je had gedacht?'

Ze lachte en stak haar handen in de lucht. 'Soms,' zei ze. 'Maar je moet niet denken dat het genoeg opbrengt om de rekeningen van te betalen. We hebben er allebei een baan naast en ik besef dagelijks dat ik op school minder heb geleerd dan ik dacht.'

'O ja?'

Ze knikte. 'Sommige kinderen die hier of in het centrum komen, zijn moeilijk te bereiken.' Ze aarzelde en zocht naar de juiste woorden. Uiteindelijk schudde ze weer haar hoofd. 'Ik zal wel gedacht hebben dat ze allemaal zoals Alan waren, snap je?' Ze keek naar me op. 'Weet je nog wat ik je over hem heb verteld?'

Toen ik knikte, ging ze verder. 'Alans situatie blijkt uniek te zijn. Misschien komt het doordat hij op een ranch is opgegroeid, maar hij heeft zich veel gemakkelijker aangepast dan de meeste kinderen.'

Toen ze niet verderging, wierp ik haar een vragende blik toe. 'Je hebt het mij anders verteld. Ik herinner me dat je zei dat Alan aanvankelijk doodsbang was.'

'Ja, dat weet ik, maar... hij raakte eraan gewend. En dat is het hele punt. Je moest eens weten hoeveel kinderen we hier hebben die zich nooit zullen aanpassen, ook al werken we nog zo lang met hen. Dit is niet alleen voor het weekend. Er zijn kinderen die hier al ruim een jaar regelmatig komen. We werken bij een evaluatiecentrum voor ontwikkelingsstoornissen, dus we zien de meeste kinderen vaak. Toen we met de ranch begonnen, hebben we er bewust voor gekozen die voor alle kinderen open te stellen, ongeacht de ernst van hun aandoening. Dat was voor ons een belangrijk punt, maar bij sommige kinderen... Wist ik maar hoe ik tot hen door kon dringen. Het lijkt soms zo zinloos.'

Savannah leek haar herinneringen te ordenen. 'Het is niet zo dat we het gevoel hebben dat we onze tijd verspillen,' vervolgde ze. 'Sommige kinderen hebben echt baat bij wat we doen. Die komen een paar weekenden hiernaartoe en dan is het... alsof een knop zich langzaam ontvouwt tot een prachtige bloem. Net zoals het bij Alan is gegaan. Het is alsof je voelt dat ze hun geest openstellen voor nieuwe ideeën en mogelijkheden, en als je ze dan met een brede glimlach ziet paardrijden, is het alsof de rest van de wereld er niet toe doet. Dat is een bedwelmend gevoel en je wilt dat dat steeds weer gebeurt met ieder kind dat hier komt. Ik dacht altijd dat het een kwestie was van volhouden, dat we iedereen konden helpen, maar dat kunnen we niet. Er zitten kinderen tussen die nooit bij een paard in de buurt zullen komen, laat staan dat ze erop zullen rijden.'

'Dat ligt niet aan jou. Ik zag dat paardrijden ook niet zitten, weet je nog?'

Ze giechelde opeens als een klein meisje. 'O ja, dat weet ik nog. De eerste keer dat je op een paard zat, was je banger dan veel van de kinderen die hier komen.'

'Niet waar,' protesteerde ik. 'Bovendien was Pepper dartel.'

'Ha!' riep ze. 'Waarom denk je dat ik je op Pepper liet rijden? Dat is zo'n beetje het gemakkelijkste paard dat er is. Volgens mij heeft hij nog nooit geprobeerd om iemand van zich af te schudden.'

'Hij was wel dartel,' hield ik vol.

'Ik hoor het al, een echte beginner,' zei ze plagend. 'Ook al heb je het mis, ik vind het ontroerend dat je het nog weet.'

Haar speelsheid bracht een vloedgolf van herinneringen naar boven.

'Natuurlijk weet ik dat nog,' zei ik. 'Dat waren een paar van de mooiste dagen van mijn leven. Ik zal ze nooit vergeten.' Over haar schouder zag ik de hond de wei in lopen. 'Wie weet is dat de reden dat ik nog steeds niet getrouwd ben.'

Toen ze dat hoorde keek ze me weifelend aan. 'Ze staan ook in mijn geheugen gegrift.'

'Is dat zo?'

'Natuurlijk,' zei ze. 'Ook al vind je dat misschien moeilijk te geloven, het is wel zo.'

Het gewicht van haar woorden hing zwaar in de lucht.

'Savannah, ben je gelukkig?' vroeg ik uiteindelijk.

Ze schonk me een wrange glimlach. 'Meestal wel. En jij?'

'Dat weet ik niet,' zei ik, en ze moest weer lachen.

'Dat is je standaardantwoord als er naar je gevoelens wordt gevraagd. Het is net een reflex. Dat is altijd al zo geweest. Waarom vraag je me niet gewoon wat je wilt weten?'

'Wat wil ik dan weten?'

'Of ik van mijn man hou. Dat is toch je eigenlijke vraag?' zei ze, en ze keek vlug een andere kant op.

Even was ik sprakeloos, maar ik besefte dat haar gevoel klopte. Dat was de werkelijke reden dat ik hier was.

'Ja,' zei ze uiteindelijk, terwijl ze weer mijn gedachten las. 'Ik hou van hem.'

De onmiskenbare oprechtheid in haar stem stak, maar voordat ik daarbij kon stilstaan, keek ze me weer aan. Er stond bezorgdheid op haar gezicht te lezen, alsof ze aan iets pijnlijks dacht, maar dat ging snel voorbij.

'Heb je al gegeten?' vroeg ze.

Ik probeerde nog altijd te snappen wat ik zojuist had gezien. 'Nee,' zei ik. 'Ik heb trouwens ook niet ontbeten of geluncht.'

Ze schudde haar hoofd. 'Er staat nog een restje stoofvlees. Heb je tijd om te blijven eten?'

Hoewel ik me afvroeg hoe dat moest met haar man knikte ik. 'Graag,' zei ik.

We liepen naar het huis en bleven staan toen we op de veranda bij een rij modderige, afgetrapte cowboylaarzen kwamen. Savannah pakte mijn arm op een manier die opvallend ontspannen en natuurlijk overkwam, gebruikte mij als steuntje toen ze haar laarzen uitdeed. Wie weet kwam het door haar aanraking dat ik haar recht durfde aan te kijken en hoewel ik dezelfde geheimzinnigheid en volwassenheid zag waardoor ik haar altijd al aantrekkelijk had gevonden, was er ook een zekere droefheid en terughoudendheid. Die combinatie maakte haar voor mijn bloedende hart nog mooier.

19

Haar kleine keuken zag er precies zo uit als je zou verwachten in een oud huis dat de afgelopen eeuw nauwelijks verbouwd was: oude linoleumvloeren die loslieten bij de muren, functionele eenvoudige witte kasten – met talloze lagen verf – en een roestvrijstalen gootsteen onder een houten kozijn dat vast jaren geleden al vervangen had moeten worden. Er zaten scheuren in het aanrechtblad en tegen een van de wanden stond een fornuis dat net zo oud was als het huis zelf. Op sommige plaatsen was de moderne wereld opgerukt: vlak bij de gootsteen stonden een grote koelkast en een vaatwasser, en in een hoek stond diagonaal een magnetron met daarnaast een halfgevulde fles rode wijn. In bepaalde opzichten deed het me denken aan het huis van mijn vader.

Savannah deed een kastje open en pakte een wijnglas. 'Wil je wijn?'

Ik schudde mijn hoofd. 'Ik ben nooit zo'n wijndrinker geweest.'

Tot mijn verbazing zette ze het glas niet terug. Ze pakte de fles wijn en schonk een glas in. Ze zette het glas op de tafel en ging zitten.

Savannah nam een slokje.

'Je bent veranderd,' zei ik.

Ze haalde haar schouders op. 'Er is veel veranderd sinds ik je voor het laatst heb gezien.'

Ze liet het daarbij en zette haar glas terug op de tafel. Toen ze weer iets zei, klonk haar stem ingetogen. 'Ik had nooit gedacht dat ik zo iemand zou worden die uitkijkt naar het glas wijn in de avond, maar het is zo.'

Ze liet haar glas ronddraaien op de tafel en ik vroeg me af wat er met haar was gebeurd.

'Weet je wat het rare is?' zei ze. 'Ik vind het echt belangrijk hoe de wijn smaakt. Bij mijn eerste glas wist ik het verschil niet tussen goede of slechte wijn. Als ik nu een fles koop, ben ik best kieskeurig.'

Die opmerking kon ik niet rijmen met de vrouw die voor me zat en ik wist niet hoe ik moest reageren.

'Begrijp me niet verkeerd,' vervolgde ze. 'Ik ben heus niet vergeten wat mijn ouders me hebben geleerd en ik drink zelden meer dan één glas op een avond. Maar als je bedenkt dat Jezus water in wijn veranderde, lijkt het me geen grote zonde om wijn te drinken.'

Ik glimlachte om haar logica en bedacht dat het onredelijk was me vast te klampen aan de tijdcapsuleversie die ik van haar had. 'Ik vroeg niet om een verklaring.'

'Dat weet ik,' zei ze, 'maar je vroeg je af hoe het zat.'

Even was het enige geluid in de keuken het zachte gebrom van de koelkast. 'Het spijt me van je vader,' zei ze, terwijl haar vinger een scheur in het tafelblad volgde. 'Dat meen ik. Je moest eens weten hoe vaak ik de afgelopen jaren aan hem heb gedacht.'

'Dank je,' zei ik.

Savannah draaide haar glas opnieuw rond, leek gebiologeerd door het wervelen van de vloeistof. 'Wil je erover praten?' vroeg ze.

Dat wist ik eigenlijk niet, maar toen ik achteroverleunde in mijn stoel kwamen de woorden bijna vanzelf. Ik vertelde haar over mijn vaders eerste hartaanval, en over de tweede, en over de keren dat ik de laatste jaren bij hem had gelogeerd. Ik vertelde haar dat we dichter tot elkaar waren gekomen en dat ik me bij hem op mijn gemak voelde, dat hij aan het wandelen was geslagen tot hij dat uiteindelijk had moeten opgeven. Ik vertelde over mijn laatste dagen met hem en hoe moeilijk ik het ermee had gehad hem in een verpleeghuis te laten opnemen. Toen ik vertelde over de begrafenis en de foto die ik in de envelop had gevonden, pakte ze mijn hand.

'Ik ben blij dat hij die voor je had bewaard,' zei ze, 'al verbaast het me niet.'

'Ik was wel verbaasd,' zei ik, en ze lachte. Het was een geruststellend geluid.

Ze gaf me een kneepje in mijn hand. 'Had ik het maar geweten. Ik was graag naar zijn begrafenis gegaan.'

'Het stelde niet veel voor.'

'Dat hoeft ook niet. Hij was je vader, dat is het enige wat telt.' Ze aarzelde, liet mijn hand los en nam een slokje wijn.

'Wil je nu eten?' vroeg ze.

'Dat weet ik niet,' zei ik, en ik bloosde toen ik aan haar eerdere opmerking dacht.

Ze boog zich grijnzend naar voren. 'Weet je wat? Ik warm een bord met stoofvlees voor je op en dan kijk je maar hoe ver je komt.'

'Is het lekker?' vroeg ik. 'Ik... kan me namelijk niet herinneren dat je me ooit verteld hebt dat je kunt koken.'

'Het is ons familierecept,' zei ze zogenaamd beledigd. 'Maar ik zal eerlijk zijn. Mijn moeder heeft het klaargemaakt en heeft het gisteren hiernaartoe gebracht.'

'Nu komt de aap uit de mouw,' zei ik.

'Vroeg of laat komt de waarheid meestal boven tafel,' zei ze. Ze stond op, maakte de koelkast open en zocht waar het stond. Ik zat net aan de ring om haar vinger te denken en vroeg me af waar haar man was toen ze een tupperwarebakje uit de koelkast haalde. Ze schepte wat stoofvlees op een bord en zette dat in de magnetron.

'Wil je er nog iets bij? Brood en boter misschien?'

'Lekker,' zei ik.

Een paar minuten later stond het bord voor mijn neus en door de geur besefte ik opeens dat ik honger had. Tot mijn verbazing ging Savannah weer op haar plek zitten en ze pakte haar wijnglas.

'Ga jij niet eten?'

'Ik heb geen trek,' zei ze. 'Ik eet de laatste tijd weinig.' Ze nam een slokje terwijl ik de eerste hap in mijn mond stak. Ik reageerde niet op haar opmerking.

'Je hebt gelijk,' zei ik. 'Het is heerlijk.'

Ze glimlachte. 'Mijn moeder kan goed koken. Je zou denken dat ik dat wel van haar geleerd zou hebben, maar dat is dus niet zo. Ik had nooit tijd. Toen ik jong was had ik het te druk met studeren en de laatste tijd met verbouwen.' Ze wees naar de woonkamer. 'Het is een oud huis. Ik weet dat je het er niet aan afziet, maar we hebben de afgelopen jaren veel werk verzet.'

'Het ziet er prima uit.'

'Dat zeg je alleen uit beleefdheid, maar toch bedankt,' antwoordde ze. 'Je had het eens moeten zien toen ik erin trok. Het was toen in dezelfde staat als de grote schuur. Er moest een nieuw dak op, maar weet je, het gekke is dat mensen bij verbouwen nooit aan een dak denken. Je gaat ervan uit dat een huis een dak heeft, maar je staat er nooit bij stil dat het op een dag vervangen zal moeten worden. Vrijwel alles wat we aan het huis hebben gedaan valt in die categorie. Warmtepompen, isolatieglas, de schade herstellen die termieten hadden aangericht... Het waren veel lange dagen.' Er lag een dromerige uitdrukking op haar gezicht. 'We hebben bijna alles zelf gedaan, zoals hier in de keuken. Ik weet dat we nieuwe kastjes en een nieuwe vloer nodig hebben, maar toen we erin trokken, ontstonden er telkens als het regende plassen in de woonkamer en in de slaapkamers. Wat was wijsheid? We moesten prioriteiten stellen. Een van de eerste dingen die we hebben gedaan is alle oude dakspanen van het dak halen. Het was snikheet en daar stond ik dan met een schep op het dak om de dakspanen los te krijgen, mijn handen onder de blaren. Maar het voelde goed... Twee jonge mensen die aan een leven samen begonnen en hard werkten om hun huis te repareren. Er was een sterk gevoel van saamhorigheid. Dat was ook zo toen we in de woonkamer met de vloer bezig waren. We hebben er weken over gedaan om de vloer te schuren en te egaliseren. We hebben hem gebeitst en gelakt en toen we er eindelijk overheen liepen, voelde het alsof we de basis hadden gelegd voor de rest van ons leven.'

'Zoals jij het vertelt klinkt het bijna romantisch.'

'Dat was het in zekere zin ook,' beaamde ze. Ze streek een haarlok achter haar oor. 'Maar de laatste tijd is het niet meer zo romantisch. Nu is alles gewoon oud.'

Ik schoot in de lach, hoestte en reikte naar een glas dat er niet stond.

Ze schoof haar stoel naar achteren. 'Ik zal water voor je pakken,' zei ze. Ze vulde een glas bij de kraan en zette het voor me neer. Ik voelde haar naar me kijken terwijl ik dronk.

'Wat?' vroeg ik.

'Je ziet er anders uit.'

'Ik?' Dat leek me stug.

'Ja, jij,' hield ze vol. 'Je... lijkt ouder.'

'Ik ben ook ouder.'

'Dat weet ik, maar dat is het niet. Het komt door je ogen. Die kijken... ernstiger dan vroeger. Alsof ze dingen hebben gezien die ze niet hadden moeten zien. Ze stralen een zekere vermoeidheid uit.'

Ik reageerde niet op haar opmerking, maar toen ze naar mijn gezicht keek, schudde ze beschaamd haar hoofd. 'Dat had ik niet moeten zeggen. Ik kan me slechts een voorstelling maken van wat je de laatste tijd hebt doorstaan.'

Ik nam nog een hap stoofvlees en dacht na over haar opmerking. 'Ik ben begin 2004 uit Irak vertrokken,' zei ik. 'Sindsdien heb ik in Duitsland gezeten. Slechts een klein gedeelte van het leger is op een bepaald tijdstip daar en we rouleren. Ik zal waarschijnlijk nog wel een keer naar Irak gaan, maar ik heb geen idee wanneer dat zal zijn. Hopelijk is het daar dan wat rustiger.'

'Je diensttijd had er toch al lang op moeten zitten?'

'Ik heb bijgetekend,' zei ik. 'Er was geen reden om dat niet te doen.'

We wisten beiden hoe dat kwam en ze knikte. 'Hoe lang moet je nog?'

'Tot 2007.'

'En dan?'

'Dat weet ik niet. Misschien blijf ik nog een paar jaar. Het kan ook zijn dat ik ga studeren. Wie weet ga ik proberen een graad in het speciaal onderwijs te behalen. Daar heb ik goede dingen over gehoord.'

Ze keek me met een droevige glimlach aan en even zwegen we allebei. 'Hoe lang ben je getrouwd?' vroeg ik.

Ze verschoof op haar stoel. 'In november twee jaar.'

'Ben je hier getrouwd?'

'Alsof er iets te kiezen viel.' Ze keek vertwijfeld naar het plafond. 'Het moest van mijn moeder de volmaakte bruiloft worden. Ik ben natuurlijk hun enige dochter, maar achteraf had ik het veel liever klein gehouden. Honderd gasten had ik veel leuker gevonden.'

'En dat noem je klein?'

'Vergeleken met hoeveel gasten we hadden wel ja. Niet eens iedereen kon zitten in de kerk en mijn vader zegt telkens tegen me dat hij er nog jaren over zal doen om alle rekeningen te betalen. Hij plaagt me alleen maar, dat weet ik ook wel. De helft van de gasten bestond uit vrienden van mijn ouders. Dat krijg je als je in je geboorteplaats trouwt. Iedereen, van de postbode tot de kapper, wordt uitgenodigd.'

'Vind je het fijn om weer thuis te zijn?'

'Het is hier prettig. Mijn ouders wonen vlakbij en daar heb ik behoefte aan, zeker nu.'

Ze weidde daar verder niet over uit en toen ik opstond om mijn bord naar de gootsteen te brengen vroeg ik me af wat ze bedoelde, zoals ik me ook vele andere dingen afvroeg. Nadat ik het bord had afgespoeld, hoorde ik haar achter me roepen.

'Laat maar staan. Ik moet de vaatwasser nog uitruimen. Dat doe ik later wel. Wil je verder nog iets? Mijn moeder heeft ook wat pasteitjes op het aanrechtblad neergezet.'

'Ik zou wel een glas melk lusten,' zei ik. Toen ze wilde opstaan, zei ik: 'Ik pak het zelf wel, als je zegt waar ik een glas kan vinden.'

'In het kastje naast de gootsteen.'

Ik pakte een glas van de plank en liep naar de koelkast. Op de bovenste plank stond een pak melk. Op de planken eronder stonden zeker tientallen tupperwarebakjes met eten. Ik schonk een glas melk in en liep terug naar de tafel.

'Wat is er aan de hand, Savannah?'

Ze reageerde fel. 'Hoe bedoel je?'

'Je man,' zei ik.

'Wat is er met hem?'

'Wanneer kan ik kennis met hem maken?'

In plaats van antwoord te geven stond Savannah met haar glas in de hand op. Ze goot het restantje wijn in de gootsteen en pakte een kopje en een theedoos.

'Je kent hem al,' zei ze, en ze draaide zich om. Ze rechtte haar schouders. 'Het is Tim.'

Ik hoorde het lepeltje tegen het kopje tikken toen Savannah weer tegenover me zat.

'Hoeveel wil je horen?' mompelde ze, terwijl ze naar haar theekopje keek.

'Alles,' zei ik. Ik leunde achterover in mijn stoel. 'Of niets. Ik ben er nog niet uit.'

Ze snoof. 'Dat snap ik op zich wel.'

Ik zette mijn handen tegen elkaar. 'Wanneer is het begonnen?'

'Dat weet ik niet,' zei ze. 'Ik weet dat het raar klinkt, maar het is anders gegaan dan jij waarschijnlijk denkt. We zijn het beiden nooit van plan geweest.' Ze legde haar lepeltje op de tafel. 'Maar om je toch een idee te geven, vermoedelijk ergens begin 2002.'

Een paar maanden nadat ik had bijgetekend, besefte ik. Een half jaar voor mijn vaders eerste hartaanval en ongeveer rond de tijd dat haar brieven veranderden.

'Je weet dat we vrienden waren. En ook al was hij promovendus, in mijn laatste jaar op de universiteit hadden we een paar colleges in hetzelfde gebouw en dan gingen we na afloop samen koffiedrinken of studeren. We gingen niet samen uit en liepen niet hand in hand. Tim wist dat ik van jou hield... Maar hij was er, snap je? Hij luisterde als ik vertelde hoe erg ik je miste en hoe zwaar het was om van elkaar gescheiden te zijn. En het wás zwaar, heus. Ik was er altijd van uitgegaan dat je tegen die tijd al thuis zou zijn.'

Toen ze opkeek, lag er in haar ogen iets van... Van wat? Spijt? Ik kon het niet zeggen.

'Maar goed, we zagen elkaar vaak en hij kon me goed troosten als ik somber was. Hij herinnerde me er altijd aan dat je terug zou zijn met verlof voor ik er erg in had. Je moest eens weten hoe graag ik je weer wilde zien. En toen werd je vader ziek. Ik wist dat je bij hem moest zijn – ik zou het mezelf nooit hebben vergeven als je niet bij hem was gebleven – maar het was niet wat we nodig hadden. Ik weet dat het egoïstisch klinkt, en ik vind het vreselijk dat ik dat zelfs maar dacht. Het voelde alsof het lot tegen ons samenspande.'

Ze zette het lepeltje in de thee en roerde weer, terwijl ze bedacht hoe ze verder zou gaan.

'De daaropvolgende herfst, vlak nadat ik al mijn colleges had afgerond en weer thuis was gaan wonen om bij het evaluatiecentrum voor ontwikkelingsstoornissen hier te gaan werken, kregen Tims ouders een afschuwelijk ongeluk. Ze kwamen terug uit Asheville toen ze de macht over het stuur verloren en op de verkeerde weghelft belandden. Ze klapten boven op een oplegger. De bestuurder van die oplegger had niets, maar Tims ouders waren op slag dood. Tim moest stoppen met zijn opleiding – hij was aan zijn proefschrift bezig – zodat hij naar huis kon om voor Alan te zorgen.' Ze zweeg even. 'Het was vreselijk voor Tim. Hij moest niet alleen zijn eigen verdriet verwerken – hij was dol op zijn ouders – maar Alan was ontroostbaar. Hij gilde de hele tijd en trok zijn haar eruit. De enige die kon voorkomen dat Alan zichzelf pijn deed, was Tim, maar die had daar wel al zijn energie voor nodig. Rond die tijd kwam ik voor het eerst hier. Om bij te springen, snap je.'

Toen ik haar niet-begrijpend aankeek, voegde ze eraan toe: 'Dit was het huis van Tims ouders, het huis waar Tim en Alan zijn opgegroeid.'

Zodra ze dat zei, wist ik het weer. Natuurlijk was dit Tims huis. Ze had me wel eens verteld dat Tim haar buurjongen was en op de ranch naast die van haar ouders woonde.

'We troostten elkaar. Ik probeerde hem te helpen en hij probeerde mij te helpen en samen probeerden we Alan te helpen. En langzamerhand werden we verliefd.'

Voor het eerst keek ze me recht aan.

'Ik weet dat je boos wilt zijn op Tim of op mij. Waarschijnlijk op ons allebei. En dat verdienen we denk ik ook. Maar je hebt er geen idee van hoe het toen was. Er speelde zo veel tegelijk. Alles was zo emotioneel beladen. Ik voelde me schuldig over wat er gebeurde, Tim voelde zich schuldig. Maar na een tijdje had ik het gevoel dat we al een stel waren. Tim ging bij hetzelfde evaluatiecentrum voor ontwikkelingsstoornissen werken als ik en besloot dat hij op de ranch een weekendprogramma voor autistische kinderen wilde opzetten. Zijn ouders hadden altijd gewild dat hij dat zou doen en dus ging ik ook op de ranch werken. Vanaf dat moment waren we vrijwel onafscheidelijk. Het opstarten van de ranch gaf ons een doel en ook Alan had daar baat bij. Hij is gek op paarden en er was zo veel te doen dat hij geleidelijk aan het idee wende dat zijn ouders er niet waren. Het was alsof we op elkaar steunden... Later dat jaar vroeg hij me ten huwelijk.'

Toen ze niet verder praatte, keek ik van haar weg en ik probeerde haar woorden te bevatten. We zwegen geruime tijd, worstelend met onze gedachten.

'Dat is dus het verhaal,' zei ze. 'Ik weet niet wat je verder nog wilt horen.'

Dat wist ik ook niet.

'Woont Alan nog hier?' vroeg ik.

'Hij heeft boven een kamer. Hij heeft eigenlijk gewoon zijn eigen kamer gehouden. Het is trouwens minder zwaar dan het klinkt. Nadat hij de paarden heeft gevoerd en geborsteld, trekt hij zich meestal terug. Hij is dol op computerspelletjes, kan uren achter elkaar spelen. De laatste tijd lukt het me niet om hem te laten ophouden. Als ik hem zijn gang laat gaan speelt hij de hele nacht door.'

'Is hij nu hier?'

Ze schudde haar hoofd. 'Nee,' zei ze. 'Hij is bij Tim.'

'Waar?'

Voordat ze kon antwoorden krabde de hond dringend aan

de deur en Savannah stond op om de deur open te maken. De hond kwam naar binnen, tong uit zijn bek en nog steeds kwispelstaartend. Het dier liep naar me toe en snuffelde aan mijn hand.

'De hond vindt me aardig,' zei ik.

Savannah stond nog bij de deur. 'Ze vindt iedereen aardig. Ze heet Molly. Het is een waardeloze waakhond, maar verder is het een schatje. Probeer haar gekwijl te vermijden, anders zit je er straks helemaal onder.'

Ik keek naar mijn spijkerbroek. 'Ik zie het.'

Savannah wees over haar schouder. 'Zeg, ik bedenk opeens dat ik nog wat spullen binnen moet zetten. Het gaat vannacht regenen. Ik ben zo terug.'

Het viel me op dat ze de vraag over Tim niet had beantwoord en ik besefte dat ze dat ook niet van plan was.

'Heb je hulp nodig?'

'Op zich niet, maar je mag wel meelopen. Het is een prachtige avond.'

Ik volgde haar naar buiten. Molly trippelde voor ons uit, was kennelijk helemaal vergeten dat ze even daarvoor had gesmeekt of ze naar binnen mocht. Toen er een uil opvloog uit de bomen, rende Molly de duisternis in en verdween. Savannah trok haar laarzen weer aan.

We liepen naar de grote schuur. Ik dacht na over alles wat ze me verteld had en ik vroeg me opnieuw af waarom ik hiernaartoe was gekomen. Ik wist niet of ik blij was dat ze met Tim was getrouwd – ze leken perfect bij elkaar te passen – of juist verdrietig moest zijn om diezelfde reden. En ik was ook niet blij dat ik eindelijk de waarheid wist. Ik besefte dat het eigenlijk gemakkelijker was om het niet te weten. Opeens sloeg de vermoeidheid toe.

Ze verzweeg iets voor me. Ik hoorde het aan haar stem, in de zweem van droefheid die maar niet wegging. Omringd door het duister was ik me er sterk van bewust hoe dicht we naast elkaar liepen en ik vroeg me af of Savannah het ook doorhad. Als dat zo was, liet ze het in elk geval niet merken.

De paarden waren slechts donkere vlekken in de verte, zonder herkenbare vorm. Savannah raapte wat hoofdstellen op en bracht die naar de grote schuur, waar ze ze ophing aan een paar haken. Terwijl ze daarmee bezig was, pakte ik de scheppen die we hadden gebruikt en zette ze bij het andere gereedschap. Toen we weggingen, controleerde ze of ze het hek goed had dichtgedaan.

Ik keek op mijn horloge en zag dat het al bijna tien uur was. Het was laat en daar waren we ons beiden van bewust.

'Ik moest maar eens gaan,' zei ik. 'Het is een kleine stad, ik wil niet dat er gekletst wordt.'

'Je hebt waarschijnlijk gelijk.' Molly kwam vanuit het niets naar ons toe gelopen en ging tussen ons in zitten. Toen ze aan Savannahs been wilde likken, deed Savannah een stap opzij. 'Waar logeer je?' vroeg ze.

'In een motel langs de snelweg.'

Ze trok heel even haar neus op. 'Ik ken het.'

'Het is een beetje een vage tent,' gaf ik toe.

Ze glimlachte. 'Dat verbaast me niets. Je had er altijd al een handje van om bijzondere plekken uit te zoeken.'

'Zoals de Shrimp Shack?'

'Precies.'

Ik stak mijn handen in mijn zakken en vroeg me af of dit de laatste keer was dat ik haar ooit zou zien. Als dat zo was, was dit een bizarre anticlimax. Ik wilde niet dat onze ontmoeting met slap geklets zou eindigen, maar ik wist niets meer te zeggen.

Over de weg aan de voorkant van het terrein naderde een auto. De koplampen beschenen het huis heel even toen de auto langsscheurde.

'Nou, dan ga ik maar,' zei ik bij gebrek aan een betere tekst. 'Het was fijn je weer te zien.'

'Ik vond het ook fijn om jou te zien, John. Ik ben blij dat je gekomen bent.'

Ik knikte weer. Toen ze wegkeek, vatte ik dat op als een teken om te vertrekken.

'Tot ziens,' zei ik.

'Tot ziens.'

Ik stapte de veranda af en liep naar mijn auto, in verwarring door de gedachte dat het nu voorgoed voorbij was. Ik wist niet wat ik dan had verwacht, maar dit definitieve einde bracht al die gevoelens weer boven die ik na het lezen van haar laatste brief had weggedrukt.

Ik deed net het portier open toen ik haar hoorde roepen.

'Hé, John?'

'Ja?'

Ze stapte de veranda af en liep naar me toe. 'Kom je morgen weer?'

Toen ze dichterbij kwam, haar gezicht half in het donker, wist ik zeker dat ik nog van haar hield. Ondanks de brief, ondanks haar man. Ondanks het feit dat we nooit samen zouden kunnen zijn.

'Hoezo?' vroeg ik.

'Ik vroeg me af of je zin had om langs te komen. Rond een uur of tien. Ik weet zeker dat Tim je graag wil zien...'

Ik schudde mijn hoofd al voor ze de zin had afgemaakt. 'Dat lijkt me geen goed idee.'

'Doe het dan voor mij.'

Ze wilde dat ik zou zien dat Tim nog steeds hetzelfde was als in mijn herinnering en ergens wist ik dat ze dit vroeg omdat ze wilde dat ik haar zou vergeven. Maar dan nog...

Ze pakte mijn hand. 'Alsjeblieft, het zou veel voor me betekenen.'

Ondanks de warmte van haar hand wilde ik niet terugkomen. Ik wilde Tim niet zien, wilde hen niet samen zien of aan tafel zien zitten terwijl ze deden of er niets aan de hand was. Maar haar smeekbede maakte het onmogelijk haar verzoek af te wijzen.

'Oké dan,' zei ik. 'Tien uur.'

'Dank je wel.'

Even later draaide ze zich om. Ik bleef staan en keek hoe ze de veranda op liep voor ik in de auto stapte. Ik startte en reed achterwaarts weg. Savannah draaide zich om op de veranda en zwaaide een laatste keer. Ik zwaaide en reed naar de weg. Haar beeld in de achteruitkijkspiegel werd steeds kleiner. Terwijl ik naar haar keek, kreeg ik opeens een brok in mijn keel. Niet omdat ze met Tim was getrouwd, en niet bij het vooruitzicht dat ik hen morgen samen zou zien. Het kwam doordat ik bij het wegrijden naar Savannah keek en zag hoe ze op de veranda met haar handen voor haar gezicht geslagen stond te huilen.

20

De volgende ochtend stond Savannah op de veranda en ze zwaaide naar me toen ik de oprit op reed. Ze stapte naar voren toen ik de motor uitzette. Ik verwachtte half dat Tim achter haar in de deuropening zou verschijnen, maar hij was nergens te bekennen.

'Hoi,' zei ze, terwijl ze mijn arm aanraakte. 'Fijn dat je gekomen bent.'

'Ja,' zei ik, en ik haalde onwillig mijn schouders op.

Even meende ik begrip in haar ogen te zien en ze vroeg: 'Heb je goed geslapen?'

'Niet echt.'

Ze schonk me een wrang lachje. 'Ben je er klaar voor?'

'Zeker weten.'

'Oké,' zei ze. 'Ik ga even de autosleutels pakken, of wil jij rijden?'

Aanvankelijk snapte ik niet wat ze bedoelde. 'Gaan we weg?' Ik knikte naar het huis. 'Ik dacht dat ik Tim zou zien.'

'We gaan naar Tim,' zei ze. 'Hij is niet hier.'

'Waar is hij dan?'

Ze leek me niet gehoord te hebben. 'Wil jij rijden?'

'Dat is goed,' zei ik. Ik deed geen moeite mijn verwarring te verbergen. Ze zou het wel uitleggen als ze daaraan toe was. Ik deed het portier voor haar open, liep om de auto heen naar de bestuurdersplaats en kroop achter het stuur. Savannah liet haar hand over het dashboard glijden alsof ze wilde voelen of dit allemaal wel echt was.

'Ik herinner me deze auto.' Er lag een nostalgische uitdrukking op haar gezicht. 'Die is toch van je vader geweest? Niet te geloven dat het ding nog rijdt.'

'Hij heeft er weinig mee gereden,' zei ik. 'Hij ging er alleen mee naar zijn werk en naar de supermarkt.'

'Dan nog.'

Ze deed de gordel om en ik vroeg me onwillekeurig af of ze vannacht alleen was geweest.

'Welke kant op?' vroeg ik.

'Bij de weg naar links,' zei ze, 'en dan in de richting van het centrum.'

We zwegen. Ze keek uit het raam aan de passagierskant en had haar armen over elkaar geslagen. Dat had ik als een belediging kunnen opvatten, maar iets aan haar gelaatsuitdrukking maakte me duidelijk dat haar houding niets met mij te maken had en ik liet haar met rust.

Toen we het stadje naderden, schudde ze haar hoofd alsof ze opeens doorhad hoe stil het in de auto was. 'Sorry,' zei ze. 'Ik ben niet echt gezellig.'

'Dat geeft niet,' zei ik, en ik probeerde mijn toenemende nieuwsgierigheid te verbergen.

Ze wees naar de voorruit. 'Bij de volgende kruising naar rechts.'

'Waar gaan we naartoe?'

Ze antwoordde niet meteen, maar wendde haar gezicht af en keek uit het raam aan de passagierskant.

'Naar het ziekenhuis,' zei ze uiteindelijk.

Ik volgde haar door schijnbaar eindeloze gangen tot we bij de balie kwamen waar bezoekers zich moesten melden. Achter de balie zat een oudere vrijwilliger met een klembord. Savannah pakte de pen en zette geroutineerd haar naam op de lijst.

'Hou je het nog een beetje vol?'

'Ik doe mijn best,' mompelde Savannah.

'Het komt goed. Het hele dorp bidt voor hem.'

'Dank je,' zei Savannah. Ze gaf het klembord terug aan de vrijwilliger en keek me aan. 'Hij ligt op de vierde etage,' zei ze. 'De liften zijn aan het eind van de gang.'

Misselijk van de spanning liep ik achter haar aan. Bij de lift gekomen stapte er net iemand uit, waarna wij erin stapten. Nadat de liftdeuren waren dichtgegaan, had ik het gevoel dat ik in een graftombe was.

Eenmaal op de vierde etage liep Savannah door de gang met mij in haar kielzog. Ze stopte bij een deur die een eindje openstond en draaide zich naar me om.

'Ik kan beter eerst alleen naar binnen gaan,' zei ze. 'Kun je hier blijven wachten?'

'Natuurlijk.'

Ze schonk me een dankbare glimlach en draaide zich om. Voordat ze de kamer binnenstapte haalde ze diep adem. 'Hallo, schat,' hoorde ik haar opgewekt roepen. 'Hoe is het?'

De daaropvolgende minuten hoorde ik niets. Ik stond daar maar in de gang naar dezelfde steriele, onpersoonlijke omgeving te kijken die me ook al was opgevallen als ik bij mijn vader op bezoek was in het ziekenhuis. Het rook er naar desinfectiemiddel en ik zag een verpleeghulp verderop in de gang een karretje met eten een kamer in duwen. Halverwege de gang zag ik verpleegkundigen bij elkaar zitten bij de verplegerspost. Achter de deur aan de andere kant van de gang hoorde ik iemand kokhalzen.

'Oké,' zei Savannah, die haar hoofd om de deur stak. Onder haar bravoure zag ik nog steeds haar droefheid. 'Kom maar binnen. Hij is er klaar voor.'

Ik liep achter haar aan de kamer in en bereidde me voor op het ergste. Tim zat rechtop in bed met een infuus in zijn arm. Zo te zien was hij uitgeput en zijn huid was zo bleek dat die bijna doorschijnend leek. Hij was nog meer afgevallen dan mijn vader en terwijl ik naar hem keek, kon ik alleen maar denken dat hij stervende was. De vriendelijkheid in zijn ogen was het enige wat nog hetzelfde was. Aan de andere kant van de kamer zat een jongen – ik gokte dat hij tegen de twintig of voor in de twintig was – die zijn hoofd heen en weer liet rollen, en ik wist direct dat dit Alan was. De kamer stond vol met bloemen: op elke tafel en rand stonden boeketten en kaarten. Savannah ging naast haar man op het bed zitten en pakte zijn hand.

'Hallo, Tim,' zei ik.

Hij leek te moe om te kunnen glimlachen, maar slaagde daar toch in. 'Hallo, John. Fijn je weer te zien.'

'Ik vind het ook fijn om jou weer te zien,' zei ik. 'Hoe gaat het met je?'

Zodra ik dat gezegd had, had ik door hoe belachelijk dat klonk. Tim was het waarschijnlijk gewend, want hij vertrok geen spier.

'Het gaat wel,' zei hij. 'Ik voel me al beter.'

Ik knikte. Alan bleef met zijn hoofd rollen en ik keek naar hem, voelde me een indringer in een situatie die ik had willen vermijden.

'Dit is mijn broer, Alan,' zei hij.

'Hoi, Alan.'

Toen Alan geen antwoord gaf, hoorde ik Tim tegen hem fluisteren: 'Alan? Het is in orde. Hij is geen arts. Hij is een vriend. Zeg eens gedag.'

Het duurde even, maar toen stond Alan op van zijn stoel. Hij liep stijf door de kamer en hoewel hij me niet aankeek, stak hij wel zijn hand uit. 'Hoi, ik ben Alan,' zei hij met een verbazingwekkend zware, monotone stem.

'Leuk je te ontmoeten' zei ik, en ik pakte zijn hand. Die was slap. Hij bewoog zijn hand één keer op een neer, liet los en ging terug naar zijn stoel.

'Ga zitten,' zei Tim.

Ik liep verder de kamer in en ging zitten. Nog voor ik erover kon beginnen, hoorde ik Tim de vraag beantwoorden die in mijn hoofd zat.

'Melanoom,' zei hij, 'voor het geval je je afvraagt wat ik heb.'

'Het komt toch wel weer goed?'

Alan ging sneller met zijn hoofd rollen en begon op zijn dijen te slaan. Savannah keek een andere kant op. Ik besefte dat ik dit niet had moeten vragen.

'Daar heb je artsen voor,' antwoordde Tim. 'Ik ben in goede handen.' Ik had door dat hij dit meer voor Alan dan voor mij zei en Alan werd rustiger.

Tim sloot zijn ogen en deed ze weer open alsof hij zich op zijn kracht probeerde te concentreren. 'Ik ben blij dat je heelhuids terug bent,' zei hij. 'Ik heb voor je gebeden al die tijd dat je in Irak zat.'

'Dank je,' zei ik.

'Wat doe je nu? Je zit zeker nog steeds in het leger?'

Hij knikte naar mijn kapsel en ik liet mijn hand over de crew cut glijden. 'Ja, ik ben min of meer beroepsmilitair geworden.'

'Mooi,' zei hij. 'Het leger heeft mensen zoals jij nodig.'

Ik zei niets. Het tafereel kwam me onwerkelijk voor. Het was alsof ik in een droom naar mezelf keek. Tim wendde zich tot Savannah. 'Lieverd, loop jij even met Alan mee om een blikje fris voor hem te regelen? Hij heeft sinds vanochtend vroeg niets meer gedronken. En misschien kun je hem zover krijgen dat hij iets eet.'

'Doe ik,' zei ze. Ze gaf hem een kus op zijn voorhoofd en liet zich van het bed af glijden. In de deuropening bleef ze staan. 'Kom, Alan, dan gaan we iets te drinken halen.'

Ik had het idee dat Alan er lang over deed om die woorden te verwerken. Uiteindelijk stond hij op en hij liep naar Savannah toe. Ze legde zacht haar hand op zijn rug toen ze naar de deur gingen. Toen ze weg waren, keek Tim me weer aan.

'Deze hele situatie is erg zwaar voor Alan. Hij kan er niet goed mee omgaan.'

'Dat is logisch.'

'Laat je niet van de wijs brengen door dat rollen met zijn hoofd. Dat heeft niets met autisme of intelligentie te maken. Het is eerder een zenuwtic. Dat geldt ook voor op zijn dijen slaan. Hij weet wat er speelt. Hij verwerkt dat op een manier waar andere mensen doorgaans zenuwachtig van worden.'

Ik sloeg mijn handen ineen. 'Ik kan er wel tegen,' zei ik. 'Mijn vader had ook van die tics. Hij is je broer, natuurlijk maakt hij zich zorgen.'

Tim glimlachte. 'Aardig van je dat je dat zegt. Veel mensen worden er bang van.'

'Ik niet,' zei ik hoofdschuddend. 'Ik kan hem wel aan.'

Gek genoeg lachte hij, al leek dat veel energie te kosten.

'O, vast,' zei hij. 'Alan is een goedzak. Hij is waarschijnlijk te lief, doet geen vlieg kwaad.'

Ik knikte en had door dat hij dit alleen maar zei om mij op mijn gemak te stellen. Het werkte niet.

'Wanneer ben je erachter gekomen?'

'Een jaar geleden. Ik had een moedervlek op mijn kuit die jeukte en toen ik eraan krabde begon hij te bloeden. Ik dacht daar verder niet bij na, tot de moedervlek weer ging bloeden toen ik er een volgende keer aan krabde. Een half jaar geleden ging ik naar de dokter. Het was op een vrijdag. Op zaterdag werd ik geopereerd, op maandag begonnen ze met interferon en nu lig ik hier.'

'Heb je al die tijd in het ziekenhuis gelegen?'

'Nee, af en toe. Gewoonlijk gebeurt het toedienen van interferon poliklinisch, maar ik verdraag de behandeling slecht en daarom word ik opgenomen. Voor het geval ik zo misselijk word dat ik uitdroog. Zoals gisteren.'

'Ik vind het zo rot voor je,' zei ik.

'Dat is het ook.'

Ik keek de kamer rond en mijn oog viel op een foto naast het bed, in een goedkoop lijstje. Het was een foto van Tim en Savannah met hun armen om Alan heen geslagen. 'Kan Savannah het een beetje aan?' vroeg ik.

'Zoals je zou verwachten.' Tim volgde met zijn vrije hand een vouw in het ziekenhuislaken. 'Ze doet het geweldig. Niet alleen met mij maar ook met de ranch. De laatste tijd moet ze alles in haar eentje doen, maar ze klaagt nooit. Als ze bij me is, probeert ze sterk te zijn. Ze zegt steeds dat het allemaal goed komt.' Hij wist een flauwe glimlach op te brengen. 'De helft van de tijd geloof ik haar nog ook.'

Toen ik niet antwoordde, ging hij met moeite rechter zitten. Zijn gezicht vertrok van pijn, maar toen de pijn gezakt was, werd hij weer zichzelf. 'Savannah vertelde dat je gisteravond op de ranch hebt gegeten.'

'Dat klopt,' zei ik.

'Ze was vast blij je te zien. Ze heeft zich er altijd schuldig over gevoeld dat jullie relatie zo is geëindigd, en ik ook. Ik wil je mijn excuses aanbieden.'

'Niet doen.' Ik stak mijn handen op. 'Het is in orde.'

Hij glimlachte spottend. 'Dat zeg je alleen maar omdat ik ziek ben, dat weten we allebei. Als ik gezond was, zou je waarschijnlijk mijn neus weer willen breken.'

'Misschien,' bekende ik en hoewel hij opnieuw lachte, hoorde ik erin door hoe ziek hij was.

'Dat verdien ik,' zei hij, zich niet bewust van mijn gedachten.

'Je gelooft het misschien niet, maar ik voel me rot over wat er is gebeurd. Ik weet dat jullie echt van elkaar hielden.'

Ik boog me naar voren en steunde op mijn ellebogen. 'Gedane zaken nemen geen keer,' zei ik.

Dat zei ik slechts voor de vorm en dat wist hij ook, maar voor ons beiden was de zaak daarmee afgedaan. 'Wat brengt je hier? Na al die tijd.'

'Mijn vader is vorige week overleden,' zei ik.

Ondanks zijn ziekte stond er oprecht medeleven op zijn gezicht te lezen. 'Gecondoleerd, John. Ik weet hoeveel hij voor je betekende. Was het plotseling?'

'Het eind komt altijd plotseling, maar hij was al langer ziek.'

'Dat maakt het niet gemakkelijker.'

Ik vroeg me af of dit alleen over mij of ook over Savannah en Alan ging.

'Savannah heeft het me verteld van je ouders.'

'Omgekomen bij een auto-ongeluk,' zei hij langzaam. 'Het was... onwerkelijk. Een paar avonden daarvoor hadden we nog bij hen gegeten en dan ben je opeens hun begrafenis aan het regelen. Het lijkt nog steeds onwerkelijk. Als ik thuis ben, verwacht ik ze steeds te zien. Dan denk ik dat mijn moeder in de keuken is of dat mijn vader in de tuin rondscharrelt.' Hij aarzelde en ik wist dat hij die beelden voor zich zag. Uiteindelijk schudde hij zijn hoofd. 'Was dat bij jou ook zo toen je thuis was?'

'De hele tijd.'

Hij liet zijn hoofd op het kussen zakken. 'We hebben beiden zware jaren achter de rug. Dat stelt je geloof wel op de proef.'

'Zelfs bij jou?'

Hij grijnsde halfhartig. 'Het stelt je op de proef, ik zei niet dat ik mijn geloof was kwijtgeraakt.'

'Nee, dat kan bij jou denk ik niet.'

Ik hoorde op de gang een verpleegkundige praten en verwachtte dat ze binnen zou komen, maar ze liep door en ging naar een andere kamer.

'Ik ben blij dat je Savannah hebt opgezocht,' zei hij. 'Ik weet dat het banaal klinkt na alles wat jullie hebben doorgemaakt, maar ze heeft nu behoefte aan een vriend.'

Mijn keel werd dichtgeknepen. 'Ja.' Meer kon ik niet uitbrengen.

Hij werd stil en ik wist dat hij er niets meer over zou zeggen. Na een tijdje viel hij in slaap en ik zat met een leeg hoofd naar hem te kijken.

'Het spijt me dat ik het je gisteren niet verteld heb,' zei Savannah een uur later tegen me. Toen Savannah en Alan de kamer weer binnenstapten en zagen dat Tim sliep, had ze gebaard dat ik haar moest volgen naar de cafetaria beneden. 'Ik was verbaasd je te zien en had het moeten zeggen, maar telkens als ik dat wilde doen, kon ik het gewoon niet.'

Er stonden twee bekers thee op de tafel, want we hadden beiden geen zin om te eten. Savannah tilde haar beker op en zette die weer neer.

'Hij had een slechte dag. Ik had uren in het ziekenhuis gezeten en de verpleegkundigen wierpen telkens van die medelijdende blikken op me en... Het is alsof ze me stukje bij beetje om zeep helpen. Ik weet dat het belachelijk klinkt als je bedenkt wat Tim doormaakt, maar het is zwaar om hem zo ziek te zien. Het is echt vreselijk. Ik weet dat ik bij hem moet zijn om hem te steunen, en dat wil ik ook, maar het is altijd erger dan ik verwacht. Gisteren na de behandeling was hij zo ziek dat ik dacht dat hij doodging. Hij bleef maar overgeven en toen er niets meer in zijn maag zat, ging het kokhalzen gewoon door. Om de vijf tot tien minuten begon hij te kreunen en te draaien om het tegen te gaan, maar hij kon niets doen. Ik hield hem vast en troostte hem, maar ik voelde me zo machteloos, dat valt met geen pen te beschrijven.' Ze bewoog het theezakje op en neer in de beker. 'Zo gaat het elke keer,' zei ze.

Ik zat aan het oor van mijn beker. 'Ik weet niet wat ik moet zeggen.'

'Er valt niets te zeggen, dat weet ik. Daarom praat ik met jou, want ik weet dat jij het aankunt. Ik heb verder niemand om mee te praten. Mijn vrienden hebben geen idee hoe het voor mij is. Mijn ouders doen op hun manier hun best. Ik weet dat ze alles zouden doen wat ik hun zou vragen. Ze bieden aan om me te helpen en mama kookt voor ons, maar telkens als ze eten komt brengen is ze op van de zenuwen. Ze kan elk moment in tranen uitbarsten. Het is of ze bang is iets verkeerds te zeggen of te doen, dus als ze probeert te helpen, is het of ik haar moet steunen in plaats van andersom. Ik heb al zo veel aan mijn hoofd en het is soms gewoon te veel als dat er ook nog eens bij komt. Ik vind het vervelend om dat over haar te zeggen, want ze doet haar best en ze is mijn moeder en ik hou van haar, maar soms zou ik willen dat ze sterker was, snap je?'

Ik herinnerde me haar moeder en knikte. 'En je vader?'

'Hetzelfde, maar op een andere manier. Hij mijdt het onderwerp, weigert erover te praten. Als we bij elkaar zijn, praat hij over de ranch of over mijn werk, over van alles, behalve over Tim. Het is alsof hij wil compenseren dat mijn moeder zich doorlopend zorgen maakt. Hij zal nooit vragen hoe het met Tim is en of ik het wel red.' Ze schudde haar hoofd. 'En dan zit ik nog met Alan. Tim kan heel goed met hem omgaan en ik geloof graag dat het mij ook steeds beter lukt, maar dan doet hij zichzelf opeens pijn of hij maakt dingen kapot en dan moet ik huilen omdat ik niet weet wat ik moet doen. Begrijp me niet verkeerd, ik probeer er voor Alan te zijn, maar ik ben Tim niet en dat weten we allebei.'

Ze hield mijn blik even vast en keek toen van me weg. Ik nam een slokje thee en probeerde me voor te stellen hoe haar leven nu was.

'Heeft Tim je verteld hoe het ervoor staat, met zijn melanoom?'

'Daar heeft hij wel iets over gezegd,' zei ik, 'maar ik weet er het fijne niet van. Hij vertelde dat er een moedervlek was gaan bloeden, dat hij er een tijdje geen aandacht aan had geschonken en dat hij uiteindelijk naar een dokter was gegaan.'

Ze knikte. 'Het slaat helemaal nergens op. Als Tim nou vaak in de zon had gezeten, zou ik het nog snappen, maar de melanoom zat op de achterkant van zijn been. Je kent Tim. Zie je het voor je, Tim in korte broek? Die draagt hij eigenlijk nooit, zelfs niet op het strand, en hij waarschuwde altijd dat we ons moesten insmeren. Hij drinkt niet, rookt niet, let op wat hij eet. En toch kreeg hij een melanoom. Ze hebben het gebied rond de moedervlek weggesneden en vanwege de omvang hebben ze achttien lymfeklieren weggehaald. Bij een daarvan werd het melanoom aangetroffen. Ze begonnen met interferon – dat is de standaardbehandeling en die duurt een jaar – en we probeerden optimistisch te blijven, maar er ging van alles mis. Eerst met de interferon en daarna kreeg hij een paar weken na de operatie cellulitis bij de incisie in de lies.'

Toen ik haar niet-begrijpend aankeek, floot ze zichzelf terug.

'Sorry. Ik praat tegenwoordig zo vaak met artsen. Cellulitis is een huidinfectie en bij Tim was het vrij ernstig. Hij heeft tien dagen op de intensive care gelegen. Ik dacht dat ik hem zou verliezen, maar hij is een vechter. Hij heeft het overleefd en de behandeling is voortgezet, maar vorige maand vonden ze kankerweefsel op de plek waar de melanoom had gezeten. Dat betekende weer een operatie, maar erger nog, daaruit bleek dat de interferon waarschijnlijk minder goed was aangeslagen dan verwacht. Hij kreeg een PET-scan en een MRI-scan en daarbij vonden ze kankercellen in een van zijn longen.'

Ze keek naar haar beker. Ik was sprakeloos en uitgeput en we zwegen langdurig.

'Ik vind het heel erg,' fluisterde ik uiteindelijk.

Mijn woorden brachten haar weer in het heden. 'Ik zal het niet opgeven,' zei ze met overslaande stem. 'Hij is zo'n goede man. Hij is lief en geduldig en ik hou zielsveel van hem. Het is gewoon niet eerlijk. We zijn nog niet eens twee jaar getrouwd.'

Ze keek me aan en haalde een paar keer diep adem, probeerde te kalmeren.

'Hij moet hier weg, weg uit dit ziekenhuis. Hier kunnen ze hem alleen interferon geven en zoals ik al zei, dat slaat minder goed aan dan verwacht. Hij moet naar het MD Anderson of de Mayo Clinic of het Johns Hopkins. Daar wordt baanbrekend onderzoek gedaan. Als alleen interferon niet goed genoeg werkt, kunnen ze hem misschien een extra medicijn geven. Ze proberen daar allerlei combinaties, zelfs met experimentele medicijnen. Er is daar de mogelijkheid tot biochemotherapie en op andere plaatsen doen ze klinisch onderzoek. Bij het MD Anderson starten ze in november met het testen van een vaccin, niet als preventiemiddel, zoals bij de meeste vaccins, maar als behandelmethode. De eerste resultaten zijn veelbelovend. Ik wil dat hij meedoet aan dat klinische onderzoek.'

'Ga dan,' zei ik met klem.

Ze lachte even. 'Zo gemakkelijk gaat dat niet.'

'Hoezo? Het lijkt me vrij simpel. Hij gaat hier weg, stapt in de auto en dan ga je.'

'Dat gaat onze verzekering niet betalen,' zei ze. 'Nu niet, in elk geval. Hij krijgt de standaardbehandeling en, geloof het of niet, de verzekeringsmaatschappij heeft tot nu toe niet moeilijk gedaan. Ze hebben alle ziekenhuisopnamen, alle interferon en alle extra's zonder morren vergoed. Ik heb zelfs een casemanager toegewezen gekregen en die is zeer met ons begaan. Maar die kan niets doen omdat het onze arts het best lijkt de interferon wat meer tijd te geven. Geen enkele verzekeringsmaatschappij zal experimentele behandelingen vergoeden. En geen enkele verzekeraar zal behandelingen vergoeden die niet onder de standaardbehandeling vallen, zeker niet als je daarvoor naar een andere staat moet en er nieuwe dingen uitgeprobeerd worden waarvan niet eens zeker is dat die zullen werken.'

'Sleep ze desnoods voor de rechter.'

'John, onze verzekeraar heeft geen spier vertrokken bij alle kosten voor intensive care en extra ziekenhuisopnamen en Tim krijgt de juiste behandeling. Het punt is dat ik niet kan bewijzen dat het op een andere plek met alternatieve behandelingen beter met hem zal gaan. Ik denk en hoop van wel, maar dat is niet gegarandeerd.' Ze schudde haar hoofd. 'Maar goed, zelfs als ik de verzekeringsmaatschappij voor de rechter zou slepen en die uiteindelijk alles zou vergoeden wat ik wil, dan nog kost dat tijd... en we hebben geen tijd.' Ze slaakte een zucht. 'Het is niet alleen een geldprobleem maar ook een tijdprobleem.'

'Hoeveel heb je nodig?'

'Veel. En als Tim een infectie krijgt en weer op de intensive care belandt – wat al eerder is gebeurd – weet ik al helemaal niet over hoeveel geld we praten. Meer dan ik ooit kan betalen, dat zeker.'

'Wat ga je doen?'

'Geld bij elkaar sprokkelen,' zei ze. 'Ik heb geen keuze. De gemeenschap helpt ons. Zodra bekend werd wat Tim mankeerde, heeft de lokale tv daar aandacht aan besteed en er heeft ook een stukje in de plaatselijke krant gestaan. Mensen in Lenoir hebben beloofd geld in te zamelen. Er is een speciaal bankrekeningnummer geopend. Mijn ouders hebben geld geschonken. Onze werkgever heeft gedoneerd en ook ouders van sommige kinderen met wie we werken. Ik heb gehoord dat veel bedrijven zelfs een potje hebben neergezet om geld in te doen.'

Ik dacht opeens aan het potje aan het eind van de bar in de biljartzaal, de dag dat ik in Lenoir was aangekomen. Ik had er een paar dollar in gegooid, maar opeens leek dat veel te weinig.

'Heb je het geld al bijna bij elkaar?'

'Ik heb geen idee.' Ze schudde haar hoofd alsof ze daar niet over wilde nadenken. 'Dit is allemaal nog maar net aan de gang en sinds Tim die behandeling ondergaat, ben ik hier of op de ranch. Maar het gaat om veel geld.' Ze schoof haar beker thee opzij en schonk me een trieste glimlach. 'Ik heb geen idee waarom ik je dit vertel. Ik weet niet eens zeker of hij op die andere plekken echt geholpen kan worden. Het enige wat ik weet, is dat hij het niet zal redden als hij hier blijft. Misschien zal hij het elders ook niet overleven, maar daar heeft hij in elk geval nog een kans... Momenteel is dat alles wat ik heb.'

Ze zweeg, niet in staat verder te praten, en staarde zonder iets te zien naar het vuile tafelblad.

'Weet je wat het gekke is?' zei ze uiteindelijk. 'Jij bent de enige aan wie ik dit heb verteld. Ergens weet ik dat je de enige bent die zou kunnen begrijpen wat ik doormaak. Ik kan het aan jou vertellen zonder op mijn woorden te hoeven letten.' Ze pakte haar beker en zette die weer neer. 'Ik weet dat het niet eerlijk is, want je vader...'

'Het geeft niet,' verzekerde ik haar.

'Dat zal allemaal wel,' zei ze, 'maar het is egoïstisch van me. Jij worstelt met je eigen emoties door de dood van je vader, en ik zadel je op met mijn gevoelens over iets wat wel of niet kan gebeuren.' Ze staarde uit het raam van de cafetaria, maar ik wist dat ze niets van het glooiende grasveld zag.

'Hé,' zei ik, en ik pakte haar hand. 'Ik ben blij dat je het me verteld hebt, echt, al was het maar om je hart te luchten.'

Na een tijdje haalde Savannah haar schouders op. 'Moet je ons nou zien. Twee gewonde soldaten die steun bij elkaar zoeken.'
'Daar komt het wel op neer.'
Ze keek me aan. 'We boffen maar,' fluisterde ze.
Ondanks alles stond mijn hart even stil.
'Ja,' zei ik, 'we boffen maar.'

Het grootste gedeelte van de middag zaten we in Tims kamer. Hij sliep toen we terugkwamen, was een paar minuten wakker en sliep weer verder. Alan hield de wacht aan het voeteneind, negeerde me terwijl hij op zijn broer lette. Savannah zat nu eens naast Tim op het bed en dan weer in de stoel naast mij. Als ze vlak bij me was, bespraken we Tims conditie, van huidkanker in het algemeen tot details van mogelijke alternatieve behandelingen. Ze had wekenlang op internet gezocht en kende de details van alle klinische onderzoeken die momenteel liepen. Ze sprak op fluistertoon, omdat ze niet wilde dat Alan het kon verstaan. Tegen de tijd dat ze het hele verhaal verteld had, wist ik meer over melanomen dan ik voor mogelijk had gehouden.

Aan het begin van de avond stond Savannah eindelijk op. Tim had het grootste gedeelte van de middag geslapen en uit hoe ze hem teder een afscheidskus gaf, maakte ik op dat ze dacht dat hij het merendeel van de avond ook zou slapen. Ze kuste hem nog een keer, gaf hem een kneepje in zijn hand en wees naar de deur. We slopen de kamer uit.

'Laten we naar de auto gaan,' zei ze toen we op de gang stonden.

'Ga je nog terug?'

'Morgen. Als hij wakker wordt, wil ik niet dat hij het idee heeft dat hij voor mij wakker moet blijven. Hij moet rusten.'

'En Alan?'

'Die is met de fiets,' zei ze. 'Hij fietst 's ochtends hiernaartoe en komt 's avonds laat terug. Hij weigert met mij mee te gaan, ook als ik dat vraag. Het komt goed. Hij doet dit al maanden.'

Een paar minuten later verlieten we het parkeerterrein van het ziekenhuis en voegden ons in de avondspits. De lucht werd steeds grijzer en aan de horizon hingen dikke wolken, de voorbode van onweersbuien zoals we die aan de kust kenden. Savannah was in gedachten verzonken en zei weinig. Op haar gezicht stond dezelfde vermoeidheid te lezen die ik voelde. Ik moest er niet aan denken de volgende dag terug te moeten, en de dag daarna en de dag daarna, terwijl je wist dat hij ergens anders wellicht beter kon worden.

Toen we de oprit op reden en ik een blik op Savannah wierp, zag ik een traan over haar wang glijden. Mijn hart brak bijna, maar toen ze me zag kijken, veegde ze de traan weg. Ze leek verbaasd dat hij daar zat. Ik zette de auto onder de wilg, naast de gehavende pick-uptruck. De eerste regendruppels vielen op de voorruit.

Terwijl we daar zo in de auto zaten, vroeg ik me af of dit dan het definitieve afscheid zou zijn. Voordat ik iets wist te zeggen, keek Savannah me aan. 'Heb je honger?' vroeg ze. 'Er ligt een hele lading eten in de koelkast.'

Iets in haar blik waarschuwde me niet op haar aanbod in te gaan, maar ik knikte toch. 'Ja, ik wil wel wat eten,' zei ik.

'Daar ben ik blij om,' zei ze zacht. 'Ik wil vanavond echt niet alleen zijn.'

Toen we uit de auto stapten, begon het harder te regenen. We renden naar de voordeur, maar tegen de tijd dat we de veranda bereikten, waren mijn kleren al doorweekt. Molly hoorde ons en toen Savannah de deur openduwde, stoof de hond langs me heen, door de keuken naar de woonkamer. Terwijl ik naar de hond keek, dacht ik terug aan hoe ik hier gisteren was aangekomen en ik besefte dat er veel was veranderd sinds we uit elkaar waren gegaan. Te veel om te bevatten.

Net zoals wanneer ik in Irak op patrouille was, dwong ik mezelf me op het heden te richten, al bleef ik alert op wat kon komen.

'Er is van alles,' riep ze, terwijl ze naar de keuken liep. 'Dat is mijn moeders manier om met de situatie om te gaan. Koken. Er is stoofvlees, chili con carne, kippenpastei, gegrild varkensvlees, lasagne...' Ze haalde haar hoofd uit de koelkast toen ik de keuken binnenkwam. 'Zit er iets tussen waar je trek in hebt?'

'Het maakt mij niet uit,' zei ik. 'Kies jij maar.'

Toen ik dat zei, zag ik een vlaag van teleurstelling over haar gezicht trekken en ik wist direct dat ze het zat was om keuzes te moeten maken. Ik kuchte.

'Doe maar lasagne.'

'Oké,' zei ze. 'Dan ga ik dat opwarmen. Heb je veel of weinig honger?'

Ik dacht even na. 'Gewoon.'

'Wil je er een salade bij? Ik heb nog zwarte olijven en tomaten in huis. Met sladressing en croutons erbij is dat best lekker.'

'Dat klinkt goed.'

'Prima,' zei ze, 'ik ben zo klaar.'

Ik keek toe hoe Savannah een krop sla en tomaten uit de onderste lade van de koelkast pakte. Ze spoelde ze af onder de kraan, sneed de tomaten en de sla en deed die in een houten schaal. Daarna strooide ze er olijven overheen en zette de schaal op tafel. Ze schepte een flinke portie lasagne op twee borden en zette het eerste bord in de magnetron. Haar bewegingen waren trefzeker, alsof ze het geruststellend vond deze eenvoudige taak uit te voeren.

'Ik weet niet hoe het met jou zit, maar ik ben wel toe aan een glas wijn.' Ze wees naar een rekje op het aanrechtblad vlak bij de gootsteen. 'Ik heb een lekkere pinot noir.'

'Dan neem ik ook een glas,' zei ik. 'Zal ik de fles voor je ontkurken?'

'Nee, laat mij maar. De kurkentrekker heeft kuren.'

Ze ontkurkte de fles en schonk twee glazen in. Even later zat ze tegenover me en hadden we allebei een bord voor onze neus staan. De damp sloeg ervanaf en door de heerlijke geur besefte ik dat ik honger had. Nadat ik een hap had genomen, wees ik met mijn vork naar de lasagne.

'Wauw,' zei ik. 'Dit is echt heerlijk.'

'Ja, hè?' beaamde ze. In plaats van een hap te nemen nam ze een slok wijn. 'Dit is Tims lievelingseten. Toen we net getrouwd waren, smeekte hij mijn moeder steeds om dit voor hem te maken. Ze is dol op koken en het maakt haar blij als ze ziet dat mensen van haar kookkunst genieten.'

Vanaf de andere kant van de tafel keek ik toe hoe ze haar vinger over de rand van haar glas liet gaan. De rode wijn ving het licht als het vlak van een robijn.

'Als je meer wilt, er is genoeg,' voegde ze eraan toe. 'Je bewijst me een gunst, dat meen ik. Het meeste eten gaat zo de vuilnisbak in. Ik moet eigenlijk tegen haar zeggen dat ze kleinere hoeveelheden brengt, maar dat zal niet goed vallen.'

'Ze heeft het zwaar,' zei ik. 'Ze weet dat je verdriet hebt.'

'Dat weet ik.' Ze nam nog een slok wijn.

'Je gaat toch wel wat eten?' Ik wees naar haar onaangeroerde bord.

'Ik heb geen trek,' zei ze. 'Zo gaat het altijd als Tim in het ziekenhuis ligt. Ik warm iets op, heb echt zin om te eten en als het dan voor me staat, klapt mijn maag dicht.' Ze keek naar haar bord alsof ze echt wilde proberen om te eten. Toen schudde ze haar hoofd.

'Doe me een plezier en neem een hap,' drong ik aan. 'Je moet eten.'

'Het komt goed.'

Ik bracht net mijn vork naar mijn mond en stopte halverwege. 'Doe het dan voor mij. Ik ben het niet gewend dat mensen toekijken terwijl ik eet. Dit voelt raar.'

'Oké.' Ze pakte haar vork, schepte er wat eten op en nam een hap. 'Zo goed?'

'Ja, prima,' zei ik verontwaardigd. 'Dat is precies wat ik bedoelde. Nu voel ik me een stuk beter. Misschien kunnen we als toetje wat kruimels delen. Tot die tijd hou jij je vork vast en doe je gewoon alsof.'

Ze lachte. 'Ik ben blij dat je er bent,' zei ze. 'Je bent de enige die nog zo tegen me durft te praten.'

'Hoe? Die zegt waar het op staat?'

'Ja,' zei ze. 'Geloof het of niet, maar dat bedoelde ik inderdaad.' Ze legde haar vork neer en schoof haar bord opzij – mijn verzoek negeerde ze. 'Daar ben je altijd al goed in geweest.'

'Ik herinner me dat ik van jou hetzelfde dacht.'

Ze gooide haar servet op tafel. 'Dat waren nog eens tijden, niet dan?'

Toen ze zo naar me keek, keerde het verleden ineens terug en even herbeleefde ik alle emoties, alle hoop en alle dromen die ik ooit voor ons had gehad. Ze was weer de jonge vrouw die ik op het strand was tegengekomen, met een heel leven voor zich, een leven dat ik een deel van mijn leven wilde maken.

Toen haalde ze haar hand door haar haar, waardoor er licht op haar ring viel. Ik sloeg mijn ogen neer en richtte mijn aandacht op mijn bord.

'Zeg dat wel.'

Ik stak een hap in mijn mond en probeerde tevergeefs al die beelden te wissen. Zodra ik het eten had doorgeslikt prikte ik weer naar de lasagne.

'Wat is er?' vroeg ze. 'Ben je boos?'

'Nee,' loog ik.

'Zo gedraag je je anders wel.'

Ze was nog precies zoals ik me haar herinnerde, behalve dan dat ze getrouwd was. Ik nam een grote slok wijn, wat gelijkstond aan alle slokjes bij elkaar die Savannah had genomen. Ik leunde achterover in mijn stoel. 'Savannah, waarom ben ik hier?'

'Ik weet niet wat je bedoelt,' zei ze.

'Dit,' zei ik, en ik wees om me heen in de keuken. 'Je vraagt of ik kom eten, ook al neem je zelf geen hap. Je haalt herinneringen op. Wat is de bedoeling hiervan?'

'Er steekt niets achter,' hield ze vol.

'Waar ben je mee bezig? Waarom heb je me binnengevraagd?'

In plaats van de vraag te beantwoorden stond ze op en schonk haar glas bij. 'Misschien heb ik er gewoon behoefte aan om met iemand te praten,' fluisterde ze. 'Zoals ik al zei, met mijn ouders gaat dat niet. Ik kan niet eens op deze manier tegen Tim praten.' Ze klonk bijna verslagen. 'Iedereen heeft een luisterend oor nodig.'

Ze had gelijk en dat wist ik. Om die reden was ik naar Lenoir gekomen.

'Dat snap ik,' zei ik, en ik sloot mijn ogen. Toen ik ze weer opendeed, merkte ik dat Savannah me opnam. 'Ik weet gewoon niet wat ik hier allemaal mee aan moet. Met het verleden, met ons, dat je getrouwd bent, zelfs wat er met Tim gebeurt. Ik kan er met mijn verstand niet bij.'

Ze glimlachte verdrietig. 'Denk je dat ik er wel raad mee weet?'

Toen ik zweeg, zette ze haar glas neer. 'Wil je de waarheid weten?' vroeg ze zonder op een antwoord te wachten. 'Ik probeer de dag door te komen en voldoende energie over te houden voor de volgende dag.' Ze sloot haar ogen alsof het pijnlijk was dat toe te geven en deed ze toen weer open. 'Ik weet dat je nog gevoelens voor me hebt en ik wilde dat ik tegen je kon zeggen dat ik stiekem alles wil weten wat er is gebeurd sinds ik je die vreselijke brief heb geschreven.' Ze aarzelde. 'Maar eerlijk gezegd weet ik niet of ik het wel wil weten. Het enige wat voor mij telt is dat ik me, toen je gisteren hier opeens op de stoep stond, oké voelde. Niet geweldig, niet goed, maar ook niet slecht. En dat is het hele punt. Het afgelopen half jaar heb ik me alleen maar rot gevoeld. Als ik 's ochtends wakker word ben ik nerveus, gespannen, boos, gefrustreerd en doodsbang dat ik mijn man zal verliezen. Dat is het enige wat ik voel tot de zon ondergaat,' vervolgde ze. 'Elke dag, de hele dag door, en dat al een half jaar lang. Zo ziet mijn leven er nu uit, en het lastige is dat ik weet dat het alleen maar erger zal worden. Daar komt nog bij dat ik een manier moet zien te vinden om mijn man te helpen, een behandeling moet zoeken die kan aanslaan. Ik moet proberen zijn leven te redden.'

Ze zweeg even, keek me strak aan, probeerde mijn reactie te peilen.

Ik wist dat er woorden waren waarmee ik Savannah kon troosten, maar zoals gewoonlijk was ik sprakeloos. Ze was nog altijd de vrouw op wie ik verliefd was geworden, de vrouw van wie ik nog steeds hield, maar die ik nooit zou kunnen krijgen.

'Sorry,' zei ze uiteindelijk. Ze klonk uitgeput. 'Het was niet mijn bedoeling je voor het blok te zetten.' Ze schonk me een waterig lachje. 'Ik wilde je alleen maar duidelijk maken dat ik blij ben dat je hier bent.'

Ik keek gebiologeerd naar de nerf van het tafelblad en probeerde mijn gevoelens in toom te houden. 'Goed,' zei ik.

Ze liep naar de tafel en schonk mijn glas bij, hoewel er nog wijn in zat. 'Ik stort mijn hart uit en jouw enige reactie is "goed"?'

'Wat moet ik anders zeggen?'

Savannah draaide zich om en liep naar de keukendeur. 'Je had kunnen zeggen dat je ook blij bent dat je gekomen bent,' zei ze nog maar net verstaanbaar.

Daarna liep ze de keuken uit. Ik hoorde de voordeur niet dichtvallen, dus waarschijnlijk was ze naar de woonkamer gegaan.

Haar opmerking zat me dwars, maar ik ging haar niet achterna. Er waren dingen veranderd tussen ons en het kon nooit meer zo worden als vroeger. Ik stak met koppig verzet een hap lasagne in mijn mond en vroeg me af wat ze van me wilde. Zíj had die brief gestuurd, zíj had onze relatie beëindigd, zíj was getrouwd. Moesten we doen alsof dat allemaal niet gebeurd was?

Ik at mijn bord leeg, bracht de twee borden naar de gootsteen en spoelde ze af. Tussen de regendruppels op het raam door zag ik mijn auto staan en ik wist dat ik kon vertrekken zonder achterom te kijken. Dat zou het voor ons beiden gemakkelijker maken. Maar toen ik de sleutels uit mijn zak wilde pakken, verstijfde ik. Boven het gekletter van de regen op het dak hoorde ik iets in de woonkamer, een geluid dat abrupt een einde maakte aan mijn boosheid en verwarring. Savannah huilde.

Ik probeerde het geluid te negeren, maar dat lukte niet. Ik pakte mijn glas en liep naar de woonkamer.

Savannah zat met haar glas wijn op de bank. Ze keek op toen ik binnenkwam.

De wind was toegenomen en het regende nog harder dan eerst. Toen ik uit het raam keek, zag ik de bliksem, gevolgd door het gestage, lange, zware gerommel van de donder.

Ik ging naast haar zitten, zette mijn glas op het bijzettafeltje en keek de kamer rond. Op de schoorsteenmantel stonden trouwfoto's van Savannah en Tim: een waarop ze de bruidstaart aansneden en een die in de kerk genomen was. Ze straalde en ik wilde dat ik het was die naast haar op de foto stond.

'Sorry,' zei ze. 'Ik mag niet huilen, maar ik kan er niets aan doen.'

'Dat is begrijpelijk,' mompelde ik. 'Je hebt veel aan je hoofd.'
In de stilte hoorde ik de regen tegen de ramen kletteren.
'Het gaat flink tekeer buiten,' zei ik om de geladen stilte te verbreken.
'Ja,' zei ze, hoewel ze amper luisterde.
'Zal het wel goed gaan met Alan?'
Ze trommelde met haar vingers tegen het glas. 'Hij gaat pas weg als het niet meer regent. Hij heeft het niet op bliksem. Het zal niet lang meer duren. De wind zal de storm naar de kust verdrijven. Zo gaat het de laatste tijd steeds.' Ze aarzelde. 'Weet je nog die storm die we met z'n tweeën hebben uitgezeten? Toen ik je had meegenomen naar het huis dat we aan het bouwen waren?'
'Natuurlijk.'
'Ik denk nog wel eens terug aan die avond. Het was de eerste keer dat ik tegen je zei dat ik van je hield. Ik dacht er pas nog aan. Ik zat hier op de bank, net zoals nu. Tim lag in het ziekenhuis, Alan was bij hem, en terwijl ik naar de regen zat te kijken, kwam alles weer boven. De herinnering was zo levendig dat het leek of het nog maar net gebeurd was. Het hield op met regenen en ik wist dat ik de paarden moest gaan voeren. Ik was weer terug in mijn normale leven en opeens voelde het alsof ik alles had verzonnen. Alsof het iemand anders was overkomen, iemand die ik niet meer ken.'
Ze boog zich naar me toe. 'Wat is jou het meest bijgebleven?' vroeg ze.
'Alles,' zei ik.
Ze keek me van onder haar wimpers aan. 'Niets wat eruit springt?'
Door de storm leek de kamer donker en intiem, en ik voelde me schuldig bij het vooruitzicht waar dit toe kon leiden. Ik verlangde naar haar, maar in mijn achterhoofd wist ik dat Savannah niet meer van mij was. Ik voelde Tims aanwezig-

heid overal om me heen en ik wist dat ze zichzelf niet was.

Ik nam een slokje wijn en zette het glas op tafel.

'Nee,' zei ik met vaste stem. 'Er is niets wat eruit springt. Maar dat is toch de reden dat je altijd wilde dat ik naar de maan zou kijken, zodat ik me alles zou herinneren?'

Wat ik niet zei, was dat ik nog steeds naar de maan keek en ook al voelde ik me schuldig dat ik hier was, ik vroeg me af of dat voor haar ook gold.

'Wil je weten wat mij het meest is bijgebleven?' vroeg ze.

'Dat ik Tims neus brak?'

'Nee.' Ze lachte, maar werd toen ernstig. 'De keren dat we naar de kerk zijn gegaan. Vooral die eerste zondag, want dat was de eerste keer dat ik je met stropdas zag. Je zou vaker nette kleren moeten dragen. Je zag er zo knap uit.' Ze leek daarover na te denken en keek me toen weer aan.

'Heb je een relatie?' vroeg ze.

'Nee.'

Ze knikte. 'Dat dacht ik al, anders had je het wel gezegd.'

Ze keek naar het raam. In de verte zag ik een van de paarden door de regen galopperen.

'Ik moet ze zo gaan voeren. Ze zullen zich wel afvragen waar ik blijf.'

'Ze redden het wel,' stelde ik haar gerust.

'Jij hebt gemakkelijk praten. Neem maar van mij aan dat ze net zo chagrijnig als mensen worden als ze honger hebben.'

'Het is vast zwaar om alles in je eentje te moeten doen.'

'Dat klopt, maar ik heb geen keuze, of wel soms? Onze werkgever heeft begrip voor de situatie. Tim is met verlof en als hij in het ziekenhuis ligt, kan ik vrij nemen als ik dat nodig vind.' Daarna voegde ze er op plagerige toon aan toe: 'Net als in het leger, toch?'

'O ja, daar is het precies hetzelfde.'

Ze giechelde en werd weer serieus. 'Hoe was het in Irak?'

Ik wilde al mijn gebruikelijke grap over het zand maken, maar in plaats daarvan zei ik: 'Dat is moeilijk uit te leggen.'

Savannah wachtte en ik pakte mijn glas wijn om tijd te rekken. Zelfs bij haar wist ik niet ik of ik er wel over wilde praten. Maar er gebeurde iets tussen ons, iets wat ik wel en toch ook weer niet wilde. Ik dwong mezelf om naar Savannahs ring te kijken en stelde me het verraad voor dat ze later ongetwijfeld zou voelen. Ik sloot mijn ogen en begon bij de nacht van de invasie.

Ik weet niet hoe lang ik aan het woord ben geweest, maar toen ik mijn verhaal gedaan had, regende het niet meer. De zon ging langzaam onder en de horizon lichtte op in alle kleuren van de regenboog. Savannah schonk haar glas bij. Ik was uitgeput en wist dat ik er nooit meer over zou praten.

Savannah was kalm gebleven terwijl ik aan het woord was, had alleen soms een vraag gesteld, zodat ik wist dat ze luisterde.

'Het is anders dan ik me had voorgesteld,' merkte ze op.

'O ja?' vroeg ik.

'Als je de krantenkoppen of de verhalen leest, zijn de namen van soldaten en steden in Irak slechts woorden, maar voor jou was het persoonlijk... Werkelijkheid. Misschien was het wel te reëel.'

Ik had er niets aan toe te voegen en ik voelde hoe ze mijn hand vastpakte. Haar aanraking maakte iets in me los. 'Ik wilde dat je dat allemaal niet had hoeven meemaken.'

Ik gaf haar een kneepje in haar hand en voelde haar hetzelfde doen. Toen ze mijn hand eindelijk losliet, voelde ik haar aanraking nog steeds en net als vroeger zag ik haar een haarlok achter haar oor strijken. De aanblik was pijnlijk.

'Raar is dat toch hoe het lot werkt,' zei ze bijna op fluistertoon. 'Had je ooit gedacht dat je leven er zo uit zou zien?'

'Nee,' zei ik.

'Ik ook niet,' zei ze. 'Toen je die eerste keer naar Duitsland terugging, was ik ervan overtuigd dat we ooit zouden trouwen. Als ik ergens zeker van was, was het dat wel.'

Ik keek naar mijn glas terwijl ze verder sprak.

'Tijdens je tweede verlof wist ik het nog zekerder, vooral na die keer dat we seks hadden gehad.'

'Niet doen.' Ik schudde mijn hoofd. 'Niet over praten.'

'Waarom?' vroeg ze. 'Heb je er spijt van?'

'Nee.' Ik kon haar niet aankijken. 'Natuurlijk niet, maar je bent getrouwd.'

'Het is nu eenmaal gebeurd,' zei ze. 'Wil je dat ik dat zomaar vergeet?'

'Ik weet het niet,' zei ik. 'Misschien.'

'Dat kan ik niet,' zei ze. Ze klonk verbaasd en gekwetst. 'Dat was mijn eerste keer. Ik zal het nooit vergeten en het zal altijd bijzonder voor me blijven. Wat er tussen ons gebeurde was prachtig.'

Ik vertrouwde mezelf niet genoeg om te antwoorden en na een tijdje leek ze zich te vermannen. Ze boog zich naar voren en vroeg: 'Wat dacht je toen je ontdekte dat ik met Tim was getrouwd?'

Ik wachtte met antwoorden, koos mijn woorden zorgvuldig. 'Mijn eerste ingeving was dat het logisch was. Hij was al jaren verliefd op je. Dat werd me bij mijn eerste ontmoeting met hem al duidelijk.' Ik streek met mijn hand over mijn gezicht. 'Daarna... stond ik in tweestrijd. Ik was blij dat je iemand als hij had gekozen, want hij is aardig en jullie hebben veel gemeen, maar daarna was ik alleen maar... verdrietig. We hoefden niet lang meer. Als het anders was gelopen, was ik nu al bijna twee jaar uit het leger geweest.'

Ze perste haar lippen op elkaar. 'Het spijt me,' mompelde ze.

'Mij ook.' Ik probeerde te glimlachen. 'Wil je echt weten hoe ik erover denk? Ik vind dat je op me had moeten wachten.'

Ze lachte onzeker en ik verbaasde me over haar blik vol verlangen. Ze pakte haar wijnglas.

'Daar heb ik ook over nagedacht en dan vraag ik me af hoe het dan geweest zou zijn, waar we zouden wonen, wat we met ons leven zouden doen. Zeker de laatste tijd. Nadat je gisteravond was weggegaan, kon ik nergens anders meer aan denken. Zo klinkt het alsof ik een vreselijk mens ben, maar de afgelopen jaren heb ik geprobeerd mezelf ervan te overtuigen dat zelfs als onze liefde echt was, die niet zou hebben standgehouden.' Er lag een verslagen uitdrukking op haar gezicht. 'Je zou echt met me getrouwd zijn, hè?'

'Direct. En dat zou ik nog steeds doen als dat kon.'

Opeens leek het verleden in alle hevigheid terug te zijn.

'Het was echt, hè?' vroeg ze met trillende stem. 'Jij en ik.'

Het grijze licht van de schemering weerspiegelde in haar ogen toen ze op mijn antwoord wachtte. In de momenten die verstreken, voelde ik het gewicht van Tims prognose boven ons hangen. Er ging van alles door mijn hoofd. Die gedachten waren macaber en verkeerd, maar ze waren er wel. Ik haatte mezelf omdat ik bedacht hoe het zou zijn als Tim er niet meer was, en ik probeerde die gedachte van me af te zetten.

Dat lukte alleen niet. Ik wilde Savannah in mijn armen nemen, haar vasthouden, alles terughalen wat we verloren hadden in die jaren dat we uit elkaar waren geweest. Ik boog me onwillekeurig naar haar toe.

Savannah wist wat er ging gebeuren, maar trok zich niet terug. Tenminste, niet meteen. Toen mijn lippen echter vlak bij die van haar waren, wendde ze haar gezicht vlug af, waardoor we wijn uit het glas dat ze vasthield over ons heen kregen.

Ze sprong op, zette het glas op tafel en trok haar blouse weg van haar huid.

'Sorry,' zei ik.

‘Het geeft niet,’ zei ze. ‘Ik ga me omkleden, want dit is een van mijn lievelingsblouses en die moet ik in het sop zetten.’

‘Oké,’ zei ik.

Ik keek hoe ze de woonkamer uit en de gang in liep. Ze ging de slaapkamer aan de rechterkant binnen en toen ze weg was, vloekte ik. Ik schudde mijn hoofd om mijn eigen domheid en zag toen pas dat er ook wijn op mijn T-shirt terecht was gekomen. Ik stond op en liep de gang in, op zoek naar de badkamer.

Ik draaide aan een willekeurige deurknop en zag mezelf in de badkamerspiegel. Op de achtergrond zag ik Savannah doordat de deur van de slaapkamer aan de andere kant van de gang op een kier stond. Ze was topless en stond met haar rug naar me toe, en hoewel ik mijn blik probeerde af te wenden, lukte dat niet.

Ze moet gemerkt hebben dat ik naar haar keek, want ze wierp een blik over haar schouder in mijn richting. Ik had verwacht dat ze de deur zou dichtdoen of zichzelf zou bedekken, maar dat deed ze niet. Ze ving mijn blik en hield die vast, wilde dat ik naar haar bleef kijken. Toen draaide ze zich langzaam om.

We keken naar elkaar via de spiegel, met alleen de smalle gang tussen ons in. Haar lippen weken wat uiteen en ze stak haar kin een beetje in de lucht. En ik wist dat, hoe oud ik ook mocht worden, ik nooit zou vergeten hoe prachtig ze er op dat moment uitzag. Ik wilde de gang oversteken en naar haar toe gaan, want ik wist dat ze net zo naar mij verlangde als ik naar haar, maar ik bleef staan, verlamd door de gedachte dat ze op een dag een hekel aan me zou hebben om wat we duidelijk beiden graag wilden.

En Savannah, die me beter kende dan wie dan ook, sloeg haar ogen neer alsof ze dat opeens ook doorhad. Ze draaide zich net weer om toen de voordeur open werd gegooid en een luid gejammer de duisternis doorboorde.

Alan.

Ik draaide me om en rende naar de woonkamer. Alan was al naar de keuken gegaan en ik hoorde dat er kastdeuren werden dichtgesmeten terwijl hij doorging met jammeren. Het klonk alsof hij doodging. Ik bleef staan, wist niet wat ik moest doen. Even later stoof Savannah langs me heen, terwijl ze haar T-shirt rechttrok.

'Alan! Ik kom eraan!' riep ze uitzinnig. 'Het komt goed!'

Alan bleef jammeren en kastdeuren dichtsmijten.

'Heb je hulp nodig?' riep ik naar haar.

'Nee.' Ze schudde fel haar hoofd. 'Laat mij maar. Dit gebeurt soms als hij uit het ziekenhuis komt.'

Toen ze de keuken in rende, kon ik nauwelijks verstaan wat ze tegen hem zei. Haar stem ging bijna verloren in het kabaal, maar ik hoorde de standvastigheid erin en nadat ik iets opzij was gestapt, zag ik haar bij hem staan terwijl ze hem probeerde te kalmeren. Het leek geen effect te hebben en ik voelde de drang haar te hulp te schieten, maar Savannah bleef rustig. Ze bleef op beheerste toon tegen hem praten, legde een hand op de zijne en volgde zijn ritme van het slaan.

Na wat een eeuwigheid leek, ging hij langzamer en ritmischer slaan, tot hij daar uiteindelijk mee ophield. Hetzelfde gold voor zijn geschreeuw. Savannah praatte nu zo zacht dat ik niet meer kon verstaan wat ze zei.

Ik ging op de bank zitten. Een paar minuten later stond ik op en ik liep naar het raam. Het was donker. De wolken waren weggetrokken en boven de bergen waren talloze sterren te zien. Ik vroeg me af wat er gebeurde en ging op een plek in de woonkamer staan vanwaar ik een klein deel van de keuken kon zien.

Savannah en Alan zaten op de keukenvloer. Ze leunde met haar rug tegen de kastjes en Alan lag met zijn hoofd tegen haar borst terwijl ze teder door zijn haar streek. Hij knipperde snel met zijn ogen, alsof hij altijd in beweging moest zijn. Er glinsterden tranen in Savannahs ogen, maar ik zag hoe ze haar best deed, vastbesloten als ze was dat hij niet zou merken hoe verdrietig ze was.

'Ik hou van hem,' hoorde ik Alan zeggen. De zware stem uit het ziekenhuis was weg. Dit klonk als de schrijnende smeekbede van een bang jongetje.

'Dat weet ik, lieverd. Ik hou ook van hem. Ik hou heel veel van hem. Ik weet dat je bang bent en ik ben ook bang.'

Uit haar toon maakte ik op dat ze het meende.

'Ik hou van hem,' herhaalde Alan.

'Over een paar dagen komt hij uit het ziekenhuis. De artsen doen hun uiterste best.'

'Ik hou van hem.'

Ze drukte een kus op zijn hoofd. 'Hij houdt ook van jou, Alan. En ik ook. En ik weet dat hij ernaar uitkijkt om weer met je te gaan paardrijden. Dat heeft hij me zelf verteld. En hij is heel trots op je. Hij zegt steeds tegen me dat je hier zo goed meehelpt.'

'Ik ben bang.'

'Ik ben ook bang, lieverd, maar de artsen doen wat ze kunnen.'

'Ik hou van hem.'

'Dat weet ik. Ik hou ook van hem, meer dan jij ooit zult weten.'

Ik bleef naar hen kijken en opeens wist ik dat ik hier niet hoorde te zijn. In al die tijd dat ik daar stond, keek Savannah niet één keer op en ik werd gekweld door de gedachte aan alles wat we hadden verloren.

Ik haalde mijn sleutels uit mijn zak en wilde weggaan. De tranen brandden in mijn ogen. Ik deed de deur open en hoewel dat veel herrie maakte, wist ik dat Savannah het niet zou horen.

Ik stommelde de verandatrap af en vroeg me af of ik ooit zo moe was geweest. Later, toen ik naar het motel reed en voor een rood stoplicht naar de draaiende motor zat te luisteren, wist ik dat voorbijgangers een huilende man zouden zien, een man die het gevoel had dat hij nooit meer kon ophouden met huilen.

Ik was de rest van de avond alleen in mijn kamer in het motel. Buiten hoorde ik onbekenden langslopen die rolkoffers met zich meetrokken. Als er auto's het parkeerterrein op draaiden, werd mijn kamer even verlicht doordat hun koplampen spookachtige beelden op de wanden projecteerden. Mensen op doorreis, mensen die doorgingen met hun leven. Terwijl ik in bed lag, werd ik vervuld van afgunst en ik vroeg me af of ik dat ooit ook zou kunnen.

Ik deed niet eens een poging om te slapen. Ik dacht aan Tim. Gek genoeg zag ik niet de uitgemergelde gestalte voor me die ik in het ziekenhuis had gezien, maar alleen de jongeman die ik op het strand was tegengekomen, de nette student die voor iedereen een glimlach paraat had. Ik dacht aan mijn vader en vroeg me af hoe zijn laatste weken waren geweest. Ik probeerde me voor te stellen dat het personeel naar hem luisterde als hij het over munten had en ik hoopte maar dat de directeur de waarheid sprak toen hij zei dat mijn vader vredig in zijn slaap was overleden. Ik dacht aan Alan en de bijzondere wereld in zijn hoofd. Maar ik dacht toch vooral aan Savannah. In gedachten doorliep ik de dag die we samen hadden doorgebracht opnieuw. Ik stond eindeloos stil bij het verleden en probeerde te ontsnappen aan een leegte die maar niet wegging.

In de ochtend keek ik naar de opkomende zon, een goudgele bal die opsteeg uit de aarde. Ik ging douchen en legde de paar spullen die ik naar de kamer had meegenomen in de auto. Bij een eettentje aan de overkant van de straat bestelde ik ontbijt, maar toen het bord met dampend eten voor me stond, schoof ik het opzij en omklemde het kopje koffie, terwijl ik me afvroeg of Savannah al op was en de paarden voerde.

Om negen uur liep ik het ziekenhuis binnen. Ik tekende de bezoekerslijst en ging met de lift naar de vierde etage. Ik liep door dezelfde gang als de dag ervoor. Tims deur stond een eindje open en ik hoorde de televisie.

Hij zag me en glimlachte verbaasd. 'Hé, John,' zei hij, en hij zette de tv uit. 'Kom binnen. Ik lag maar een beetje te niksen.'

Toen ik op dezelfde stoel als de dag ervoor ging zitten, zag ik dat zijn huid een betere kleur had. Hij ging moeizaam rechter in het bed zitten, waarna hij me weer aankeek.

'Wat doe jij hier al zo vroeg?'

'Ik ben me aan het voorbereiden op mijn vertrek,' zei ik. 'Morgen vlieg ik terug naar Duitsland. Je weet hoe dat gaat.'

'Ja, dat weet ik.' Hij knikte. 'Hopelijk mag ik later vandaag naar huis. Ik heb een goede nacht gehad.'

'Mooi,' zei ik, 'daar ben ik blij om.'

Ik nam hem aandachtig op, zoekend naar iets van achterdocht in zijn blik, een vermoeden van wat er de avond daarvoor bijna was voorgevallen, maar niets duidde daarop.

'Wat is de werkelijke reden dat je hier bent, John?' vroeg hij.

'Dat weet ik eigenlijk niet,' bekende ik. 'Ik had er behoefte aan je te zien en ik dacht dat jij mij misschien ook wilde zien.'

Hij knikte en keek naar het raam. Vanuit zijn kamer was er niets te zien, alleen een grote airco-eenheid. 'Weet je wat het ergste is?' Hij wachtte niet op een antwoord. 'Ik maak me zorgen om Alan,' zei hij, 'want ik weet wat er speelt. Mijn vooruitzichten zijn slecht en de kans is groot dat ik het niet zal redden. Daar kan ik mee leven. Zoals ik je gisteren al zei, ik heb mijn geloof nog en ik weet – dat hoop ik althans – dat er iets beters op me wacht. En wat Savannah betreft... Ze zal er kapot van zijn als ik kom te overlijden, maar weet je wat ik heb geleerd toen ik mijn ouders verloor?'

'Dat het leven niet eerlijk is?'

'Ja, dat ook. Maar ik leerde dat het mogelijk is om door te gaan, hoe onmogelijk dat ook lijkt, en dat het verdriet na verloop van tijd... afneemt. Het zal nooit helemaal weggaan, maar na een tijdje is het niet meer zo overweldigend. Dat zal Savannah ook ervaren. Ze is jong en sterk en zal in staat zijn om verder te gaan met haar leven, maar Alan... Ik weet niet hoe het met hem moet. Wie zal er voor hem zorgen? Waar moet hij wonen?'

'Savannah zal voor hem zorgen.'

'Dat weet ik. Maar is het eerlijk ten opzichte van haar? Om van haar te verwachten dat ze die verantwoordelijkheid op zich neemt?'

'Of het eerlijk is doet er niet toe. Ze zal voor hem zorgen.'

'Hoe dan? Ze zal moeten werken, en wie let er dan op Alan? Vergeet niet dat hij nog jong is, hij is pas negentien. Ik kan toch niet van haar verwachten dat ze de komende vijftig jaar voor hem zorgt? Voor mij ligt het eenvoudig, hij is mijn broer. Maar voor Savannah...' Hij schudde zijn hoofd. 'Ze is jong en mooi. Is het eerlijk om van haar te verwachten dat ze nooit zal hertrouwen?'

'Waar heb je het over?'

'Zal haar nieuwe man bereid zijn om voor Alan te zorgen?'

Toen ik geen antwoord gaf, trok hij zijn wenkbrauwen op. 'Zou jij daartoe bereid zijn?' voegde hij eraan toe.

Ik deed mijn mond open om antwoord te geven, maar ik kreeg geen woord over mijn lippen. Zijn blik verzachtte.

'Zulke dingen gaan er door mijn hoofd als ik hier lig. Als ik niet misselijk ben dan. Ik denk veel na, ook over jou.'

'Over mij?'

'Je houdt toch nog van haar?'

Ik probeerde niets te laten merken, maar hij had me door. 'Het geeft niet,' zei hij. 'Ik wist het al. Ik heb het altijd geweten.' Hij keek bijna weemoedig. 'Ik herinner me Savannahs gezicht de eerste keer dat ze het over je had. Zo had ik haar nog nooit gezien. Ik was blij voor haar, want je straalde iets uit waardoor ik je direct vertrouwde. Dat eerste jaar dat je weg was, miste ze je vreselijk. Het was alsof haar hart elke dag opnieuw brak. Ze kon alleen maar aan jou denken. En toen kwam ze erachter dat je niet naar huis zou komen en we belandden in Lenoir en mijn ouders kwamen om en...' Hij maakte de zin niet af. 'Je hebt toch altijd geweten dat ik ook verliefd op haar was?'

Ik knikte.

'Precies wat ik dacht.' Hij schraapte zijn keel. 'Ik ben al verliefd op haar sinds mijn twaalfde en geleidelijk ging ze ook van mij houden.'

'Waarom vertel je me dit?'

'Omdat het niet hetzelfde was,' zei hij. 'Ik weet dat ze van me houdt, maar ze heeft nooit van mij gehouden zoals ze van jou hield. Ze heeft nooit in vuur en vlam voor me gestaan, maar we hadden het goed samen. Ze was zo blij toen we de ranch begonnen en het gaf me een goed gevoel dat ik zoiets voor haar kon doen. En toen werd ik ziek. Ze is er altijd voor me, zorgt voor me zoals ik voor haar zou zorgen als de rollen omgedraaid waren.' Hij zweeg even en deed een verwoede poging om de juiste woorden te vinden. Het verdriet stond op zijn gezicht te lezen.

'Toen je gisteren binnenkwam, zag ik hoe ze naar je keek en ik wist dat ze nog steeds van je houdt. En ik weet dat ze altijd van je zal blijven houden. Dat breekt mijn hart, maar weet je? Ik hou nog steeds van haar en voor mij betekent dat dat ik niets liever wil dan dat ze gelukkig is. Dat is mijn grootste wens. Het heeft voor mij altijd om haar geluk gedraaid.'

Ik had zo'n droge keel dat ik nauwelijks kon praten. 'Wat wil je daarmee zeggen?'

'Vergeet Savannah niet als het fout met me afloopt. En beloof me dat je haar altijd zult koesteren zoals ik dat doe.'

'Tim...'

'Zeg maar niets, John.' Hij stak een hand op, om me het zwijgen op te leggen of als afscheidsgroet. 'Onthoud wat ik gezegd heb.'

Toen hij zijn gezicht afwendde, wist ik dat ons gesprek was afgelopen.

Ik stond op, liep rustig de kamer uit en deed de deur achter me dicht.

Toen ik het ziekenhuis uit liep, kneep ik mijn ogen tot spleetjes tegen het felle zonlicht. Ik hoorde vogels tsjilpen in de bomen, en hoewel ik ze probeerde te ontdekken, bleven ze voor me verborgen.

De parkeerplaats stond voor de helft vol. Her en der zag ik mensen naar de ingang lopen, of terug naar hun auto. Ze zagen er allemaal net zo moe uit als ik me voelde, alsof het optimisme dat ze in het ziekenhuis aan hun geliefden toonden, verdween zodra ze alleen waren. Ik wist dat er wonderen konden gebeuren, ook al waren mensen nog zo ziek, en dat de vrouwen op de kraamafdeling blijdschap voelden als ze hun pasgeboren baby in hun armen hielden, maar ik voelde aan dat de meeste bezoekers, net als ik, zich maar net goed konden houden.

Ik ging op het bankje aan de voorkant zitten, vroeg me af waarom ik naar Tim toe was gegaan en wilde dat ik dat niet had gedaan. In gedachten speelde ik het gesprek met Tim telkens opnieuw af en bij het beeld van zijn ongerustheid sloot ik mijn ogen. Voor het eerst in jaren voelde het... fout om van Savannah te houden. Liefde hoort vreugde te brengen, en vrede, maar veroorzaakte nu slechts pijn. Bij Tim, bij Savannah en zelfs bij mij. Ik was niet gekomen om Savannah te verleiden of haar huwelijk om zeep te helpen... Of wel? Ik was er niet meer zo zeker van of ik wel zo nobel was als ik dacht en dat besef maakte dat ik me zo leeg voelde als een roestig verfblik.

Ik haalde de foto van Savannah uit mijn portemonnee. De foto was beschadigd, gekreukt, had krassen. Terwijl ik naar haar gezicht keek, betrapte ik mezelf erop dat ik me afvroeg wat het komende jaar zou brengen. Ik wist niet of Tim het zou overleven en ik wilde daar niet bij stilstaan. Wat er ook gebeurde, de band tussen Savannah en mij zou nooit meer zo worden als vroeger. We hadden elkaar leren kennen in een zorgeloze periode, op een moment vol belofte, en daarvoor in de plaats waren de harde lessen van het echte leven gekomen.

Ik wreef over mijn slapen en vroeg me af of Tim wist wat er gisteravond bijna tussen Savannah en mij was voorgevallen. Wie weet had hij het zelfs wel verwacht. Zijn woorden hadden dat duidelijk gemaakt, net als zijn verzoek aan mij om te beloven dat ik met evenveel toewijding van haar zou houden als hij. Ik wist wat hij opperde dat ik zou doen als hij overleed, maar dat hij daar toestemming voor gaf, maakte het voor mij alleen maar erger.

Uiteindelijk stond ik op en ik liep langzaam naar mijn auto. Ik wist niet waar ik naartoe zou gaan, ik wist alleen dat ik zo ver mogelijk van het ziekenhuis vandaan wilde zijn. Ik moest weg uit Lenoir, al was het maar om mezelf de gelegenheid te geven om na te denken. Ik stak mijn hand in mijn zak en haalde mijn sleutels eruit.

Pas toen ik bijna bij mijn auto was, zag ik dat Savannahs pick-uptruck naast mijn auto geparkeerd stond. Savannah zat op de bestuurdersplaats en toen ze me zag aankomen, deed ze het portier open en stapte uit. Ze wachtte op me, streek haar blouse glad toen ik dichterbij kwam.

Op een meter afstand van haar bleef ik staan.

'John,' zei ze, 'je bent gisteravond weggegaan zonder gedag te zeggen.'

'Dat weet ik.'

Ze gaf een knikje. We wisten beiden waarom.

'Hoe wist je dat ik hier was?'

'Dat wist ik niet,' zei ze. 'Ik ben naar het motel gegaan en daar zeiden ze dat je had uitgecheckt. Toen ik hier kwam, zag ik je auto staan en ik besloot op je te wachten. Ben je bij Tim geweest?'

'Ja. Het gaat beter met hem. Hij denkt dat hij later vandaag naar huis mag.'

'Dat is goed nieuws,' zei ze. Ze wees naar mijn auto. 'Ga je weg?'

'Ik moet terug. Mijn verlof zit erop.'

Ze sloeg haar armen over elkaar. 'Was je van plan nog afscheid te komen nemen?'

'Dat weet ik niet,' bekende ik. 'Zo ver had ik niet vooruitgedacht.'

Ik zag pijn en teleurstelling over haar gezicht trekken. 'Waar hebben Tim en jij het over gehad?'

Ik keek over mijn schouder naar het ziekenhuis en keek haar toen weer aan. 'Dat moet je aan hem vragen.'

Haar mond vormde een strakke streep en ze leek te verstijven. 'Dus dit is het dan?'

Ik hoorde getoeter op de weg voor het ziekenhuis en zag opeens auto's remmen. De bestuurder van een rode Toyota zwenkte uit naar de andere rijbaan en deed zijn best om om het stilstaande verkeer heen te rijden. Terwijl ik toekeek, besefte ik dat ik het onvermijdelijke uitstelde en dat ze recht had op een antwoord.

'Ja,' zei ik, en ik draaide me langzaam weer naar haar toe. 'Ik denk het wel.'

Haar knokkels staken wit af tegen haar armen. 'Mag ik je schrijven?'

Ik dwong mezelf om niet van haar weg te kijken en wenste opnieuw dat we andere kaarten toebedeeld hadden gekregen. 'Dat lijkt me geen goed idee.'

'Ik snap het niet.'

'Ja, je snapt het wel,' zei ik. 'Je bent met Tim getrouwd, niet met mij.' Ik zweeg even om die boodschap te laten bezinken terwijl ik moed verzamelde voor wat ik daarna ging zeggen. 'Hij is een goede man, Savannah. Een veel betere man dan ik, dat staat vast, en ik ben blij dat je met hem getrouwd bent. Hoeveel ik ook van je hou, ik weiger een huwelijk kapot te maken. En diep vanbinnen wil jij dat ook niet. Je houdt van mij, maar ook van hem. Het heeft even geduurd voor ik dat doorhad, maar het is zo.'

We zeiden niets over Tims onzekere toekomst en ik zag tranen in haar ogen.

'Zullen we elkaar ooit weer zien?'

'Ik weet het niet.' De woorden deden pijn in mijn keel. 'Ik hoop van niet.'

'Hoe kun je dat nou zeggen?' vroeg ze met overslaande stem.

'Omdat dat betekent dat het goed komt met Tim. En ik heb het gevoel dat dit zal aflopen zoals het hoort te gaan.'

'Dat weet je helemaal niet! Dat kun je niet beloven!'

'Nee,' zei ik, 'dat kan ik niet.'

'Waarom moet het dan nu op zo'n manier eindigen?'

Er gleed een traan over haar gezicht, en hoewel ik wist dat ik moest weglopen, deed ik een stap in haar richting. Toen ik dichtbij genoeg was, veegde ik de traan voorzichtig weg. In haar ogen zag ik angst en droefheid, en een gevoel van verraad. Maar ik zag vooral een smeekbede om op mijn besluit terug te komen.

Ik slikte moeizaam.

'Je bent met Tim getrouwd en je man heeft je nodig. Voor honderd procent. Er is geen plek voor mij en we weten beiden dat die plek er ook niet hoort te zijn.'

Toen er meer tranen over haar wangen rolden, kreeg ik het ook te kwaad. Ik boog me naar voren en kuste Savannah teder op haar mond. Daarna nam ik haar in mijn armen en ik hield haar stevig vast.

'Ik hou van je, Savannah, en dat zal altijd zo blijven,' fluisterde ik. 'Je bent het beste wat me ooit is overkomen. Je was mijn beste vriendin en mijn geliefde en ik heb nergens spijt van. Jij gaf me weer het gevoel dat ik leefde en, belangrijker nog, je hebt me mijn vader gegeven. En daarom zal ik je nooit vergeten. Je zult altijd het beste deel van mij zijn. Sorry dat het zo gelopen is, maar ik moet gaan en jij moet naar je man.'

Terwijl ik dat zei, voelde ik haar schokken van het huilen en ik hield haar nog lange tijd vast. Toen we elkaar eindelijk loslieten, wist ik dat dit de laatste keer was dat ik haar ooit had vastgehouden.

Ik liep achterwaarts weg zonder het oogcontact te verbreken.

'Ik hou ook van jou, John,' zei ze.

'Vaarwel.' Ik stak een hand op.

Daarna veegde ze over haar gezicht en ze liep naar de ingang van het ziekenhuis.

Afscheid nemen van Savannah was het moeilijkste wat ik ooit heb moeten doen. Iets in mij wilde de auto keren en hard terugrijden naar het ziekenhuis, wilde tegen haar zeggen dat ik er altijd voor haar zou zijn, wilde haar opbiechten wat Tim tegen me had gezegd. Maar ik deed het niet.

Toen ik het stadje uit reed, stopte ik bij een benzinestation. Ik tankte en in het winkeltje kocht ik een flesje water. Toen ik de balie naderde, zag ik een potje staan dat de eigenaar daar had neergezet om geld in te zamelen voor Tim en ik keek ernaar. Er zat wisselgeld en wat papiergeld in. Op het potje stond de naam van een lokale bank. Ik vroeg aan de man achter de balie of hij wat papiergeld voor munten kon wisselen, en dat deed hij.

Als verdoofd liep ik terug naar de auto. Ik deed het portier open, zocht tussen de documenten die de advocaat me had gegeven en pakte een pen. Ik vond wat ik zocht en ging naar een telefooncel. Die stond vlak langs de weg. De auto's zoefden langs. Ik belde het inlichtingennummer en moest de hoorn tegen mijn oor klemmen toen de computerstem me het gevraagde telefoonnummer gaf. Nadat ik het had opgeschreven verbrak ik de verbinding. Ik wierp weer wat munten in de telefoon, belde het interlokale nummer en hoorde een computerstem zeggen dat ik meer geld moest inwerpen. Dat deed ik en even later hoorde ik de telefoon overgaan.

Toen er werd opgenomen, zei ik wie ik was en ik vroeg of hij zich mij herinnerde.

'Natuurlijk, John. Hoe gaat het met je?'

'Goed. Mijn vader is overleden.'

Het bleef even stil. 'Gecondoleerd,' zei hij. 'Gaat het?'

'Dat weet ik niet,' zei ik.

'Kan ik iets voor je doen?'

Ik sloot mijn ogen, dacht aan Savannah en Tim, en hoopte dat mijn vader me zou vergeven wat ik nu ging doen. 'Ja,' zei ik tegen de muntenhandelaar, 'u kunt inderdaad iets voor me doen. Ik wil mijn vaders muntenverzameling verkopen en ik moet zo gauw mogelijk over het geld kunnen beschikken.'

Epiloog

Lenoir, 2006

Wat is echte liefde?

Ik denk opnieuw na over die vraag als ik op de heuvel zit en Savannah tussen de paarden zie lopen. Even gaan mijn gedachten naar de avond dat ik haar op de ranch heb opgezocht. Maar dat bezoek, een jaar geleden nu, lijkt steeds meer een droom.

Ik heb de munten voor minder verkocht dan ze waard waren en ik wist dat de restanten van mijn vaders collectie naar mensen zouden gaan die nooit zo veel om de munten zouden geven als hij had gedaan. Ik hield alleen de nikkelen Buffalo, want die kon ik gewoon niet wegdoen. Afgezien van de foto is dat alles wat ik nog heb van mijn vader en ik draag hem altijd bij me. Het is een soort talisman die al mijn herinneringen aan mijn vader bevat en soms haal ik hem uit mijn zak en dan kijk ik ernaar. Ik laat mijn vingers over de plastic houder gaan waar de munt in zit en opeens zie ik dan voor me dat mijn vader in zijn studeerkamer de *Greysheet* zit te lezen of ik ruik dat er spek in de keuken gebakken wordt. Dan glimlach ik automatisch en even voel ik me niet meer alleen.

Maar ik ben wel alleen en ergens weet ik dat dat altijd zo zal blijven. Daar denk ik aan als ik in de verte de gestalten van Savannah en Tim zie, die hand in hand naar het huis lopen.

Uit hoe ze elkaar aanraken spreekt de oprechte genegenheid die ze voor elkaar voelen. Het is een mooi stel om te zien, dat moet ik toegeven. Als Tim Alan roept, komt Alan naar hen toe en gedrieën gaan ze naar binnen. Even vraag ik me af waar ze het over hebben, want ik ben nieuwsgierig naar de details van hun leven, maar ik ben me er terdege van bewust dat me dat niets aangaat. Ik heb gehoord dat Tim niet meer behandeld wordt en dat de meeste mensen in het stadje verwachten dat hij zal genezen.

Dat had ik van de plaatselijke advocaat gehoord die ik tijdens mijn vorige bezoek aan Lenoir in de arm had genomen. Ik was met een bankcheque zijn kantoor binnengelopen en had hem gevraagd dat bedrag te storten op de rekening die geopend was voor Tims behandeling. Ik wist dat een advocaat zwijgplicht had en dat hij tegen niemand in het stadje iets zou zeggen. Het was belangrijk dat Savannah niet wist dat ik de gulle gever was. In een huwelijk is slechts plaats voor twee mensen.

Ik vroeg de advocaat om me op de hoogte te houden en het afgelopen jaar heb ik hem een paar keer vanuit Duitsland gebeld. Hij vertelde dat Savannah, toen hij contact met haar opnam om haar te vertellen dat een cliënt van hem een anonieme schenking wilde doen – maar wel geïnformeerd wilde blijven over Tims vooruitgang – in huilen was uitgebarsten toen hij de hoogte van het bedrag noemde. Hij vertelde ook dat ze Tim binnen een week naar MD Anderson had gebracht, waar bleek dat Tim een ideale kandidaat was voor het vaccin dat MD Anderson in november wilde gaan uitproberen. Voorafgaand aan het klinische onderzoek zou Tim biochemotherapie en een aanvullende behandeling krijgen en de artsen waren hoopvol dat de behandelingen de kankercellen in zijn longen zouden doden. Een paar maanden geleden belde de advocaat me om te vertellen dat de behandeling beter was aangeslagen dan zelfs de artsen hadden gehoopt en dat Tim nu officieel in remissie was.

Dat was geen garantie dat hij oud zou worden, maar het betekende wel dat hij een kans had, en dat wilde ik voor hen. Ik wilde dat ze gelukkig waren. Ik wilde dat zij gelukkig was. En uit wat ik vandaag had gezien, maakte ik op dat dat het geval was. Ik was hiernaartoe gekomen omdat ik moest weten of ik de juiste beslissing had genomen door de munten te verkopen voor Tims behandeling, of het de juiste beslissing was geweest geen contact meer met haar op te nemen, en vanaf de plek waar ik zat, wist ik dat dat zo was.

Ik had de verzameling verkocht omdat ik eindelijk begreep wat ware liefde inhield. Tim had me verteld – en laten zien – dat liefde betekent dat je het geluk van de ander belangrijker vindt dan je eigen geluk, ongeacht hoe pijnlijk de keuzes zijn waar je dan misschien voor komt te staan. Toen ik Tims ziekenhuiskamer uit liep, wist ik dat hij gelijk had. Het goede doen was echter niet gemakkelijk. Ik heb het idee dat ik iets mis en dat ik mijn leven compleet moet maken. Mijn gevoelens voor Savannah zullen nooit veranderen en ik zal altijd vraagtekens blijven zetten bij de keuze die ik heb gemaakt.

En soms vraag ik me toch af of Savannah er ook zo over denkt. Wat uiteraard de andere reden voor mijn komst naar Lenoir is.

Ik kijk naar de ranch terwijl de avond valt. Het is de eerste nacht van de vollemaan en bij mij zullen de herinneringen naar boven komen. Dat gebeurt altijd. Ik hou mijn adem in als de maan langzaam boven de berg uit stijgt en de melkachtige gloed net boven de horizon glipt. De bomen baden in vloeibaar zilver en hoewel ik die bitterzoete herinneringen wil herbeleven, draai ik mijn hoofd en ik kijk weer naar de ranch.

Lange tijd wacht ik tevergeefs. De maan stijgt steeds hoger

de lucht in en een voor een gaan de lampen in het huis uit. Ik kijk angstvallig naar de voordeur en hoop op het onmogelijke. Ze zal heus niet naar buiten komen, maar ik kan me er niet toe zetten om weg te gaan. Ik adem langzaam in, alsof ik haar op die manier naar buiten kan lokken.

Als ik haar eindelijk uit het huis zie komen, gaat er een rilling over mijn rug, iets wat ik nog nooit heb meegemaakt. Ze blijft op de verandatrap staan en ik kijk toe terwijl ze mijn kant uit lijkt te kijken. Ik verstijf, ook al weet ik dat ze me niet kan zien. Vanaf mijn plek kijk ik toe terwijl Savannah de deur zacht achter zich dichttrekt. Ze gaat langzaam de trap af en loopt naar het midden van de tuin.

Daar blijft ze staan en ze slaat haar armen over elkaar, blikt over haar schouder om er zeker van te zijn dat niemand haar gevolgd is. Uiteindelijk lijkt ze te ontspannen. En dan heb ik het gevoel dat er een wonder gebeurt wanneer ze langzaam haar gezicht opheft naar de maan. Ik zie haar geconcentreerd kijken, voel de vloedgolf aan herinneringen die ze heeft opgeroepen en het liefst zou ik haar laten weten dat ik hier ben. Maar ik blijf op mijn plek en ik kijk ook naar de maan. En heel even is het bijna alsof we weer samen zijn.

Dankwoord

Het schrijven van deze roman was vreugdevol en uitdagend tegelijk. Vreugdevol omdat ik hoop dat de personages de eer en integriteit weerspiegelen van hen die in het leger dienen, en uitdagend omdat... tja, als ik volkomen eerlijk ben, moet ik bekennen dat het schrijven van elke roman een uitdaging is. Er zijn echter mensen die de uitdaging lichter maken en hen wil ik zonder verdere omhaal bedanken.

Dank aan Cat, mijn vrouw, van wie ik zielsveel hou. Dank voor je geduld, schat.

Dank aan Miles, Ryan, Landon, Lexie en Savannah, mijn kinderen. Jongens, bedankt voor jullie eindeloze enthousiasme.

Dank aan Theresa Park, mijn agente, voor alles.

Dank aan Jamie Raab, mijn redactrice. Dank voor je vriendelijkheid en wijsheid.

Dank aan David Young, de nieuwe CEO van Hachette Book Group USA, Maureen Egen, Jennifer Romanello, Harvey-Jane Kowal, Shannon O'Keefe, Sharon Krassney, Abby Koons, Denise DiNovi, Edna Farley, Howie Sanders, David Park, Flag, Scott Schwimer, Lynn Harris, Mark Johnson... Dank voor jullie vriendschap.

Dank aan de sporters en andere coaches van het New Bern High-sportteam (die zowel indoor als outdoor de North Carolina State Championships hebben gewonnen): Dave Simpson, Philemon Gray, Karjuan Williams, Darryl Reynolds, Anthony

Hendrix, Eddie Armstrong, Andrew Hendrix, Mike Weir, Dan Castelow, Marques Moore, Raishad Dobie, Darryl Barnes, Jayr Whitfield, Kelvin Hardesty, Julian Carter en Brett Whitney. Wat was het een geweldig seizoen!

LEES MEER VAN

Nicholas Sparks

Russell Green is pas tweeëndertig, maar hij heeft alles: een fantastische vrouw, een lieve zesjarige dochter, een succesvolle carrière in de reclame en een prachtig huis in Charlotte, North Carolina. Hij leeft een droomleven, waarin zijn huwelijk met de betoverende Vivian centraal staat. Maar deze schitterende buitenkant begint langzaam barstjes te vertonen...

Niemand is verbaasder dan Russell als zijn leven compleet op zijn kop wordt gezet. Binnen een paar maanden verliest hij zijn baan en zijn vrouw en moet hij alleen voor zijn jonge dochter zorgen terwijl hij probeert te wennen aan zijn nieuwe situatie. Als alleenstaande vader gaat hij op zoek naar een nieuw bestaan – en dat zal hem hevig op de proef stellen.

Verkrijgbaar als
e-book
& papieren boek

LEES MEER VAN

Nicholas Sparks

Er zijn drie dingen die Jeremy Marsh had gezworen nooit te doen: New York verlaten; zijn hart opnieuw aan iemand verliezen nadat hij ternauwernood zijn eerste huwelijk overleefde; en, het belangrijkste, vader worden. Nu woont Jeremy in Boone Creek, een klein stadje in North Carolina, is hij getrouwd met Lexie, de vrouw van wie hij houdt, en verwachten ze een dochtertje.

Maar net als zijn leven in heerlijk rustig vaarwater terecht lijkt te zijn gekomen, krijgt hij een mysterieus en verontrustend e-mailbericht dat zijn relatie volkomen op zijn kop zet. Wonden waarvan hij dacht dat ze geheeld waren, worden weer geopend en Jeremy beseft dat zijn oude leven dichterbij is dan hij denkt.

LEES MEER VAN

Nicholas Sparks

Hope Anderson staat op een kruispunt in haar leven: haar relatie is op een dood spoor terechtgekomen en haar vader blijkt te lijden aan de vernietigende ziekte ALS. Om tot rust te komen en alles op een rijtje te kunnen zetten, trekt ze zich voor een tijdje terug in het familiehuis in Sunset Beach.

Daar ontmoet ze Tru Walls, een man die sinds de traumatische dood van zijn moeder in het reine probeert te komen met zijn familieverleden en moet zien te achterhalen wie en waar zijn vader is. Hope en Tru voelen zich onmiddellijk tot elkaar aangetrokken, maar staan al snel voor een onmogelijke, hartverscheurende keuze: die tussen hun familie en hun persoonlijke geluk.

Verkrijgbaar als
e-book
& papieren boek